A Comedian Sees
the World

卓别林：
我的环球之旅

〔英〕查理·卓别林 著
〔美〕丽萨·斯坦·哈文 编
姜丽 译

人民文学出版社

著作权合同登记号　图字01-2017-3071

A Comedian Sees the World
Charles Chaplin
Copyright © Roy Export Company Establishment.
Introduction, notes and appendices to "A Comedian Sees the World by Charles Chaplin"Copyright © Lisa Stein Haven.
Photographs and documents from the Chaplin Archives © Roy Export Company Establishment.
Simplified Chinese translation copyright © People's Literature Publishing House 2017
All rights reserved

图书在版编目（CIP）数据

卓别林：我的环球之旅／（英）查理·卓别林著；（美）丽萨·斯坦·哈文编；姜丽译．—北京：人民文学出版社，2017
ISBN 978-7-02-012343-8

Ⅰ.①卓… Ⅱ.①查…②丽…③姜… Ⅲ.①游记—作品集—英国—现代 Ⅳ.①I561.65

中国版本图书馆CIP数据核字（2017）第025390号

责任编辑　黄凌霞
装帧设计　崔欣晔
责任印制　王重艺

出版发行　人民文学出版社
社　　址　北京市朝内大街166号
邮政编码　100705
网　　址　http://www.rw-cn.com

印　　刷　三河市鑫金马印装有限公司
经　　销　全国新华书店等

字　　数　168千字
开　　本　850毫米×1168毫米　1/32
印　　张　10.125　插页3
印　　数　1—8000
版　　次　2017年10月北京第1版
印　　次　2017年10月第1次印刷

书　　号　978-7-02-012343-8
定　　价　36.00元

如有印装质量问题，请与本社图书销售中心调换。电话：010—65233595

目录

致谢　1
前言　1

卓别林：我的环球之旅　35

　　第一部分　37

　　第二部分　87

　　第三部分　131

　　第四部分　183

　　第五部分　229

附录　255

　　旅行路线　257

　　选自档案报刊集：荣获法国荣誉军团勋章　267

　　选自档案报刊集："御前演出"解密　288

　　笔记和信件：由西德·卓别林提供　297

参考文献　314

致 谢

本书能顺利完成，得益于许多人的热心帮助。巴黎卓别林协会的凯特·居永瓦奇和约瑟芬·卓别林给我提供了卓别林的所有手稿、档案等资料，这些资料现藏于意大利博洛尼亚电影档案馆中的卓别林项目里，是我得以完成编写本书的关键。凯特在工作之余给我友好热情、孜孜不倦的支持和帮助，对此我表示衷心感谢！同时，我还要感谢凯特的两位助理克莱尔·贝斯吉和查理·斯特瓦瑞斯，感谢博洛尼亚电影档案馆的塞西莉亚·森斯雷利，她们都给我提供了热情慷慨的帮助；感谢简·卢卡·法瑞内利，她对本书的结构给予了指导。此外，还要感谢瑞士蒙特勒档案馆的伊芙琳·露丝·格拉夫，她在我研究卓别林档案（收藏于蒙特勒档案馆）时给予了很大的帮助。最后，还要感谢在本书撰写过程中始终帮助和支持我的克里斯·泰特斯、贝蒂·皮特雷克、卡雷·斯尼德、洛里·瑞德·兰姆穆丁和卡尔·威尔逊。

丽萨·斯坦·哈文

本书所选图片经罗伊出口公司授权，均选自1918年以后的卓别林电影。查理·卓别林和小流浪汉的形象经许可，成为布博斯有限股份公司和（或）罗伊出口公司的注册商标和（或）服务商标。

前　言

哑剧界发生了一场重大变革。一位天才演员在他最近一部电影中用哑语表演，给观众留下了深刻印象。他能满足观众的各种需求，表演自始至终非常轻松自然。我们可以想象，在电影里一个脸上化着妆的小丑在日内瓦街头无声地乞讨奶黄饼，结果换来的却是有毒的瓦斯；镜头转向哈尔滨，他坐在一个火药桶上，脚上穿着大号的平底鞋踢着一个大桶，同时向几位军官炫耀如何取胜，这里汉语的"声音效应"制造出良好的观影效果；他在俄国的田野里开一台苏联式拖拉机；在印度他将一块布缠在腰上；他手拄一根易折的拐棍，脱下那顶破旧的圆顶礼帽进入一家美国银行。他以往扮演的角色永远都是沉默不语、面带沉思、滑稽风趣的人物。

——《纽约时报》

1932年4月15日

正如《纽约时报》的新闻评论员在上述摘录中写到的，查理·卓别林经常与电影角色（小人物）合为一体，而且全球各地的观众也觉得他表演的角色非常"入乡随俗"。他在美国居住长达40年之久,并于1921年和1931年至1932年间进行了两次旅行[1],这两次旅行的原因是当时他拍摄的电影面临着巨大风险,报纸上还刊登了他大量的私人丑闻。在这种情况下,卓别林决定到国外旅行。

卓别林于1921年动身前往伦敦,此时他刚刚执导完首部特色喜剧片《寻子遇仙记》。这部电影的重要性体现在以下几个方面。第一,正如查理·卓别林指出的那样,这部电影是继前两部观众反响较差的电影《光明面》和《快乐的一天》后拍摄的;第二,当时报纸上接二连三地刊登了质疑卓别林演技的文章,比如《是否卓别林式的时尚已过时?》(《戏剧》1919年10月号)的作者指出,卓别林的魅力在于无休止地重复扮演的角色,反对将卓别林视为伟大的艺术家,原因在于他根本不具备艺术家的资格。

此外,这部电影不仅长达六卷,而且敢于冒险大胆尝试在喜剧场面中加入悲情的成分[2]。另外,卓别林当时正从首次离婚丑闻中恢复过来,他同女演员米尔德丽德·哈里斯的离婚手续于1920年8月办理完毕。尽管马兰德[3]提议,媒体在报道卓别林离婚之事时最好能温和一些,但是美国的《德梅因星期日纪事报》(美国爱荷华州梅德因)还是用满满两个版面报道了米尔德丽德·哈里斯出庭时所做的法庭证词[4]。这篇报道因获得国际名人中心的授权而转载在美国中部的各大出版物上，这让卓别林真正成为跟他在电影中扮演的角色不相符的另一个人了。

卓别林在1931年至1932年间进行的旅行也是由于这种相似的外部环境促成的。他出发前刚刚发布了影片《城市之光》，尽管这部影片中使用了同步音轨设备，但基本上还属于一部无声电影。1931年，音响技术已在电影行业应用了五年多[5]。所以，卓别林在这部电影上所冒的风险可想而知，以下证据足以证明这一点：为了让这部电影得以上映，他不得不亲身前往好莱坞和纽约寻找播映场地；为了让这部影片能在加利福尼亚洛杉矶上映，他不惜大力资助冈比纳在当地百老汇建造洛杉矶剧院；而且，他不听合伙人的建议，擅自在纽约租下了乔治·M.科汉剧院放映这部影片[6]。在自己的私生活里，他刚刚经历了两桩丑闻风波，第一桩即与第二任妻子丽塔·格雷的离婚诉讼案件，这场案件持续了很长时间，卓别林也备受折磨；第二桩就是他欠缴美国国税局的税款案件，这两桩丑闻于1927年接连爆发。暂不论新闻报刊是如何报道卓别林—哈里斯离婚内幕的，仅仅就卓别林—格雷离婚案本身就让双方当事人立场分外鲜明了。许多学者认为，公众依据自身的教育水平和经济收入分成了两派，这种情形至少在美国是如此[7]。丽塔的离婚控诉材料编辑成一本小册子，就像其他刊登各种社会丑闻的杂志一样在街头巷尾兜售。受到媒体的影响，公众开始选择站在哪一边了[8]。支持卓别林的是他在艺术和学术领域的同行们（包括出版界的许多人），反对卓别林的是妇女团体和那些自以为拥有道德正义感的美国中产阶级。然而，在欧洲却没有这种明显的划分，因为大多数人拒绝按照这种人性的具体弱点来评判卓别林的艺术成就。一篇名为《远离爱情》的文章于1927年9月刊登在《欧洲快讯》上，这是由31位欧洲艺术家和知识分子联合起来向公众介绍他们对卓别林所处困境的看法，他们包括路易·阿拉贡[9]、安德烈·布勒东[10]、马塞尔·杜尚[11]、马克斯·恩斯特[12]、曼·雷[13]等人。

卓别林过着猪狗不如的日子。就在此时此刻这个天才般的人物彻底输了，所有人都对他嗤之以鼻，虽无惩罚却惨遭毁灭。所有的言语都无济于事，只能用沮丧、消沉来表达愤慨，这满足了一小撮卑鄙恶毒的小资产阶级的口味，迎合了大众臆想出来的虚伪心理，这简直就是潦倒的生活。当美满的婚姻面临破裂时，天才在法律面前一无是处。然而我们都知道，天才在法律面前从来都是一文不值，一向都是如此。

美国政府选择在这个不合适的时候（准确的日子是1928

年1月20日）起诉卓别林欠缴税款，查封没收了他所有的资产，包括他经营的电影公司。1931年，虽然《欧洲快讯》中列举的卓别林的不幸遭遇极大地削弱了普通公众对他的愤怒情绪，但是这种情绪并没有消失，反而随时会如火山般突然爆发，这让《城市之光》的放映变得越发紧张了。就像我试图描述的这样，这两部影片（1921年《寻子遇仙记》和1931年《城市之光》）非常重要，卓别林在这两部影片中进行了一种新的尝试，这种尝试可以让他功成名就，也可以让他身败名裂。所以，这两部电影就需要大力宣传，而且还要采取一种前所未有的宣传方式，才能达到预期的目标。就是在这个时候，卓别林撰写的游记力挽狂澜，发挥了重要的作用。两次旅行后，他分别出版了一种"宣传"式的游记：《我的国外之旅》（1922）和《卓别林：我的环球之旅》（1933—1934）。

历史背景

卓别林于1931年2月初动身前往世界各地旅行，这时世界各国正巧陷入社会经济政治危机中，德国希特勒煽动民众反对自20世纪20年代晚期签订的《凡尔赛条约》。英国驻柏林大使贺拉斯·兰伯尔德爵士（曾于1931年3月陪同卓别林一道前往柏林的一家剧院）于1929年3月在给他的财务顾问的备忘录中警告说，如果战争赔款已经达到了谣传的两百万马克，"那么政府内部就会出现不同意见，这或许会导致新一轮选举"（引自吉尔伯特[14]）。德国的纳粹分子和其他政治团体越来越不愿意承受第一次世界大战带来的心理负疚感，况且德国本身也无法继续支付赔款。事实上，金本位制给世界各国经济带来了严重的问题。正如卡罗尔·奎格利[15]指出的："据估计，20世纪20年代世界上金子储备每年需要增加3.1%，这样才能维持世界各国在金本位制下经济的稳定发展。然而1920年后，金子的产量低于这个百分比。"这种看法与国际联盟的意见是一致的，后者认为，目前世界各国实行的金本位制将会导致"淘金热"及接踵而来的金子短缺现象。事实上，早在第一次世界大战前，黄金在各国之间的分配就已经出现不平衡现象，这说明第一次世界大战前的经济体系已暴露出了一些弊端。实际上，美国第一次世界大战后实施的"贷款政策"未能令美联储实行上述做法，原本美联储打算采取措施解决这个问题，但是越来越多的贷款流入股市投机商的手里。1929年10月24日纽约股市崩盘，进而影响波及世界其他地方。奥地利、英国等国及整个欧洲经济于1931年陷入了经济大萧条时期。

这本《卓别林：我的环球之旅》最有趣的地方是，1931年，在当时的历史背景下,卓别林却成为许多社会重大事件和人们关注的焦点。当年2月,卓别林赴拉姆齐·麦克唐纳首相[16]别墅进行拜访,并对首相阁下说,他赞同发放失业救济金。卡罗尔·奎格利认为,他在与第一任工党出身的首相谈话中提到了英国议会于1929年能够阻止美国股市崩盘的命运,因为英国人会在他选举胜利后,立即将资金汇入美国。2月26日,卓别林出席了丘吉尔在查特韦庄园举办的晚宴,当时几位年轻议员也在场,卓别林提到"列宁和甘地都没有发动革命",当时离甘地从总督欧文勋爵的监狱里释放出来(3月4日)还有一些时日,后来甘地承诺停止国内的不合作运动后才重获自由。卓别林也无法预测,1931年[17]的金融危机于当年夏末席卷伦敦,引起了公众的强烈不满。他们要求成立第一届国民政府,这与卓别林给麦克唐纳首相提出的建议不谋而合。国民政府由四位保守党员、三位工党党员和两位自由党党员组成。正如奎格利所言:

"当时的英镑不堪一击,主要有以下五个原因:一、英镑被高估;二、英国的生产成本相比市场价格缺少更大的灵活度;三、黄金储备量极少;四、当时通货紧缩严重,公共负债过重;五、伦敦短期国际股票的债务已超出资产额数倍(资产额为一亿五千三百万英镑,债务已达四亿七百万英镑)。"

法国和美国分别于7月和8月借款给英国一亿三千万英镑，想借用美元和法郎在英国市场上的流通阻止英镑的进一步贬值。但是，黄金仍旧流向国外，两个月内就已达两亿英镑。9月18日，卓别林返回伦敦时，美国和法国已拒绝继续借款给英国财政部。同时，这场金融危机迫使英国于9月21日停止使用金本位制，此后一个月，卓别林还见证了英国保守党阿斯特子爵夫人[18]当选。在此次选举中英国保守党赢得多数席位，却决定保留拉姆齐·麦克唐纳领导的国民政府，旨在维持社会的稳定。

自此以后，世界各地不再拥有统一的经济体制，而是形成了两种经济格局，即以英国为中心的英镑集团和以美国、法国、比利时、荷兰和瑞士为主的黄金集团。然而，英国并没有因为放弃金本位制而实现经济复苏，多亏了实行通货紧缩政策才得以度过经济萧条时期。直到1933年，英国物价再次上涨，失业率增加，经济复苏进程才缓慢下来。

当卓别林于1931年3月9日至16日抵达柏林时，希特勒于15日向所有纳粹党官员做出指示："农民从骨子里仇恨犹太人，他们对服务于犹太人的英国共济会也存在着敌对的情绪，我们必须将这种情绪煽动到极致。"（引自吉尔伯特）卓别林是否亲眼目睹了自1930年以来纳粹党人对犹太人不断实施的暴力行动？他是否意识到了德国的失业人员已达五百万？就在他打算从柏林前往维也纳之前，德国总理布鲁宁宣布与奥地利结成关税同盟，这个提议没有得到国际联盟和设于荷兰海牙的仲裁法院的首肯，这个决定也导致了类似美国"黑色星期四"[19]的金融危机。随后，德国和奥地利两国还发表了一场联合声明，导致法国从奥地利信贷银行撤出了全部资金。5月11日，奥地利信贷银行通知奥地利政府，它已经不能正常运转。正如马丁·吉尔伯特所写："起初是奥地利，紧接着就是德国和匈牙利，它们都陆续陷入银行危机中，上百万小投资者身无分文。"巧合的是，卓别林已拜访过德国国会大厦里的几位议员，其中就有德国部长约瑟夫·维尔特[20]。几周后，由于不信任投票数稍微多于通过的票数，德国总理布鲁宁不得不关闭了德国国会，而关闭时间长达七个月（于3月31日开始闭会）。

当时，甘地正在参加9月8日在圣詹姆斯宫召开的圆桌会议，并于9月22日会见了卓别林。圆桌会议于12月1日闭幕，无果而终。"甘地恐吓道，印度国民运动和英国政府将分道扬镳，非暴力不合作运动不久将继续开展下去"。有趣的是，甘地以前从未看过卓别林的电影，可是他的支持者们建议并安排了他同卓别林的会面[21]。甘地想从这次会面中了解什么？卓别林会因此次见面受到英国政府的关注还是责难？甘地于12

月28日返回印度，因在国内继续开展不合作运动于1932年1月4日再次被捕入狱。

尽管卓别林在《卓别林：我的环球之旅》中从未提到日本已于1931年就开始不断制造事端，加紧对中国的侵略。9月18日，驻扎中国满洲里的日本军队以日本中村队长被杀为由占领了奉天[22]。数月后，卓别林同他哥哥一起抵达了日本神户。在卓别林访日期间，日本自民党首相犬养毅遭到暗杀（他曾希望制定对华友好政策），不久卓别林发现，首相妻子在他逗留日本期间也处于危险中。尽管如此，卓别林还是设法拜见了新任首相斋藤实，并于1932年6月2日启程离开日本。

之后，卓别林于6月16日返回到洛杉矶，当时在瑞士洛桑正召开关于战争赔款的国际会议。7月9日，会议接受了德国提出的所有要求，"赔款要求中各方持保留态度的唯一条款就是那微不足道的3000马克"。卓别林在旅途中对各地的经济进行了抨击，他的建议并没有引起劳合·乔治[23]和菲利普·沙逊[24]的重视，所以又有谁会采纳他的建议呢？[25]卓别林曾倡议[26]，英国废弃金本位制是最佳的做法，终止德国战后赔款的做法也是不错的建议。但是1932年年中，这种做法未能遏制由希特勒及其党羽煽动起来的德国民众心中的愤怒和复仇情绪。

卓别林出版的游记

卓别林的两本游记本质上是一种宣传工具，所以人们理所当然会将这两本游记同他拍摄的电影的商业性联系起来，我们也可以从他撰写的自传中猜出这一点。书中说，他以前就有做生意的想法，书里面这样写道："我心里都快变成商人了，总是想着一些做生意的计划。我看着空荡荡的商铺，心里盘算着如何才能赚钱，卖鱼、卖薯条，还是开杂货店？"所以，那时卓别林在欧洲旅行中宣传他最新的电影，这种做法不足为奇，这两部电影分别是《寻子遇仙记》(1921) 和《城市之光》(1931)。《我的国外之旅》讲述了卓别林在旅行中第一次将影片带进了德国，他还出席了第一场首映式[27]。查理·卓别林电影公司在这段时期的往来信件说明，第二次旅行目的地的选择也是出于《城市之光》首映式的考虑，届时卓别林也会亲自出席首映式，这样做就会增强现场的热闹气氛。卓别林电影公司欧洲联合艺术家代表鲍里斯·艾维林诺夫在当天（1935年12月12日）写完并寄给卓别林和欧洲联合艺术家纽约办事处的代表亚瑟·凯利的信中保证，"只要是我们这位伟大的天才巨星'查理'出演，就能轻而易举地重获观众的喜爱和热情",[28] 这与卓别林于 1931 年至 1932 年的旅行中进行的宣传不谋而合,那时艾维林诺夫将这次旅行称为"一次宣传查理的旅行"。卓别林设法在法国里维埃拉的沙滩上和圣莫里茨的山坡上休息放松一小会儿,但是显而易见这种做法并不是此次旅行的重点。大家心知肚明,卓别林于 1921 年和 1931 年至 1932 年的两次旅行都是为了影片的宣传。然而,《我的国外之旅》第一眼看起来似乎是一本回忆录,讲述了卓别林自取得电影界的巨大成功后,于 1921 年首次回到英国时的故事。[29] 这本书对晚年的卓别林来说不太重要,但是他在 1964 年撰写的《我的自传》中却原封不动地引用了那本书里面的一些相关内容。卓别林写自传时已经七十多岁了,在《我的自传》中他只字未提《我的国外之旅》的书名,也没说当时写那本书的缘由,研究卓别林的学者们也大都对那本书不予理会。《查理·卓别林:传略书目》的作者维斯·D.格林简要地介绍了这本书:

"先不论卓别林的'文学'志向,他在《我的国外之旅》中仅仅记述了 1921 年他在欧洲旅行中遇到的重大事件。所以,作者在书中重复提到他读过的或者随身携带的重要书籍,谈到了遇见的一些重要人物,还描述了观众给予他极其热情的迎接和招待。"

然而，这本书于 1922 年发行于世，媒体对本书的所有评论都是一味地赞许卓别林。[30]最著名的卓别林传记作者大卫·罗宾逊(《卓别林：他的人生和艺术》)就《我的国外之旅》的写作缘由提供了一些相关的信息：

卓别林对此次旅游的记录大都是在返回加利福尼亚的火车上写成的，然后一位年轻的新闻记者蒙塔·贝尔根据他的口述，写成了文字稿……这本书出版之前，最初以故事连载的形式刊登在《电影故事》上，后来才以书《我的国外之旅》(英文版名为《我的精彩之旅》)的形式出版发行。[31]

后来，这本书又在《电影界：电影周刊》和全国 29 家报纸上(主要是二级报纸，例如《芝加哥新闻》和《纽约晚报》等)连载。此外，在首次出版的十年内，本书还被翻译成除英语外的 12 种外语。

罗宾逊说："一些卓别林传记作家曾提到，书中的内容是蒙塔·贝尔'杜撰'的，行事风格与自传本人大相径庭，对卓别林的反应和情感的分析过于主观化。"然而，我对卓别林档案的研究表明，《我的国外之旅》更可能是几个人合作的结果。虽然本书的合同第二条写着"作者是本著作的唯一作者及版权人"，这里提到的作者就是查理·卓别林，但是该合同的第五条里写着，路易斯·蒙塔·贝尔[32]将从卓别林收益的

10% 中提取 1.5%，这是"为他在这本书的写作中付出的辛苦支付的酬劳"。[33]

麦克卢尔报社集团的 P.C. 伊斯门特在 1921 年 10 月 19 日的通信中提到了关于连载《我的国外之旅》（该书早在哈珀斯兄弟出版社出版）的稿酬细节问题。值得一提的是，卓别林的媒体经纪人那时也牵涉其中：

根据我们同您及您方代表卡莱尔·罗宾逊先生的商议，我们双方一致认为，您将再次润色在国外所见所闻的内容，然后签上您的姓名后再寄给我们。……该书字数五六万，将由经验丰富的资深记者负责撰写，在报纸刊登前会征得您本人和您代表的修订和同意。

后来，伊斯门特在 1922 年 2 月 16 日的来信中讲到了贝尔参与其中的一些情况。他写道："我确定，您觉得贝尔先生风趣幽默，对您也很有用，我为你们感到高兴，因为你们都想做好我们之间的这门小生意。"贝尔亲自于 1921 年 11 月写信给卓别林，专门提到卓别林的写作事宜。他这样写道："我通过罗宾逊给你寄去三捆打印文稿，但是我仍旧还有三万余字没写完，希望一周左右能写完。"根据卓别林电影公司的相关信函，贝尔于 1921 年 12 月上交了本书的最后一章节的内容。更为重要的是，我在研究后期发现了一份未出版的打印文稿。

1933年9月,《妇女良伴》首次连载《卓别林:我的环球之旅》时使用的艺术化封面。

——来自作者的收藏品

这份文稿的日期是1960年5月24日，标题为《蒙塔·贝尔》，这份文稿是卓别林《我的自传》一书中底稿和手稿的一部分。这份文稿的第一行写着同意贝尔出版此书的字样，他这样写道："由蒙塔·贝尔记者撰写我的《我的国外之旅》这本书。"这充分证明卓别林并不是单独完成该书的写作的，它本质上就是一种为影片寻求宣传的付费产品，所以档案里没有该书的任何底稿，也就不足为奇了。

另外，《卓别林：我的环球之旅》一书有几个需要注意的方面。它出版的形式包括五部分，第一部分刊登在《妇女良伴》杂志[34]（由位于美国俄亥俄州斯普林菲尔德市的克罗威尔出版社出版）1933年9月的期刊上，最后一部分刊登在它1934年1月发行的期刊上。负责这篇连载的编辑是维拉·罗伯茨[35]。像蒂莫西·莱昂斯和查尔斯·马兰德这样的学者认为，这本游记是以书的形式出版的，但是根据我对Worldcat（Worldcat是世界范围图书馆和其他资料的联合编目库，同时也是世界最大的联机书目数据库）所列书目的检索表明，列入现代艺术典藏库的一卷只是将《妇女良伴》上连载的五篇故事手工编辑成一卷而已。实际上，尽管卓别林最初希望这篇连载游记能以书的形式出版，但是并未达成所愿。[36]因此，该书没能走出美国，所以它并不像《我的国外之旅》这本游记一样，并没有带来任何财政上或宣传方面的好处。这两本书的不同之处如下：根据卓别林档案中的主要资料，我认为这篇连载游记主要讲述卓别林本人的故事，倘若不将他于1933年6月27日刊登于报纸上的"经济政策"算在内的话（这份资料是卓别林于1931年至1932年旅行期间撰写的），这篇游记可能就是卓别林第一次执笔并得以出版的文稿。

卓别林借助游记宣传电影的做法在电影界是独一无二的。他的两位好朋友道格拉斯·费尔班克斯和玛丽·璧克馥也曾经尝试写作，前者撰写了两本男性励志的书《笑容和生活》（1917）和《让生活更有价值》（1918），后者的处女作是《约会生活》（1935）。然而，不管卓别林是否意识到，他撰写的游记都证明了，这的确是宣传他扮演的小丑角色的最佳手段。由于许多儿童玩具、明信片及其他一些物品上都画着卓别林扮演的小丑形象，就连各种型号的旅行箱、高尔夫球杆、一盒盒的明信片上也都有他的经典形象，各地的景点景区里也都能看到他熟悉的面孔，所以卓别林的影迷们理所当然地就将他的游记当作了解他的一种方式。当时，或许是卓别林自己，或许是他的媒体经纪人卡莱尔·罗宾逊（他参与了关于卓别林旅行题材的电影发行，后来离开了卓别林另谋出路）将这两者结合起来，巧妙地加以利用为宣传影片服务。

1931年，比利时为纪念卓别林来访而出版的明信片。

——来自作者的收藏品

档案资料

《卓别林：我的环球之旅》的内容存放于卓别林档案的几部草稿里，誊抄的手稿只有13页，这只是这本书第一部分的一小部分而已，描述了他参加阿斯特子爵夫人府邸晚宴的回忆。这部手稿中有几页内容反复使用了近乎相同的用语，就像卓别林在电影中扮演的角色一样，给观众的感觉大同小异。正如安娜·菲亚卡里尼和塞西莉亚·森希瑞利在《作家卓别林》一书中写道："对卓别林来说，写作就是一种锻炼、一份工作、一种嗜好。写作的快乐在于通过严谨的揣摩用词，可以在下笔时达到一种近乎完美的境界。"仅通过这一小部分手稿，我也能了解到，卓别林当初撰写这部游记的目的以及写作过程中使用的修辞方法。

此外，卓别林档案中现存一些还算完整的打印文稿（本书的前面部分内容已经公开出版了，后面的这些内容就是这部分打印文稿的内容，打印文稿的页码标到第76页）。这些文稿好像是卓别林电影公司的秘书（凯瑟琳·亨特）将这部分读来有些费劲的手稿打印出来的。更重要的是，这份文稿上还留有卓别林删除和注释的笔迹，一些写在页面右边，另一些写在前一页背面。大多数情况下，人们非常清楚这些笔迹出现在原文中的具体位置，而为了使文章更加清晰，卓别林也修改了一些地方的页码。

这部文稿可能只是讲述了第一部分、第二部分和第三部分一半的内容，最后结尾处描述的是卓别林于1931年6月在法国里维埃拉度过的前几日生活，文稿中缺少第47页到第53页的内容。除了这份打印文稿，还有一份长达76页的文稿，好像是前一部分文稿的后续。这后续部分文稿记录了卓别林在上部分文稿中字迹上所做的变化。这部分文稿上的手写评语不是出自卓别林之手，而是另有其人（可能是亨特本人），这些评语只是针对拼写、发音、名字、日期和地名进行了修改。除了这些，我还发现打印文稿中有一页呈信纸大小，不像其他部分都是使用 $8\frac{1}{2}$ 乘以 14 英寸规格的纸张。我认为，当时至少还存在着另一份打印文稿，而这张不同的纸张可能就是另一份打印文稿中唯一遗留下来的一页（第63页），夹在了卓别林《经济政策》这篇文章中。

令人不解的是，尽管卓别林在国外又待了一年，但是他的游记只记叙了1931年6月至1932年6月期间的事情，游记的这部分打印文稿内容与西德·卓别林和阿尔夫·里维斯之间的信件相吻合。阿尔夫·里维斯是卓别林电影公司的经理，他在一封1933年3月30日的信中提到,《妇女良伴》的主编罗伯茨女士劝说卓别林授权她出版这本游记,"她对游记的前半部分提出了强制性修改意见,……好像对后来寄给她的后半部分也极不满意。她要求卓别林进行修改,但是卓别林不愿意按照她说的做"。然而,在卓别林档案中,我找到了几页修改完了的后半部分内容及一部分打印文稿,其中就有一篇题目为《巴厘》的三页打印文稿,这份文稿内容可能就是游记第五部分的前几段,页码是手写的,也是我能找到的可以证实这本游记的撰写意图或内容的唯一证据。它可以为卓别林的创作过程提供具体的依据,这一点是其他文稿内容做不到的,我将这部分内容全文抄写如下:

巴 厘

巴厘不同于其他热带地区,带我们来的船长告诉我们,其他小岛荒凉偏僻,到处都是老鼠,巴厘则是环境优美,更具浪漫气息。巴厘是白种人的天下,这里找不到食人者的痕迹。我一开始认为,巴厘分为北部和南部,这里的人口增长很快。忽然,我哥哥用肘轻推了我一下,他想知道,这家旅馆的饭菜好吃吗?赫斯费尔德是艺家吗？我们住的房间舒服吗？装修怎么样？那天晚上播放了什么音乐？我在这里遇到了赫斯费尔德·兰德特等几位艺术家，他们画的是什么？他们怎么画画？我们讨论了当下的艺术流派，还探讨了"美"的内涵，我们是在哪里喝的茶？我们看见本地女孩穿着……

我还找到了第二部分的"其他一些文稿"。一份两页的打印文稿夹在题为《大萧条》中关于《经济政策》的打印文稿里，这篇文稿是对第三部分卓别林在柏林爱因斯坦寓所中的情景描写的补充。我还发现了另一份名为《日本》的文稿，它的大部分内容放在了本书第四部分的最后几段中，内容是关于卓别林对日本茶艺的描写。另外，还有一张纸上只有一小段打印文字（没有标题），游记出版后，将它放在了书的最后一段。最后，还有几张题为《最后章节的注释》的文稿，它们都没出现在最后出版的书里。这本书的最后章节只是卓别林概述了经济萧条对欧洲和亚洲的影响，并针对他所见所写的问题提出的一些解决办法。

卓别林在1964年撰写的《我的自传》中写道：我抵达伦敦后，……想要改变自己，寻求新的经历，认识新面孔。我还想一举成名，财源滚滚。我只约会过一次，是跟H.G.威尔斯。

卓别林《卓别林：我的环球之旅》的手稿。

——来自查理·卓别林档案馆

3

Theater. The season's showmen of our business said it was a bad location, off the beaten path of movie goers, the rent was too exorbitant, etc. All this was very discouraging as I had had enough trouble making the picture without having the task of exploiting it, but I was determined to see it through.

Upon my arrival in New York, I discovered that ~~nearly a word had been mentioned about the opening~~. Nobody seemed to know when or where "City Lights" would play - and only five days before the opening. What little advertising had been done, was not informing enough. Such phrases as "Our old favorite is with us again," etc., were useless. What was necessary was to tell the public that "City Lights" would open at the Cohen Theater at popular prices and continuous performances. So I got busy giving instructions to my staff. I insisted that when advertising: Cohen Theater, Popular prices, and Continuous performances were to be featured as big as my own name. ~~I added another $10,000.00 to the advertising budget. Again the wiseacres shook their heads. They said I should take the terms of the movie houses even if it was less.~~ However, having spent $1,300,000.00 of my own money and two years of nerve-wrecking work, I was ~~determined it was to be a make or break proposition. So I spread myself over full page ads in every important New York Journal.~~

Having adjusted the advertising the next problem was the Theater. I discovered the screen was too large for the size of the house. Half of the seats would be useless and uncomfortable with such a size screen so we reduced it as a result we got better vision and sharper photography. I might say they were five anxious days. Everything depended upon this opening. Fortunately it was a success. The press were unanimous in their praise and contrary to all gloomy prognostigations, we broke all records for a New York engagement and made four time the amount of money I had ever received from a previous engagement. This

卓别林《卓别林：我的环球之旅》的打印稿。

——来自查理·卓别林档案馆

自那以后，我一直一个人，心里还是希望能遇到其他女性。

"我在加里克俱乐部为你安排了晚宴。"爱迪·诺布洛克说。我开玩笑地回答："又是一些演员、艺术家和作家。能不能来点英国特色的晚宴？我可是从未去过那些乡村别墅参加宴会呢！"我也想过那种少数人享有的公爵式生活。我不是一个势利小人，我就是一个游客，想到处看看新鲜的东西。

鉴于此，卓别林在自传中坦诚地叙述了他在1921年旅途中的所见所闻所想。实际上，将卓别林的这两篇旅行文稿相比较，就可以看出《我的自传》与《我的国外之旅》及《卓别林：我的环球之旅》的内容大相径庭。后来卓别林在游记里引用《我的自传》中的文章后简要地解释说，虽然同菲利普·沙逊爵士的见面非常不顺，但还是让他获得了一心想进入那个社会圈子的入场券，这件事从未在他撰写的游记中提到。还有一事游记中没有涉及，但他却在自传中提到了：他的观众觉得他的某些行为根本不像他扮演的小丑形象，例如，他对一些名人直接提出了一些意见，这些都让他看起来更像是一位口头评论员。再者，他还利用两性关系让自己看起来很受女人们的欢迎，这些都不是一个小丑应具有的特征。更甚者，他获得了法国荣誉军团勋章，频繁地拜访威尔士王子，拥有极强的物质占有欲，全力支持慈善事业，这些都证明了，卓别林物质财富丰裕，这同小丑表现出的潦倒贫穷形象大相径庭。而且，卓别林所处的20世纪30年代的欧洲并不是放纵奢侈生活的理想之地，而是如卓别林在游记文稿中最后所说的："我看到食物腐烂，货物高高堆起，然而人们却饿着肚子在那堆东西旁边徘徊。上百万人失业，生活没有着落。"这两篇著作（《我的自传》同《我的国外之旅》或《卓别林：我的环球之旅》）中的内容相差巨大，这也就再次证明，当时卓别林出版游记的真正目的是为了宣传电影，在游记中卓别林将自身的公众形象和他的电影人物形象融为了一体。

劫后余生

卓别林的环球旅行让他产生了强烈的社会意识，影响了他后来的电影创作。《摩登时代》中描述了机器的兴起和工人的失业；《大独裁者》描写了亨克尔的仆人具有毁灭性的民族主义倾向；《凡尔杜先生》中，那位动作缓慢的银行职员感到彻底的绝望，他为了喂饱家人被迫杀死那些体弱、轻信他人的人。显而易见，这三部电影都是他潜在的社会意识的反映。马兰德提到，卓别林在旅行快结束时，"他开始更多地谈论政治问题，记者们发现他的言论具有极强的新闻价值"。到20世纪

30年代中期，卓别林的政治观点"已经同他的明星形象密不可分"，也许是由于这个原因，特别是他接下来的三部电影（如上所述）都更具有教导的特点。例如，大卫·罗宾逊曾写到这次旅行对《摩登时代》这部电影的影响。他指出，卓别林在旅行早些时候参加阿斯特子爵夫人在克里夫登举办的午餐会，之后他发表了演讲。他讽刺说，机器时代的发展让人们变得得意自满，这就是这部电影的"起源"。他的游记不仅对《摩登时代》施加了社会注脚，对他以后的所有电影都产生了影响。在《大独裁者》里，观众也看到"站在房顶上的滑稽人物……俯瞰着全世界，就像走钢丝的杂技演员一样"（《卓别林：我的环球之旅》第二部分），那些房顶就是装点独裁者亨克尔的帝国首都菩提树大街两边的房屋屋顶。在这部电影里，当另一位独裁者拿帕洛尼在官邸首次接见亨克尔时，我们看到卓别林在此影射了他和比利时国王阿尔伯特见面时的场景，当时身材高大的国王在巴黎公众面前给矮小的卓别林一把小椅子坐（《卓别林：我的环球之旅》第二部分）。《凡尔杜先生》这部电影也受到卓别林于1931年至1932年的环球旅行的影响。他亲眼目睹了那里的凡尔杜们，参观了凡尔杜的"妻子们"所在的城市。游记中第一部分开头讲述了他重遇海蒂·凯莉的情景，这部分内容也几乎都出现在这部电影中。这位凡尔杜先生曾经给了没喝毒酒的一位年轻女士一些钱。她就是海蒂，再次见到海蒂已经是两人分手多年之后的事情了。

我正穿过皮卡迪利大街，这时耳边传来一阵刺耳的汽车声，我转身看到一辆黑色的豪华轿车突然停了下来。车窗里伸出一只戴着手套的小手朝我招手。我想，可能是认错了，这时一个肯定的声音叫道："查理！"

我走上前，车门打开了，是海蒂，她让我坐进去。她离开了剧团后，同她姐姐一起住在美国。是的，她姐姐嫁给了一个美国富翁，我们边开车边聊着。

"现在，跟我说说你的近况。"她温柔地看着我说道。

"没啥可说的。"我回答道。

《舞台生涯》在伦敦上映，它不仅仅是卓别林对自己童年的回忆，也是对他在1921年和1931年再次回到英国肯宁顿的记忆。在《卓别林：我的环球之旅》中，卓别林跟拉姆齐·麦克唐纳提到，他看到伦敦泰晤士河筑堤上没有了"灰白头发的老女人"睡在那里（第一部分），他感到很高兴。在《舞台生涯》里的一幕场景中，观众看到特里和卡尔维罗半夜沿着筑堤散步时就有这么一位老人睡在那里。在另一幕场景里，卡尔维罗预测将来自己也会那样。而且，卓别林在伦敦到处都能遇到"卡尔维罗"。媒体报道了类似的场景，当时卓别林在美国同卡尔诺剧团工作时遭到处罚，阿瑟·丹多，是一位身份卑微的艺术家，就靠着在路边给人家画画糊口，卓别林曾偷偷地给了他一些钱。卓别林于1931年去过沃特莱茨音乐俱乐部，这里播放怀旧音乐，客人可以在大厅进行自由表演，气氛十分温馨。就是在这里，卓别林的性格受到了更多的影响。

卓别林抵达欧洲后，开始在那里放映电影，他旅行所产生的影响还在继续发挥着作用。很显然，《纽约王》中的夏洛克国王就是卓别林在旅途中所见的欧洲皇室的缩影，国王居住的旅馆套房跟他在旅行中住过的许多房间都是一样的。电影中的社交名媛莫娜·克伦威尔可能就是以克利翁酒店的德特丁夫人、艾尔莎·麦克斯韦或其他几位夫人为原型塑造的。那个男孩的学校也可能是根据卓别林于1931年11月同阿斯特子爵夫人一道参观的巴拉德学院塑造的。正如大卫·罗宾逊所写，《香港女公爵》的剧本是20世纪30年代晚期卓别林最初为宝莲·高黛所写的，后来两人分手后，大概是因为卓别林在旅行中同梅·里维斯的关系一直很稳定，他才得以继续写完了这个剧本。

卓别林还发生了一个重要的变化，他很快就对写作发生了兴趣，这种兴趣持续了一生。大卫·罗宾逊提到，卓别林的写作过程极其严谨，"他先将所写的内容手写出来，然后口述给他的秘书。之后，他对打印文稿进行修改，令他的几任秘书吃惊的是，卓别林对文稿中的一个单词都会不辞劳苦地反复推敲琢磨，尝试着写在不同的地方或使用这个词的不同变体"。然而没有证据表明，将手写文稿变成打印稿是通过口述的方式完成的，但是，卓别林在写作时就像他在拍电影时一样认真投入。即便如此，他将1932年和1933年全年及下一年的2月22日前的所有时间都用来写作《卓别林：我的环球之旅》，他对写作的过程既熟稔又充满自信，卓别林这段时期出产的大量写作资料也证实了这种说法。实质上，《卓别林：我的环球之旅》完成后，卓别林感悟道："我对成功充满了渴望，我不是按照以往的方式，而是以一种崭新的方式获得了成功；也许是另一种努力"（第四部分），这种想法让卓别林成了一位作家。

丽莎·斯坦·哈文

注释：

1 查理·卓别林电影公司在1936年12月9日的备忘录显示，卓别林在《摩登时代》拍完后选择去东方"蜜月旅行"也是出于宣传目的。

2 事实上,卓别林运用这种方法,在《银行》(1915)和《流浪汉》(1916)这样的电影中取得了绝好的效果。这种新的突破在于卓别林把它凸显地放在片头字幕位置("一个让人欢笑的故事,但是也有可能让人落泪"),然后将相应的意思通过整个电影更清晰地表达出来。

3 查尔斯·马兰德,卓别林史学家,著有《卓别林与美国文化》。——译者注

4 在哈里斯的证词里,卓别林曾经在他们第一次过圣诞节时虐待过她,而当时的她刚接受完精神焦虑的治疗,从医院脱身出来。卓别林告诉哈里斯,"他会回家陪我吃饭,再帮忙装扮圣诞树",后来卓别林在平安夜里并没有回来。当卓别林在第二天凌晨回到家的时候,却把哈里斯叫醒,仅仅因为她买了太多礼物而斥责她。在圣诞节当天,卓别林起得很晚,起床后就继续因为她过度购买而吼叫不止。他嚷道:"他不相信这些东西。"这种论调对于工人阶层的美国人来说,更像是一种亵渎。

5 艾·琼森的《爵士歌手》(1927),融合了与电影同步的音乐和简短的对话,是当之无愧的第一部商业化的、为大众所接受的电影。

6 查理·卓别林电影公司在1930年10月14日的备忘录也许更为可信,当时卓别林这样谈道:"他心里始终有很大的疑虑,既然这个电影不是有声电影,那么加进什么东西才能被推广电影的影院所接受呢?当然,跟他有过交流的电影公司也有这种困扰。"

7 见于查理·马兰德的《卓别林与美国文化:一个明星形象的改变》(1989),第98—105页(第102页最为详尽)和大卫·罗宾逊的《卓别林:他的生活和艺术》(1985),第375—376页。

8 这份23页的文件打印在廉价的木浆纸上,该诉讼就在提交到洛杉矶法院两天以后,也就是1927年1月12日被公之于众,其中最为强烈的控诉见于文件第五部分第三项:"被告迫使原告做出如此种种行为,来满足被告所要求的非正常、非自然、变态堕落的性需求,由于太过粗鄙、淫秽、令人作呕,本控诉不作详细阐述。"

9 路易·阿拉贡(1897—1982),法国诗人、作家、政治活动家。——译者注

10 安德烈·布勒东(1896—1966),法国诗人、评论家。——译者注

11　马塞尔·杜尚（1887—1968），法国艺术家。——译者注

12　马克斯·恩斯特（1891—1976），德裔法国画家、雕塑家。——译者注

13　曼·雷（1890—1976），达达主义的奠基人，美国诗人、雕塑家。——译者注

14　吉尔伯特，即马丁·吉尔伯特（1936—2015），英国历史学家。——译者注

15　卡罗尔·奎格利（1910—1977），美国历史学家。——译者注

16　拉姆齐·麦克唐纳（1866—1937），英国首相。——译者注

17　有趣的是，查理·卓别林电影公司备忘录的摘文显示：尽管经济状况发生改变，但是，1932 年，查理在伦敦一直都有买进股票（有记录的交易时间是在 1932 年的 1 月 11 日、5 月 20 日、11 月 17 日，另外一次交易被认为是在 1933 年 3 月 21 日）。

18　阿斯特子爵夫人（1879—1964），英国下院第一位女议员（1919—1945）。——译者注

19　"黑色星期四"是指 1929 年 10 月 24 日（星期四）美国华尔街股市的突然暴跌事件。——译者注

20　约瑟夫·维尔特（1879—1956），德国威玛共和时期的著名政治家。——译者注

21　卓别林在《卓别林：我的环球之旅》中这样说："圣雄甘地传信说，他想在卡尔顿酒店或是其他什么地方同我见上一面。"

22　奉天，沈阳市旧称。——译者注

23　劳合·乔治（1863—1945），英国自由党领袖。——译者注

24　菲利普·沙逊（1888—1939），英国政治家。——译者注

25　在卓别林档案馆中的一些信件证实了卓别林的睿智。在信中，他为应对经济危机提了很好的建议。一位名叫 R.R. 斯诺登的化学家在 1932 年 12 月 14 日的一封信中写道："前不久我读了您提出的有关世界经济复苏的方案，迄今为止，看起来没有哪个国家领导人对其加以重视，对此我感到震惊。在我看来，您的规划是所有方案里最为明智的，也是最有可行性的……"另一封信是国会候选人大卫·霍斯利于 1932 年 6 月 27 日写给卓别林的，在信中他表达了相似的赞许："我在审查报上读了您向外界谈及的解决世界最紧要的问题，即恢复国际贸易问题的方案，它的逻辑性与务实性深深地吸引了我。"

26　2月25日,在下议院里,在由阿斯特子爵夫人举办的晚宴上,卓别林第一次就经济问题发表演说。他提道:"作为兑换媒介,黄金已经不足以支撑起日益增长的人口,尤其是在劳动市场劳动力大幅下降的情况下。黄金的储备太少……也许政府应该增加白银或其他东西的储备。"

27　摘录自查理·卓别林电影公司备忘录,1931年1月1日,"为了正确地宣传、开发、推销电影《城市之光》,卓别林先生亲自出席了在纽约、伦敦、巴黎、柏林以及其他城市的首映仪式。事实证明,出席这项活动是很有必要的,卓别林凭借敏锐的商业嗅觉,制造了令人满意的效果"。

28　原文为法文。

29　1921年12月3日,阿尔夫·里维斯在给蒙塔·贝尔的一封信中提到,书名曾经定为《成功时刻》(查理·卓别林档案馆)。

30　节选自报刊评论:①1922年2月17日,《艾伦顿报》:"查理·卓别林的《我的国外之旅》是我在一段时间里读到的最物有所值的一本好书,尽管谈不上最好,但字里行间充满着人情味。"②1922年3月10日,《克利夫兰报》:"查理·卓别林在记述他的欧洲游时,笔尖流淌着真挚的情感、缜密的思绪以及敏锐的洞察力,是最近出版作品里最好的。"③1922年5月17日的《印第安纳波利斯新闻报》给出了少有的否定观点,"查理·卓别林……讲述了他去年的欧洲行,但并没有显示出与他在荧屏上相一致的才华,有心的读者会发现查理绝对真实的一面。事实上,这些读者会感觉他的电影也并不好看。"

31　罗宾逊在《卓别林:舆论的镜子》里,用了一整个章节谈论《我的国外之旅》,见第52—59页,而《卓别林:我的环球之旅》没有被该书提及。

32　路易斯·蒙塔·贝尔(1891—1958),身兼《华盛顿邮报》记者、《华盛顿先驱报》编辑和总经理数职,当时由他负责《卓别林自传》的整理出版。在上文援引的信中,贝尔透露了这本书的进展,他向卓别林讨要了一份工作,并于1922年1月1日签署了合约。这份工作使他在2月末赶上了卓别林的电影《发薪日》的最后拍摄。在他自立门户,先后担任华纳兄弟、米高梅、福克斯、环球影片制作公司导演之前,还在卓别林之后的电影《朝圣者》里饰演了一个小角色,随后又在拍摄《巴黎一妇人》期间担纲文学编辑。

33　在阿尔夫·里维斯提供的一封于1921年12月3日写给贝尔的信中显示,贝尔同时还收到了卓别林工作室的合约，该合约在签署之后转交给了南撒·伯肯律师，当时贝尔有望在1922年1月开始工作（查理·卓别林档案馆）。

34 《妇女良伴》，创刊于1873年，是宣传女性信息领域里的先驱。艾伦·内文斯于1933年11月这样写道："在过去六十个年头里，每逢女性争取地位的重要节点，《妇女良伴》都在那里发挥着引导、劝告及鼓励的作用。"该期刊的特色在于，像布斯·塔金顿、珀尔·S.巴克、西奥多·德莱赛、艾莲娜·罗斯福等人都在上面发表过文章。其主笔、长期担任主编的格特鲁德·巴特尔斯·莱恩谈道："我们的报道力求聚焦在世界发生变化的事宜上，尤其是人们日益关心的女性权益。"莱恩女士，一位伸张女性自身权益的先驱，从1912年起直到1941年逝世，长期担任《妇女良伴》的编辑。作为率先为妈妈们分享医疗健康领域知识的杂志，"成就好孩子"成为该杂志的特色。莱恩去世时，《妇女良伴》的发行量已经高达350万份，在女性杂志里创下了纪录。

35 在卓别林第二次海外旅行期间，时任《妇女良伴》的总编维拉·罗伯茨女士与卓别林及其团队就将近三年的《卓别林：我的环球之旅》经历进行了很多次沟通。1931年6月24日，阿肯色州阿什顿的《小河报》披露了当时的细节。罗伯茨下了很大功夫，才超过众多男编辑，签下卓别林的这本书。6月初，在卓别林宣布再写一本国外游记的打算后，罗伯茨是唯一一个通过越洋电话，就签约卓别林进行谈判的编辑，她也由此在这场争夺中最先取得进展。之后，她直奔柏林，两人仅仅用了四个小时就敲定了合作事宜。罗伯茨回国后在纽约码头接受了采访，她这样说道："我同很多作家有过接触，但我从来没遇到过像卓别林这样高效的作家。"不过，这么好的合作关系没过多久就中断了。

36 为什么这个系列没有出版成书？卓别林工作室的经理阿尔夫·里维斯在1933年3月30日写给卓别林的哥哥西德·卓别林的一封信中揭示了原因：《妇女良伴》希望，整个故事只有在本刊连载完之后，才能在国内或海外发行其他形式的出版物。她（维拉·罗伯茨）说这是出版的惯例。如果照这样下去，无论是出版成书籍还是报纸杂志，都得等相当长的时间，因为故事连载完就要花费大约6个月的时间，那我们只能把出版全集推迟到明年。

卓别林：
我的环球之旅 *

* 作为签下这个连载故事的唯一合约,它被称为"1931年3月25日《妇女良伴》的合约提要",其上面写道:

50000字底稿,价值50000美元。正式的合约将在查理·卓别林回到好莱坞之后签订,合约签订后《妇女良伴》先支付10000美元,余款将在底稿完成后付清。整个底稿出版前,查理·卓别林的名字不会出现在美国其他杂志上。

卓别林在巴黎克利翁酒店签署了这份合约。

第一部分 [1]

作者：查理·卓别林（1933）[2]

世界上最受人欢迎的演员讲述他的青春史和奋斗史，描述所经历的故事，在今天的荣耀里重温过去的时光。

在过去的 20 年里，我从洛杉矶去过纽约七次，去过欧洲一次，欧洲令我格外难忘。这些旅行只是出于生意的原因，都是因为当时我头上悬有一柄达摩克利斯之剑。所以，虽然我在洛杉矶住了长达 20 年，即便在工作间歇，我也往往疏忽了感情上的事，就不足为怪了。这些给我带来了无穷的烦恼。

爱情破灭后，名声和财富让我变得无动于衷。除了工作，我对其他事毫无兴致可言，20 年后，工作也变得令人厌烦。所以，我急需情感的刺激。

我厌倦了爱情和周围的人，变成一个以自我为中心的人。我想再回到青年时代，重新捕获童年时的心情和情感，现在这些早已离我远去，如此不真实，就像梦一般。我想让时光倒流，穿越到记忆模糊的过去，再次让其清晰可见。

我为这次旅行感到兴奋不已，买了好几份伦敦地图，在加利福尼亚的家里，我反反复复地研究路线，那些给我留下孩童回忆的地方重回我记忆中。

那些让我感到压抑窒息的工厂高墙，令我恐惧不已的房屋，还有令我难过悲伤的大桥。我想再次捕获那些悲伤和欣喜。我再次回到了那所孤儿收留所，从5岁开始我在那里住了长达两年之久。忘不了那些在操场上度过的寒冷暗淡的日子！我想看看我们避雨的那个操练大厅，那时我们围着还有些温热的水管哭诉不已；还想看看有长桌子和排着长队打饭的大饭堂；还想闻闻我们一进厨房就扑鼻而来的锯末和黄油的味道。

这些记忆对我影响至深，我想再次重温，害怕以后再没机会了，因为将来任何事都可能会发生，学校也许会被拆除，所以此时我不能让自己错过。

我到英国的首次旅行就是一次失望之旅，不是因为我受到的接待，正好相反，朋友们和其他人都对我十分友好，而是由于其他原因，过会儿我再详细解释一下。

现在得先说点别的内容。那时我才19岁，精神上极度空虚，靠着杂耍表演（我们美其名曰杂耍表演艺术家[3]）勉强度日。那时，生活是孤独寂寞的，社会圈子也非常狭小，我渴望更多的东西。那时的日子对我来说，没有浪漫，没有快乐，没有任何美好可言。忽然八月的一个晚上发生了一件事。

我们在一家郊区的戏院演出，当时我正站在幕布后等待上台。当时一家剧院的女孩们在台上跳舞,其中一个女孩滑倒了,其他人都在笑她,她的头发呈咖啡色,眼睛大大的,是褐色的,满眼尽是笑意。

忽然滑倒的女孩转身朝幕布的方向看来,恰巧迎上了我的目光。我从未见过这般美丽的小脸,当时我目瞪口呆。她感到我喜欢她的笑容,不一会儿变得有点不好意思了。

后来,她下台换装,让我照看她的衣服,衣服上有薰衣草的香味。自那以后,我一直非常喜欢这种香味。

她们表演结束后,她来取衣服。

"谢谢你。"她说,我们两人站着、笑着,但是这时剧团经理走过来,打断了这一幕。

"快点,我们快晚点了。"她们还要去另一家剧院表演,她转身去拿东西。

"我帮你拿吧。"我激动地说,拿着她的化妆盒,帮她打开门。

"明晚见。"她急切地说。

我只有点头的份儿,嘴巴早已说不出话来。她走到门口时转过头来,略带羞涩地说:"别忘了。"

"我不会忘的。"我回答道。

这就是我和她的开始。以后,每晚我们都能见上几分钟,白天我们无法见面,因为都忙于排练,所以我们约好一个周日下午四点钟在肯宁顿大门见面。

我为见她每次都用心打扮一番,身穿过腰的双排扣大衣,头戴圆顶礼帽,手戴手套,一只手拄着一根手杖,另一只手伸到裤兜里反复摩挲着那 30 先令。

那个星期日对我来说与众不同,街上到处都是乱扔的车票,一张新闻报纸漫无目的地在路上飞。差四分就四点整了,我不知道她卸妆后是什么样子。不知为什么,我怎么也想不起来她的样子。我越努力想,她的样子就越发变得模糊不清,她不化妆也许并不美。

终于,我看到一位长得有些像她的人向我走来,离得越近,我的心就越往下沉,一点儿都没有我想象的美,我非常沮丧,但是必须强打起精神。我觉得,我必须让她以为我见到她很惊喜,不能露出一丁点儿失望的情绪,这对她太残忍了。

这时她快走到我跟前了,正直直地走向我,我刚要朝她笑,她就转头越过了我身边。不是她!谢天谢地,不是她!我终于松了一口气。接下来的时刻令我感到不安,已经是四点零一分了。

一辆公交车慢慢停了下来,车上的乘客纷纷下车。最后,一位看起来身材苗条的女孩向我走来,她身穿一件干净的蓝色哔叽外衣，看起来神采奕奕，非常漂亮。我立刻就认出了她，她就是海蒂，比我想象的还要漂亮。那天如此美好！

那天晚上我送她回家后，独自漫步在泰晤士河堤上，我的情绪久久不能平静。我想发泄我的快乐，我想做一个动作，我的口袋里还有19个先令呢！一路上都是一堆堆废弃物，我走到附近的一家小咖啡铺，用剩下的钱买了一杯茶和一份三明治，这就是陷入爱河中的年轻人的举动。

接下来的事情势不可当。对她来说，这段插曲只是我对她的一种青春期的热恋，但是对我来说，它却是一种情感初萌，是一次寻求美的行为。我猜想，可能是我对她的狂热让她感到有负担，所以才会很快对我感到厌倦，导致我们的分手。

后来，她随剧团去美国了，足足有两年时间我没见到过她。我尝到了年轻时暗恋的苦楚。当我再遇到她就是以另一种方式了。

当时，我正穿过皮卡迪利大街，耳边突然传来一阵刺耳的汽车声，我转身看到一辆黑色的豪华轿车停了下来。车窗里伸出一只戴手套的小手朝我招手，我想，可能是认错了，这时一个肯定的声音叫道："查理！"

我走上前，车门打开了，是海蒂，她让我坐进去。她离开了剧团后，同她姐姐一起住在美国。是的，她姐姐嫁给了一个美国富翁。我们边开车边聊着。

"现在,跟我说说你的近况。"她温柔地看着我。

"没啥可说的,"我答道,"我还是做老本行——逗人笑,我想在美国试试运气。"

"那么我可以在美国见到你了。"她插话说。

"是啊,不过要跟我的秘书定一下时间。"我开玩笑地说。

"我说真的!"她坚持道,"自从分开后,我非常想你。"

我又一次心花怒放,但是我心里知道,我和她早已不可能了。

那天晚上,我们一起去看了她的哥哥和母亲。海蒂第二天要去巴黎,我们互相道别,她说会给我写信。但是,她只写过一封信,之后就再也没有音信了,后来我去了美国。

不久,我听说她同她姐姐也到了美国。当时又想见她,又觉得尴尬。她的富有只会令我感到更自卑,然而我还是经常在她住的第五大道上的住宅区溜达,希望能偶遇她,但都无果而终。最后,我放弃了再见她的想法。

后来我投身电影业,一鸣惊人。

我曾去纽约签署数百万美元的合同,我想这应该是见她的最好机会,但是却无法像普通人那样去见她了。我不能去她家找她,也不能给她写信。我太害羞了,只能在纽约多逗留一些时日,希望能偶遇她。

一家纽约报纸曾刊登这个标题《卓别林藏起来了——无处可寻》,根本不是这么回事。如果他们曾注意到一辆出租车停在第五大道某一所房子的对面,就会发现那个藏身之人。

最后我和她哥哥不期而遇,我邀请他共度晚餐。他一直都知道我喜欢他妹妹,在谈到他妹妹时会不好意思。所以,我们饭间聊的都是我工作上的事情。

最后,我还是忍不住问道:"哦,对了,你妹妹好吗?"

"哦,她很好。她结婚了,住在英国。"

我立即决定离开纽约,回去工作。

后来在工作的间隙里,我偶尔会查看信件,只是希望能发现一个特殊的"e",这是她独有的字体。有一天,来了一封信。

我立刻认出了它,当场打开信,署名是"某某夫人","某某"就是"海蒂"。

信开头写道:"这么多年你是否还记得我?我常常会想起你,却不敢给你写信。"

太讽刺了!她竟然不敢给我写信!

信尾写道:"如果你来伦敦,来看看我吧!"

这封信读起来既陌生又遥远,但是我还是要去伦敦的。再见她多高兴啊!这次我不再自卑了,也不会感情用事。

我觉得，无论发生什么事，我都不会再感到失望，我早已变得冷静理智了。

几周之后，我的片子就拍完了，等工作告一段落，我就动身去英国。[4]

船抵达南安普顿市，我受到了盛大的接待，市长亲自接见了我。成百上千的电报和电话邀请我参加各种宴会和聚会，我心里感到非常激动。

海蒂的哥哥也在这艘船上。我想海蒂也可能跟他一起。我跟他热情地打招呼，但是海蒂没跟他在一起！在车站接受完记者的采访，见过送行的人群后，我们终于踏上了伦敦之行。

在车厢里，海蒂的哥哥索尼坐在我旁边，跟我说，伦敦已经沸腾了，他们热情欢迎我的到来。我礼貌地听着，却在想别的事情。我在想，见到海蒂会有多么惊喜，她会说什么？她会做什么？我愿卸下所有伪装，简单自然。一个人功成名就后才可以做回真正的自己。

车厢里就剩下我和索尼两个人了。那时我没有注意到，他脸上表情很怪。就像以前一样，他不愿提到海蒂。突然间，我们谁也不说话了。我看向窗外，满眼都是绿油油的田野，一闪而过。终于，我忍不住探问："你妹妹在伦敦吗？"

"海蒂？"他静静地说，"我以为你已经知道了，三周前她去世了。"

我万万没有想到,竟是这样的结局。我做好了应对一切失望的准备,却唯独没想到这个。我感到,人生就是一个大骗局,这次假期一下子变得毫无意义。

那以前,我人生中始终存有一个模糊的想法,一个渺小的愿望,虽然从未分析过,也不太确定,但一直住在我的内心深处。我一直都想将我的成功当成一束花送给某个人,而现在人去楼空,花又送给谁呢?

因此我决定这次我不能灰心失望,过分依赖一个人太危险了。她长大后就变了,离开了我,成为我生命中的过客。

我觉得伦敦丝毫未变,没有任何改变可以影响我对她的记忆,如果我能捕捉童年的一些回忆片段,那么也就不枉此行。

那天,结束了《城市之光》的放映后我终于松了一口气。长达两年的烦躁和焦虑,现在终于看到了最后的结果,就像跑完了马拉松一样畅快淋漓。

通常每部影片放映后我都会在床上躺一两天,放松一下紧张的神经。但是,这次还有一项任务没有完成,就是谱写同电影同步播放的乐曲。[5]我跟你说,这肯定是一项最令人头疼的工作,但是最后还是为洛杉矶的首次放映做好了万全的准备。

所有的首次放映都会令人紧张。在这些场合上，我总会觉得拍摄这些影片是个错误，是个以后永不会再犯的错误。但是，观众们却异常兴奋，满怀期待地等待电影开始。

倘若我能压抑住这种拍电影的热情就好了，因为我心里总害怕，观众看完后会感到失望。然而，我不得不沿着这条路继续往前走，接受上帝赐予我的一切。当我听到第一声笑声时，我焦急的双耳就像听到了动听的音乐一般，畅快无比！

从左至右分别是：阿尔伯特·爱因斯坦、卓别林和爱因斯坦的夫人，他们于1931年1月30日在洛杉矶参加《城市之光》的首映式。

——来自查理·卓别林档案馆

那天傍晚，爱因斯坦偕夫人与我共进晚餐，然后一起去剧院。在放映期间，我一直坐在他们旁边。我偶尔也会打量一下这位伟大的教授，他是一个多么简单的人啊！想象一下，他竟然怀着孩子般的热情在看电影！

他大笑，尖叫道："啊，太棒了！太漂亮了！"[6]我会在后面的章节中写到这位教授的故事。

我的朋友们向我保证，我取得了成功。经过在洛杉矶那晚首映的煎熬后，我计划第二天晚上就去纽约。

我到纽约后[7]，邀请已故著名漫画家兼作家拉尔夫·巴顿[8]跟我一道去欧洲。他跟我说，他一直感到压抑苦闷，最近他想自杀。可怜的拉尔夫！我记得，我以前非常迷恋他呢！

"生活不可能会打倒我，"我说，"其他的都不重要，身体最重要。我们的悲剧是我们自己造成的。"

拉尔夫的创造力已经消耗殆尽，我觉得，这始终在他心头萦绕不去，可能也是他后来自杀的部分原因吧。

我尽量鼓励他，"所有的艺术家在创作上都会陷入低谷，这段时间修复土壤，反复犁耕，重审过去的经历，再浇水，就会孕育出新的果实。那么，将来你就会收获新的创造力。"我笑着说，"你需要一些新的刺激，跟我去欧洲吧。"

他接受了我的邀请，我们乘坐"毛里塔尼亚"号去往英国。

如果你着急赶路,就会觉得旅途很漫长,我计算着时间。跟我一起旅行的是我的朋友拉尔夫·巴顿、卡尔·罗宾逊[9]、我的秘书和科诺,我将他称为"我的贴身侍从星期五"。他什么都会做,护士、私人秘书兼保镖。他是日本人,典型的万事通。

拉尔夫感觉好些了。我向他"兜售"英国,三年前他是一个亲法分子,后来我在离婚上遇到一些麻烦,他恳求我离开美国,跟他一起去法国生活。

"美国没有文明,"他说,"艺术家的生活过度暴露在极其苛刻的道德审查上。但是法国不一样,法国人对这类事情更加通情达理。"

拉尔夫最近才从法国回来,不住在那里了,因为觉得离工作的地方太远了。

他承认,以前从未喜欢过英国或是英国人。"他们是一群冷酷的怪人,拘泥于古时的传统和史前的习俗,他们都是一群趋炎附势之人。"

我抗议道:"趋炎附势是世界所有国家的通病,共和国也不例外。就拿美国为例,趋炎附势充斥在美国社交界和高级酒吧里。你的职业和你从事的运动都会被分成三六九等。如果你能在家里接待两代人玩马球的,那么你的社会地位将稳如泰山。"

时间一点点过去，我们一直坐到深夜，讨论着事情的利弊。[10]

我们打算在南安普顿下船，但是我发现麦尔肯·坎贝尔爵士[11]要从那里下船，我想，名人不应扎堆出现，于是决定把船停靠在普利茅斯，让麦尔肯爵士在南安普顿下船。

我们抵达时已是早上7点钟，但外面还是有朋友接我们。我们简单地接受完媒体的采访后，立刻钻进了一辆私人包厢去往伦敦。几位记者也在火车上，他们想要对我进行专访，但是我没同意。如果我同意了，那么我在车上就别想消停了。

然而，他们非常有人情味儿，我在车上竟得空小睡了一会儿。醒来后立马发现自己脸前竟然有三台照相机，原来无论我是睡着还是醒着，都被拍下来了，什么姿势都有。

英国乡村非常宁静，到处是红砖房，绿色的田野舒适地躺在那里，还有一些新型的房屋，同我们在加利福尼亚的小房子类似。自我上次来过之后，英国在房屋建造方面下了不少功夫。拉尔夫看到德文郡乡村的美景狂喜不已。

伦敦终于到了！车站上聚集了不少人。我刚一出车门，就看到面前一组组相机咔嚓咔嚓拍个不停。警察试图让人群后退，他们全都异常兴奋，当时我也感觉非常高兴。虽然我们被人群推着走，他们用力推搡着我们，但是我喜欢这样，这

1933年9月连载《卓别林：我的环球之旅》故事的首页（《妇女良伴》）。

——来自作者的收藏品

让我感到处在浓浓爱意的怀抱里。

我看着这些渴望的脸庞，因兴奋而跳动的眼神，这些都表达了他们对我的热烈喜爱。我们所有人都沉浸在这种喜悦之中，这是他们对我的欢迎，也是我对他们的欢迎。

为什么伦敦总能撩动我的心？是因为这里的人们喜欢我吗？这些伦敦佬是我的影迷，我也是他们中的一位。我看着他们，感觉到了那种精神上的渴望，那种内在的渴求。他们的情感已无法诉说这种渴望，只能紧拉着我的袖子不放。他们对生活的要求多低啊！我做了这点事，他们就对我充满感激之情。

我转身朝拉尔夫看去，他的眼中盈满了泪水。天啊！如果他哭了，我肯定也会哭的，但是我竭力忍住，否则别人会以为我爱哭呢！所以，我微笑着，手紧紧握着，终于钻进了等候已久的汽车里。

我们离开时欢呼声四起，"上帝保佑你，查理！"我们下榻卡尔顿酒店。

我的同伴们受到了刚才情感的感染，我自己的情绪也很混乱，五味杂陈。我感到喜悦，也夹杂着些许遗憾，给心里带来一丝空虚。在车里，我背朝后坐下，心里默默念着，我已身在伦敦了，自我上次离开这里已满十年了。一想到这一点，

卓别林在伦敦丽思·卡尔顿酒店为粉丝们签名。

——来自查理·卓别林档案馆

我心里很不是滋味。事情都有两面性,我的印象只是表面上的,我向后坐着,因兴奋而变得呆若木鸡了。

许多人等在酒店门口。我再一次震惊了,他们的热情让我感到有些痛苦,但是却变成一种"美丽的痛苦"。

卡尔顿酒店!我孩童时有多少次从门外向里瞧,看到里面是那么金碧辉煌,难以置信!更是想也不敢想,我以后会住上这里的套房!我走进去后,这些潜意识的想法飞快地从脑海中一闪而过,然而从表面上看,我似乎表现得很淡然,并没有露出任何超乎寻常的蛛丝马迹。

我们被带到一套宽敞的大套房里，房间里放着许多信件和邀请函。当晚，我们在菲利普·沙逊爵士[12]的莱恩公园府邸用餐。

财富往往是创造力的阻碍，然而，菲利普爵士虽年轻富有，却在政府中担任要职。我总是钦佩他积极参与公众事务，钦佩他为英国所做的贡献。

第二天早上，我起得很早，早饭后我步行去了伦敦西区，然后乘出租车到了肯宁顿，我以前的住处。

那天早上天空明亮、万物生机勃勃。我看到昔日熟悉的地方不禁暗暗吃惊，亲爱的昔日伦敦，今日容颜未改！现在是早上八点钟，我情绪非常激动，在街角竟然泪流满面。

这不是自怨自艾，这是再次见证伦敦的美丽，过去的种种再次回到眼前，带着笑容，带着友好，种种感受和感情就如梦幻般涌上心头。

我站在肯宁顿公园里，一位女士坐在一把长椅上，一个小孩在她面前高兴地跑来跑去。

我以前也像这个小家伙一样玩耍，那时我5岁左右吧，也有一位妇女坐在同样的长椅上，那是我的母亲。

我记得那天似乎发生了一些不好的事情，我永远都不会明白到底发生了什么。之前我在儿童游艺所玩耍,之后想回家给妈妈一个惊喜。我从后面悄悄地靠近她,这时才猛然发现她在抽泣。当时我很吃惊,马上跑到她跟前,也哭了起来。过了一会儿,妈妈开始安慰我。

之后不久,我们去了济贫院。自那以后,我一见到公园就会压抑难过起来。

我早上走时,拉尔夫还在睡觉。我回来时,他已经快吃完早餐了。他吃的是可口的英国鲷鱼、吐司和橘子酱,但是我想吃新鲜鲱鱼,这十年里我最想吃的就是这个。所以我跟酒店说,将鲱鱼先用面粉裹一下,再用黄油煎。

早饭后,信件已经分门别类整理好了,我将那些需要我本人回复的信件放在一旁。在伦敦逗留期间,必须再雇三位秘书处理这项事务。

我和拉尔夫被邀请赴阿斯特子爵夫人的午宴。我们抵达后,被带到一间宽敞的格鲁吉亚式大厅里,这个大厅几乎没什么装饰,但是品位极高。

阿斯特子爵夫人性格活泼外向,她一进来,整个大厅的气氛立马活跃起来,让人有一种慷慨热心的感觉。阿斯特子爵夫人将我和拉尔夫介绍给在场的贵宾们。

午宴上宾客众多,其中有一位留着白胡子、个子高高的绅士站在壁炉的左边，我立刻就认出了他，他就是萧伯纳[13]。我觉得，他当时有点羞涩。

阿斯特子爵夫人给我做了介绍，我傻傻地笑着说道："哦，当然了，萧伯纳先生。"然后就紧张地发出了"哈哈"的笑声。当时我不知所措，目瞪口呆，说不出话来。

后来阿斯特子爵夫人离开了，留下我和萧伯纳两人。大厅里其他人都在高谈阔论，只有我们俩默默无声地对视着。

我傻傻地笑着，就是不知该如何开口。我们俩都换着脚站着，谁也不肯打破这可怕的沉默。

于是我就开始说起天气如何。谢天谢地，这时阿斯特子爵夫人赶过来宣布午宴要开始了。

午宴上，阿斯特子爵夫人非常风趣幽默，她善于模仿，将19世纪90年代的女骑手模仿得惟妙惟肖，让在场的所有人发出一阵阵笑声。

午宴后，女士们离开大厅，男士们则拉过椅子聚在一起，边喝咖啡边聊。大家聊得不太自然，有时话题无法继续下去。我自己则不抱任何希望，只是放松一下，倾听别人讲话。然而萧伯纳先生让气氛又活跃起来，他讲了好几件趣事。我觉得，他非常和蔼可亲，这是他的另一面。

在聊天时，我可以趁机近距离观察他。他的表情天真烂漫，有着只有年轻人才拥有的清澈眼眸。他说话时,眼神锐利热情。我试图想象出他没有胡子的样子,我记得,他的下巴比较长,下嘴唇非常饱满,表情温和可亲。萧伯纳不会让人觉得他是一位讽刺作家,只是他说话时有些傲慢罢了。

我坐在旁边一边听他讲话,一边形成对他的判断。我喜欢他,仰慕他的才华。但是,我不敢苟同的是,他好像曾说过,所有艺术都应是宣传手段。

我认为,这种说法会限制艺术的发展,我更愿意认为,艺术的目的是强化感觉、颜色或声音(如果物体有的话),暂不论其道德与否,艺术应给艺术家表达生活的充足空间。我愿意就此话题同萧伯纳进行讨论,但是我知道,在这个问题上他凭借自身才智一定能胜出。

过了一会儿,我们也离开大厅到花园去,我、阿斯特子爵夫人、艾米·约翰逊[14]和萧伯纳一起在花园里合影留念。

"萧先生,向这边转一点。"一位照相师说。

"我不转,"他温和地回答道,"你只能照我这面。"

我总是最后一位离开宴会的人。客人们走后,我、阿斯特子爵夫人和拉尔夫围坐着聊天。我们谈到政治话题,讨论了工党政府的未来前景、危机和原因。我们离开时都快到茶点时间了。

从左至右分别是:女飞行员艾米·约翰逊、卓别林、南希·阿斯特子爵夫人和乔治·萧伯纳,他们于1931年2月25日在伦敦合影。

——来自作者的收藏品

在走回卡尔顿酒店的路上,拉尔夫问我对萧伯纳的印象如何。

"他极具魅力,思维敏捷,喜欢探究思想。但是,并不像媒体描述的那样冷酷无情。我觉得,他平易近人、仁慈善良,将自身睿智作为防卫武器掩藏自身的情感。"

拉尔夫问道:"你怎么知道?"

"他对艺术的接触及跟朋友的关系可以部分表明这一点。比如那些他曾写给弗兰克·哈里斯的已出版的信件。尽管彼此的坦率会激怒对方,但是也能从中体会到双方的真挚友谊。"

伦敦让我朝思暮想,我永远都不会厌倦这里。我自己徜徉在十年前的街道上,沉醉在往日浪漫的回忆中。

这里应有尽有,海德公园、兰卡斯特门、摄政街和格罗夫纳广场,一应俱全。它们身上都有灵魂和个性。

格罗夫纳广场同豪华的房屋一起围着几根如岗哨般的希腊柱子呈环形分布,这些优雅简朴的柱子令人肃然起敬。我认为,它们象征着维多利亚时代的高贵典雅,那是英国盛产伟人的时代。

我可以想象一人驾驶着一辆驷马马车,骏马昂首阔步,满口泡沫,车后紧跟着面带傲色的仆役们,随时等待帕默斯顿爵士或迪斯雷利先生发出打开车门的指令。我看到,绅士们戴着质量上乘的黑色领结和褐色丝绸帽,帽子下面露出精心修饰的鬓角;女士们娴静端庄,身穿带有裙撑和蓬蓬袖的礼服,撑着象牙手柄的太阳伞,牵着卷毛狗在晨间漫步。

然后我去了通往特拉法尔加广场的议会街,曾经多少次我走在这里，站在那栋宏伟的大楼即查尔斯国王的宴会大厅跟前。

查尔斯一世就是穿过这个大厅走向刑场的，他走过角落边的窗户，来到建在大厅前面的断头台上。那扇窗户依旧在那儿，石头砌成的外墙也依然如故，当时断头台就建在外墙边。

我拥有旅行者的灵魂，我喜欢参观历史事件发生的地点。我试图获得一种共鸣，一种对事件的感受。我想象着自己就是查理一世，走过那扇窗户接受被砍头的处罚——也许人们从那扇窗户外都看到了这一幕。然后我再作为围观者，让自己置身于当时群众进行围观的具体位置上。

再后来，我还去了自己感兴趣的地方，像兰贝斯区、肯宁顿、布鲁克街、伦敦西区广场和威斯敏斯特大桥路等。至今，我对那里的小店铺还记忆犹新呢！

那家售卖假肢的小铺里出售令人失望的蜡质扁平足和恐怖的彩色人体解剖画，画上的神经系统错综复杂，就像海底珊瑚的形状一样。

那间破旧的胸衣小店里摆着一位女性蜡像，她的胸部也是蜡做的，裸露在外，这让人感到有伤风化。她头上戴着头饰，转头傻呵呵地笑着。这些小店虽然破旧不堪，但是也有一丝讲究之处，例如，一家牙医诊所的大门漆成了蓝色，装有亮闪闪的黄铜饰品，入口处还摆着一张小柜台。

小时候，我经常直勾勾地盯着那个展示着一排仿真牙齿的小柜台。那些牙齿看起来活生生的，却又了无生机。我已习惯照柜台上的镜子，这些年它依然在那里，只是有些破损而已。镜子里只照得出来我的一排牙齿了，再也看不到镜子里原来的自己，岁月催人老，我脸色黯淡，身体发福了。

兰贝斯，风琴音乐的殿堂！这时黑幕降临，我徜徉在街上，嘴里再次哼着熟悉的旋律：

> 我为什么离开了布鲁姆伯利的小房子，
> 我靠一英镑如何过完一周……

这些老歌重新燃起往事，回忆涌上心头。街道荒废已久，薄雾蔓延开来，只见房屋轮廓。我漫无目的地行走在这些破旧的房子边，感觉好像踏入了仙境一般，嘴里哼起了另一首歌：

> 为了往日旧情，忘记往日仇恨，
> 为了往日旧情，学会遗忘和宽恕，
> 生命如此短暂，要勇于奋斗，
> 内心如此珍贵，不要轻易受伤，

握手言欢，成为朋友，

为了往日情分。

以前星期六的晚上，我曾无数次听到英国佬在街上用风琴演奏这首华尔兹，歌声渐行渐远，消失在夜色中。

现在我朝一家烤鱼店走去，站在门外。我想买一便士的烤鱼，却鼓不起勇气。一位顾客认出了我，我立马逃跑了，他们没追上我。

如果可以再次听到风琴声，我愿意付出所有。然而，这早已成为过去。我路过一栋房子时听到收音机正在播放一首庄严的交响曲，这多么怪啊！这种做作的音乐竟然在这种残破不堪的地方播放！已经快晚上十一点了，我要去伦敦西区广场。

西区广场，在疯人院的后面，这里比我记忆中的距离还要远，那时我才3岁左右，住在一幢大房子里。

就是在那里，我吞了半便士，差点死掉。我睡觉时抱着一个存钱罐，记得，有一次我哥哥玩魔术，假装吞下了一枚便士，然后从鼻子里又拿了出来。然后，我模仿他，也这样做了，结果后果非常严重。

顿时乱成一团！我隐隐约约记得，我被倒立着，边摇边拍，最后被带到客厅刺眼的灯光下查看。后来，也不知怎的，好像一切平息下来，我睡着了。

这次事故后，我记得在这所房子里还发生了一件让人惊叫的事。当时我正在地上玩，突然发现了一根骨头，特别像我母亲的脚踝骨。

这块脚踝骨有一枚半便士大小，我想起了上次将半便士硬币吞下去的情景。后来有人告诉了我它到底是何物，我大叫道："你一定吞下了一块大的，然后又抠出来后就变成了这块小的。"

我漫步在伦敦西区广场上，偶然看到一家卖玩具、糖果和香烟的杂货店。这家小店的味道唤醒了我的记忆，闻起来好像是圣诞节的味道。从窗户里望去，我看到了绘有呆板动物形象的诺亚方舟，我忍不住进了这家店铺，买了一艘诺亚方舟，就是想去闻闻上面颜料的味道，感受一下里面残留的刨屑。

我一直想去参观一所英国监狱，这完全是出于我的自愿。最终，我参观了老贝利街的伦敦中央刑事法院[15]和曾关押奥斯卡·王尔德的旺兹沃思监狱。

伦敦治安警长友好地同意带我们穿过老贝利街，并安排了接下来的节目。我们要旁听两个案件庭审，与法官们一起共进午餐。

当时，法庭正在审判一位女士朝她情夫的脸上泼硫酸的案件，我一直都在场。被告方情有可原，她被情夫虐待，最后忍无可忍才这样做。那个男的侥幸躲过了硫酸，不愿意进行起诉。问题的关键是这种行为是否是预先谋划的。

法官在审判结尾总结说："泼硫酸的行为是一种恐怖残忍的犯罪行为，但是如果是在冲动下发生的，就情有可原；如果是有预谋的，我会判被告最严厉的刑罚——入狱十年。"

陪审团做出决定的时候到了。被告性格温顺，所以陪审团会考虑所有对她有利的因素。陪审团回到法庭上，宣布审判结果，被告不是事先预谋的，所以被判服六个月的劳役。我觉得，这个结果非常公正公平。整个案件的审理仅用了20分钟左右，结束后我们离开法庭，一起共进午餐。

我们围着一张T形的桌子坐下，一共二十余人，法官们分坐在警长的两边。这顿午餐由警长先生自掏腰包，这是伦敦当地的习俗。

这个场面极具戏剧性，有点像特鲁里街剧院的休息室。此时法官们都已经摘掉了假发，脱下了法袍，不再像刚才在法庭上那样庄严高贵，唯一留下彰显法律韵味的东西就是塞缪尔·约翰逊的领结，我觉得那个领结是钉在衣领上的，取不下来。

最后的甜点是传统的红苹果葡萄干蛋糕，然后警长先生发表了讲话，几位法官也发表了一通演讲。我站起来，尽可能给予回应。

从那里我们又去了旺兹沃思监狱，监狱长带我们参观了各个机构。罪犯们被严令禁止自由言论，这一直都是英国实行的规定。我无法理解为什么这种规定会保留下来，剥夺一个人在社会中拥有的最文明的权利——言论权——对我来说似乎是不科学的。

最后我们来到了死囚牢房和执行室。我看到了死刑机关活门上留有粉笔作的标记，很显然这里是上个不幸的人站着的地方。这里的光线怪诞奇异，从上面的一扇小窗户里射进来，映出了我们的轮廓。美国人的做法比较人性化，他们割断绳子打开机关，而英国人则是由执法者直接拉起一个操作杆。那种场面令人不忍目睹，谢天谢地，那天没有人等待执行死刑。

最后，我们与监狱长一起喝茶，他夫人非常漂亮，对我们非常友善。

阿里斯特·麦克唐纳（我在加利福尼亚见过）友善地邀请我去首相府邸见其受人尊敬的父亲、时任英国首相的拉姆齐·麦克唐纳阁下[16]。首相府邸[17]坐落在白金汉郡壮丽宏伟的山间，这里曾是奥利弗·克伦威尔的战场。

与首相的儿子阿里斯特一起到达府邸时，正巧遇到首相和他女儿伊莎贝尔在悠闲地散步。我受到了亲切的欢迎，下了车，与他们一道散起步来。

首相脸庞英俊，拥有梦幻般的眼神，说起话来带有轻微的苏格兰口音。他喜欢散步，带我一起爬上了一座可以俯瞰白金汉郡壮美景色的小山顶，然而寒风凛冽，一会儿我们就坐上车回到府邸了，大厅里已备好热茶，他带着我一边喝茶一边欣赏克伦威尔的遗物。

最后我们舒服地围着火炉坐下，我觉得这是一个谈论一点政治的机会了。我们之间的谈话就转移到我的英国之行上。

"您可知道？"我说道，"这次的英国之行让我觉得英国跟十年前完全不一样了。那时许多年老的妇女坐在泰晤士河河堤旁，店铺里货物奇缺，孩子们也衣着简陋。"

"但是现在不一样了。那些老妇人不见了，店铺里商品充足，孩子们衣着舒适，而且，"我继续说道，"他们可以随意谈论救济物的话题，我觉得这就是在挽回英国的脸面。工业的车轮滚滚向前，需要大量流通的货币，姑且先将货币来自何处搁置一边。"

然而首相没发表任何意见，只是点了点头，问了一句，"是吗？"想要同他谈论政治真是一点希望也没有了。

那天晚上，碧贝斯克公主[18]也被邀请来共进晚餐，整个氛围非常愉快，首相先生讲了许多有趣的事情。

我参观了一下厨房，见到了府邸的工作人员，尤其令我印象深刻的是一位厨师。她来自曼彻斯特，早就听说我也曾住在那里。她跟我说，自从她见过我之后，她就在家里的客厅壁炉台上方挂上了我的画像。

"这些都是我最喜欢的人，"她指着一面贴着所有皇室成员图片的镜子说道，"我当然不能将您跟他们放在一起，我把您放在了那边。"

"我不介意你一直把我放在左边。"我羞怯地说。

晚餐后，我和阿里斯特动身去伦敦。抵达后外面围了一圈媒体，跟往常一样，我被各种问题狂轰滥炸一番。但是，现在我也学会了应对媒体的方法，我就用单元音节词回答他们的问题，而对那些愚蠢的问题，笑而不答。

那次的采访内容如下：

"你觉得首相先生有趣吗？"

"是的。"

"你们聊了政治吗？"

"没有。"

"你为他表演那种滑稽的走路方式了吗？"

微笑。

"你会将其搬上银幕吗?"

又笑了笑。

就这样回答"是"或"不是"或微笑着结束了此次采访。

周一上午决定购物。在伦敦没有什么比购物更开心了。

我买了几件花哨的睡衣和晨衣。我觉得,我想买这些东西还是来自童年的影响。那时,我多么想有一件在伯灵顿拱廊上看到的那些漂亮衣服啊! 我经常发誓,将来我有钱了,我要买下所有衣服。

后来,我们同伦道夫·丘吉尔[19]和几位朋友在夸格利诺饭店[20]一道吃午餐,其中就有伯肯赫特勋爵[21],著名政治家的儿子。那时他正在撰写他父亲的自传。我认为,这项工作不容易做,不知儿子在撰写父亲的自传时是否能将自身从中摆脱出来,既能看到伟人的亮点,也能发现其阴暗面,这些都是伟人的真实写照。

午餐后,我提前离开了。我想去看看伦敦塔桥,那座曾无数次入梦的桥,梦里我走在桥上,情景如此清晰真实,总是重复着一样的画面。现在我想去看看,梦里的背景到底是不是真的。

拉尔夫觉得我疯了,但是我坚持去。我厌倦了坐出租车和汽车游览伦敦，所以就想登上一辆公交车的最上层。上车时因为匆忙我脚步滑了一下，撕裂了裤子。这下子车里的人认出了我，立刻往车外挤，结果我没上成车。我给他们签了几张明信片和小本子，就离开了。

然而，我又叫停了另一辆公交车。拉尔夫规劝我，但是我依然坚持。这次我追着一辆正在行驶的车辆，希望这样可以驱散人群，但是人们也跟着跑起来，在我们身后越聚越多。拉尔夫紧张不已，极不喜欢这些跟着来的人群，在我身边说道：

"查理，你看，这样会造成混乱的。"

最后，迫于无奈和良心发现，我叫了一辆出租车去塔桥。结果令我非常失望，我发现塔桥跟梦中的完全不一样。我再也不会相信睡梦之神摩尔莆神主宰的地方在现实中是真实存在的。

第二天，我在众议院同菲利普·沙逊爵士共进午餐，后来在劳合·乔治[22]的私人会客室同他喝茶。我立即就被这位伟大政治家的魅力和和蔼所征服。

他能让你马上感到轻松自在，我一直都在同他讨论解决失业人员的各种项目和计划。他耐心、热情地听我说着，我建议重建伦敦的西南部，将其建成一个现代商业中心，彻底摘掉贫困区的帽子。

"伦敦地方狭窄、道路拥挤不堪,"我说,"已不能满足汽车行业发展便捷交通的要求,这对英国商业来说是一种阻碍。"

尽管他听起来饶有兴趣,但是还是打了个哈欠,然后我看到菲利普爵士低头看表,所以我觉得,不能再让我的废话占用他的时间了。

"一点也没有,"他和蔼地说道,"我听说,下周三在这里您和阿斯特子爵夫人会一起用餐,我也被邀请了,所以非常高兴下次我们可以继续这次聊天。"

然后我们握手告别,我就离开了。

阿斯特子爵夫人的晚宴是一场非常愉快的聚会,那天晚上,她请了各个政党的代表前来参加。在这里,他们都持中立的立场。

围坐在一张桌子边的有保守党人士、自由党人士和工党人士,甚至还有共产党人士,大约20位。劳合·乔治坐在阿斯特子爵夫人的右边,我则坐在她的左边。我们将劳合·乔治称为"L.G.",他对面坐着体格健壮的共产党人柯克伍德[23]。他是苏格兰人,在战争期间,劳合·乔治曾将其投入狱中,而现在他们两人却坐在这里一起用餐。

晚宴后,我们都发了言,话题是如果我们拥有墨索里尼的权力，我们会如何帮助英国渡过目前的危机。我是第一个发言的人，不知为何，我一点也不紧张，当天使害怕低语时，愚人才敢口吐狂言，我想我就是这样。

"首先，我将进行政府裁员，目前世界各国政府机构臃肿，开销巨大，政府应对银行拥有所有权，修改银行和股票交易所的许多法律。我将成立一个国家经济局，对价格、利息和利润进行控制。

"我试图将英属所有殖民地整合成一个经济体，减少预算费用，用于本国生产的产品上，例如购买国产煤炭、支付租金等，一直要到经济秩序稳定下来才行。

"我的政策利于国际化、世界贸易合作、废弃金本位制，对抑制全球通货膨胀也能发挥作用。

"有限的金储备量作为交换媒介不足以满足日益增加的人口需求，尤其是劳动力快速缩减。黄金的储备量极其有限，已无法满足同产品的产量，所以急需更多的黄金。黄金作为一种交换媒介，其数量已凸显不足，就像用一辆儿童玩具车运送一吨煤炭一样。这吨煤最后分批运送到各家各户，但是同时有些住户可能在等待中就被冻死了。所以，亟须增加其他交换媒介，例如银或其他的替代物。因此，增加运送车辆，确保充足及时地配送，将大量的煤送到大批住家需要的火炉里。

"我致力于通过提高英国人的生活水平,进一步提升全球整体的生活水准。

"我支持缩短工作时间,工资水平略微降低,但可以确保21岁以上的人们过上舒适的生活。我支持私有企业的发展,只要它们不阻碍多数人的进步或福利就行。"

我的发言出发点是好的,启发了接下来的发言,有些人的发言比较严肃,还有一些非常悲观。有人说,政府为刺激工业发展,除了发行更多的黄金或成立新企业,别无他法。

劳合·乔治总结说,他将考虑所有人的建议和想法,并认真审视它们,对其中的一些也持赞同意见。然而,他还是会坚定不移地实行自由贸易的政策。

那天晚上,劳合·乔治表现出领袖的风范,他饶有兴趣地听着,富有同情心,善于鼓舞他人,谨慎、有力、坚决地对待富有建设性的批评,这是他与生俱来的禀性。

我和拉尔夫半夜偶尔漫步伦敦街头,从舰队街后面闲逛到塞缪尔·约翰逊的地盘上,恍如踏入了15或16世纪的时光中。

一天晚上,我们正穿过特拉法尔加广场,几个无所事事之人正站在那儿,他们认出了我。"查理,你好!"其中一位向我这边走来,想跟我套近乎。

但是另一个人喊道:"嗨,别打扰他了,你不知道他是谁吗?"

这份对我的尊重让我感动和欣喜,我不是一个陌生人,我是一位友人,我被深深地感动了。这些英国佬都是极好的人!

还有一个冬天,一位受人尊敬、衣着得体的老人正悠闲地走在蓓尔美尔街上,他一眼认出了我,就立马靠旁边站着,礼貌地脱帽。

这种举止如此简单,不相识,不握手,就是他脸上的笑容和简单的脱帽让我感动了许久。

今天我要去参观小时候住过的济贫院[24],那时我才5岁,在那里住了两年,一直住到7岁。我此次欧洲之行的主要目的也是想去那里看看。我觉得住在那里的日子非常不开心。对我来说,那里简直就是监狱,没有任何尊严。我们那时穷困潦倒,而贫穷却是一种罪过,我7岁时就意识到了这一点。

现在,我要重返当年的岁月,回到过去的时光里。我心里有些害怕,不敢告诉司机目的地的名字。那所学校的名字是我唯一记得的信息,至于如何走,我一点都记不清了。我一路上到处打听该如何走,司机感到迷惑不解,脸上露出奇怪的表情。

"我想想,一定是在海格特路上吧。"

感谢老天,他至少想起来了。一路上我都在努力回想那些熟悉的地方,我只记得那所学校在很远的乡下,现在一路上新建了许多房屋。我们停在一个十字路口,司机向一位警察打听:

"去济贫院怎么走?"

"应该是疯人院吧。"那位警察回答。

司机转头问我:"您去的是疯人院吗?"

"疯人院?疯人院是什么?"我小心地问道。

"就是精神病院,就是那些人有点……你懂的。"警察指了指他的头盔,我心一下子沉了下来。

"不是的,"我说道,"是一所儿童学校,一所孤儿院。"

"哦,孤儿院啊,"警察答道,"离这里大约两英里远,然后向左转。"

这下子我终于松了一口气,但是一路上除了房屋啥也没有。然而,我们向左拐弯后,便看见了空着的房屋和田地。我精神为之一振,车开进了一条小路,突然映入眼帘的是一栋砌有罗马柱的大楼,那是我童年的最初记忆。我难掩兴奋的喜悦,迫不及待地下车。

我们没有介绍信,也没有许可证,只是凭运气看能否进去一趟。咨询过后,我们被带进一个房间,见到了这所学校的校长。

"哦,我们正等着您呢,"他说,"我们听说您会来这里。事实上,"他继续说,"我一直在查看过去的档案,找到了您当年来的记录和离开的日期,您是1896年离开这里的。记录上写着:'西德·卓别林于1896年3月10日由其母亲接走。查理,同上。'"

我和拉尔夫咯咯笑了,拉尔夫说:"你看,这里,你就是一个'同上'。"

校长非常客气礼貌,问我们是否要先喝杯咖啡?但是我急于看看学校里面的情况,不能再等了,所以我礼貌地拒绝了校长的提议。他让一位校辅人员带我们四处看看,于是我们就离开了接待室。

学校的院子就跟我小时候时一模一样,我原以为,对现在已经成年的我来说,这里的物件或地方看起来会小一些,但是现在感觉跟原来一样大。还是一样的裁缝店,一样的台阶,一样的惩罚室,一样的黑乎乎的坑——我们在霜冻的早上将靴子晒在那里,一样的宿舍,一样的死气沉沉的石板洗涤槽,一切的一切都还是老样子。

我进去,爬上我熟悉的楼梯,以前我都是贴着墙边走,楼

伦敦郊外的汉威尔学校,卓别林同一群男孩子们在一起,1931年2月20日。
——来自查理·卓别林档案馆

梯的踏板离我的脸很近。现在也还是这样,这些陡峭狭窄的封闭式楼梯就像以前一样紧挨着我,我再一次感觉到了那堵墙,感受到了台阶的陡峭不平。就像以前一样,我越沿着楼梯往上爬,就越感到压抑窒息。

一切未曾改变,这里的孩子们也还是老样子,都是无依无靠,只是比以前的那些略微开心些,笑容更多些罢了。我去看了学校餐厅——一间大厅——我以前的位置还在,第四张饭桌的第三个座位,不知现在是谁坐在那里?

我依然清晰地记得那个圣诞节,我就坐在那个座位上,哭得非常伤心，眼泪止不住地流。前一天，我因为违反校规受到了惩罚。那时我走进餐厅吃圣诞晚餐时，我们可以领两个橘子和一包糖果。

我还记得我排队等候时心情非常激动，那些橘子看起来色彩鲜艳，同四周灰暗的环境相比，更能凸显欢快的喜庆气氛。我们平时是见不到橘子的，只有在圣诞节才能见到，一年就这么一次。

我在想我拿到橘子和糖果后怎么办呢？我会剥开橘子皮，一天吃一块糖。所有来餐厅的孩子都会拿到这份珍贵的礼物，我排在了最末尾。轮到我时，那个发礼物的人让我靠边。

"没你的份儿，你昨天犯了错，今天就没资格领了。"

我就是坐在第四张饭桌的那个座位上伤心地哭了。其他孩子比学校里的那些人善良，桌子上小一点的孩子每人拿出一块糖给我，弥补我今天的损失。

现在我站在这个餐厅里，成百上千张笑脸正看着我，他们似乎既开心又轻松，同我小时候的生活已经不一样了。

然后，陪我们来的那个人好像察觉到了我的感受，说道："先生，现在学校的政策跟您那时已迥然不同了，那时学校实行军事化管理，纪律非常严格，现在孩子们自由多了，可以受到更好的照顾。"

千真万确，我看到孩子们开心地笑着，无拘无束地在校辅人员面前玩耍。看得出来，孩子们都非常喜欢他。

他让孩子们安静下来，说了一个通知："孩子们，你们现在有了一台电影放映机，今晚我们边看电影边吃橘子和糖果，希望你们过得开心！"

注释：

1 本书插画部分出自沃尔特·杰克·邓肯（1881—1941）之手。邓肯在纽约的学生艺术联盟接受了插画培训，1903年开始为《世纪报》插画。他尤为擅长钢笔插画，并以细致的前期工作而闻名。1939年，他出版了一本学术著作《插画创作第一助手》。

2 《美国纽约联盟明星》在1932年7月23日写了一篇名为《卓别林探求写作艺术的道路还很漫长》的报道，文中谈论了卓别林的挫败和罗伯茨女士关于卓别林及其作品的细节描述：

查理·卓别林，作为一个作家，他是如此苦心孤诣、精益求精，一年过去了，作品刚完成了一半，以至于他不得不在写完整本书以后，才可以继续下一部影视作品的拍摄。

书的前半部分将近有25000字，将以连载的形式出版。杂志社的总编维拉·罗伯茨女士已经从卓别林先生那里得到了手稿。

"准确来讲，这并不是一部自传性质的书，"罗伯茨女士谈道，"但却是卓别林先生事业亮点（原文如此）的概要。尽管作者强调自己是一个目不识丁的人，但在我看来，他的文笔还是很不错的。前半部分内容会有一些很吸引人的小插曲，里面涉及了爱因斯坦、阿斯特子爵夫人、威尔士亲王、拉姆齐·麦克唐纳、摩纳哥布莱恩亲王、萧伯纳、劳合·乔治等名人，但书中仅提到了一位电影明星，玛琳·黛德丽。

"卓别林先生的记忆力好比一个档案柜，没有什么能逃过他的记忆。在这方面，我们有充足的证据，这些证据跟打字员打出的稿件有关。有几次，他注意到一些逗号或标点符号因打字员的疏忽发生了更改。如萧伯纳这个名字，他坚持自己的拼写是正确的，他反感对原文所做的一丁点儿修改。

"如基恩·腾尼一样，他在专业写作上没有得到任何帮助。'我宁愿自己亲自完成整个文本，'他坚持道，'即便会有语法上的错误，但也好过被其他人修改过。如果有任何别的人篡改了它，那它就不算是我的故事了。'我个人认为，他的文笔轻快愉悦，如果他愿意，在写作上能大有作为。"

3 托马斯·伯克在《城市的邂逅：伦敦的游艺节》（1932）中介绍了卡尔诺剧团在伦敦的喜剧演员们，以及卓别林在这个剧团里扮演的角色：

"在剧场里（音乐厅），他们有一个很特别的幽默短剧表演班底，查理就是从中积累了他早年的经验。弗雷德·卡尔诺是这个班底的负责人。他有很多演出团，团里许多演员后来成了大明星，而他们人生中第一次机会就是在这里得到的。他有'蒙面鸟'这个剧团，查理演的是在魔术箱里的醉汉，跟他演对手戏的是吉米·拉塞尔，后者演的是往邮箱里扔面包的小男孩。他有'漂亮窃贼''弗雷德·卡尔诺的农场''足球赛'这些剧团。其他剧团还有七八个，如'幸运六兄弟''卢湖表演团''兰开夏八童伶''凯西少年法庭''帕克的伊顿男孩''乔·伯盖尼的疯了的面包师''菲尔·瑞思的稳重男孩'和'哈利的少年'。我不知道查理在多少个剧团工作过，在众说纷纭的传闻里，查理一定在所有剧团都工作过。但是，正如我所说，对于那些关于他的流言蜚语，他并不感兴趣，也不会告诉别人只有他本人了解的真相。我所知道的是，他在凯西、兰开夏、弗雷德·卡尔诺剧团工作过，并且我认为这就是所有了。

"他表演的这些幽默小短剧是巴塞洛缪市场最后的荒诞怪异式幽默。在美式幽默和满含中世纪的法式风趣面前，它已经过时了。在查理毫无意识地向美式侵袭宣战，并把这种幽默带到美国，让其席卷全球的时候，才重新夺得人们的青睐……"

4 1921年9月，卓别林游访了伦敦、巴黎和柏林。由蒙塔·贝尔代笔，哈珀斯兄弟图书公司出版的旅行叙事故事《我的国外之旅》就来源于这次行程。

5 来源于卓别林的打印稿（卓别林档案馆）："在对白出现后，电影制作随之也发生了改变，需要三周的时间来插入对话，之后还需要两周进行录音。我给你一些完成这件事的思路。很明显有两种方法：第一种，在拍电影的时候就把声音录下来；另外一种，先拍无声电影，随后再把声音加进去。《城市之光》属于后者。这儿有一个很大的房间，大概100英尺×60英尺见方，一边放置了一个屏幕，另一边是投影室，屏幕前是管弦乐队。虽然有跟钓鱼线一样的线缠绕在线轴上，但在线的另一头并没有鱼，而是麦克风。它们放在那里详细地记录管弦乐的声音。在线轴的另一端有一个小型隔音室，足以容纳一个人坐在里面。里面的人对传到主录音室的声音进行调控，将主录音室声音合进电影和激光唱片。录音前，先播放电影，同时进行音乐和声效的排演。盒子里的人会告诉你，声音是不是过大，或你的声音效果是不是与电影的动作相符。当一切完美就绪，调控声音的人就会给录音室和投影室信号，投影机器是跟它们连接着的，这样才可以同步运行，然后放出的声音效果与电影中的动作相调配。过一段时间，录完了一盘胶片，就马上回放进行检验，有的声音可能跟进度不一致，那就得再重复这个过程。我就曾经在吹口哨的时候遇到过这种情况，口哨是很难跟上电影的。口哨吹得太早或太晚都不行，为此我们大约重复了18次之多。开枪是另一个很难跟上的动作，因为这个动作太快，而枪声又很容易打断录音针。"

6 原文为德语。

7 1931年2月12日《纽约时报》报道，在离开纽约之前，卓别林带着《城市之光》拜访了纽约奥辛宁的星星监狱：

"作为监狱长路易斯·E.劳斯的客人，查理·卓别林带着他的新作《城市之光》访问了星星监狱。在这个夜晚，1800多名犯人暂时脱离了单调乏味的生活，享受了片刻的休息。电影是在新礼堂放映的，监狱长及其小女儿琼和卓别林团队的成员在包厢里一起观看。

"影片放完后，卓别林先生做了简短的演讲。他说，能够给大家的生活带来一点乐趣，并且看到大家如此喜欢这部电影，感到非常开心。对于这次晚间娱乐，监狱长路易斯称之为'前所未有的巨大震撼'。"

8 布鲁斯·凯尔纳在《最后一个花花公子：拉尔夫·巴顿，美国画家，1891—1931》（哥伦比亚，MO：U of MOP，1991）中称："拉尔夫·巴顿是20世纪的人里最考究的了，优雅地戴着夏尔凡领结和纯灰的绑腿，扣眼上别着法国荣誉军团勋章，踢踏舞里带着玩世不恭的风趣，享有与女人调情的名望。此外，作为十年来最受欢迎的画家，尽管大不如前，但确有丰厚的进账。他写过两本书，画作颇丰，其插图漫画定期出现在时尚杂志上，当然他也从来不会想索要佣金。他温文尔雅的魅力、挥洒自如的艺术才情、一以贯之的忧郁，都使得女性为之倾倒，成功也垂青于他。从1914年第一次为《评判》杂志封面画漫画，到1930年最后一次为《纽约客》画荒诞的圣诞购物人，巴顿的人生命运和乔纳森·斯威夫特和H.L.门肯这样的幽默家、评论家是一样的，他们再也睁不开眼，再也不能对自己作品刻画的小癖好狂笑不止了。在那个不羁的年代，除了他，没人会被卡尔·凡·维克滕形象地称为'辉煌而烂醉的二十年代'了，斯科特·菲茨杰拉德除外。在那个吃人的时代，生命从来没有如此忧伤过，被心魔萦绕，辗转难眠，灵感闭塞，最后成为疏离人群的偏执狂，无论是事业还是人生都失去了控制。从他自杀起往前推五年，那时的拉尔夫·巴顿入选《名利场》名人堂——一个令人尊崇的荣耀——但是从来没有人去纽约坎贝尔殡仪馆的一个小祈祷间献一束鲜花。"

9 查尔斯·巴特利特于1931年10月在《美国杂志》发表了《顽固的查理·卓别林》，文中写道："卡尔生于布鲁克林，是主席理查德·K.福克斯夫人的儿子，其母亲是《警务报》的老板，是在鼎盛时期创立起著名粉色期刊的福克斯先生的遗孀。……在布鲁克林的银行进行一次简短的实习之后，卡尔开始了他的新闻生涯。他在纽约多家报社工作过，然后感到有必要做一次旅行，于是前往洛杉矶。在《洛杉矶时报》工作了一段时间后，他又换了一份宣传助理的工作，带着全新的可移动的拍摄装备，专攻动物影像的拍摄。……正是那个时候，他得以有机会在卓别林工作室工作。十六年来，罗宾逊一直都是卓别林的得力助手。"事实上，在"把旅行记叙文当作宣传工具"的主意上，罗宾逊功不可没。根据工作室的记录，《我的国外之旅》和《卓别林：我的环球之旅》都是由他来磋商合约事宜的。在1932年3月27日《圣保罗先锋报》的一篇题为《查理·卓别林打算退出影视演员界》的文章中，作者将其与罗宾逊的商业冒险联系在一起，当时罗宾逊与摄影师罗莉·托赫罗在洛杉矶合作，制作一个以奥运会为主、涵盖加州风景名胜的长达三盘胶片的电影。有报道说，他还想制作这样一个系列的长电影，着重反映在美国旅行中的见闻。很明显，相比对一般旅行的短暂兴趣，罗宾逊想要的更多。

10　卓别林手稿（卓别林档案馆）做了以下补充："晚上唐纳休和麦尔肯·坎贝尔先生来到我的客舱聊些奇闻，斯蒂夫尤为擅长说故事。他会讲很多有关他赛马的经历，我听过一个非常富有人情味、并打动我内心的故事，一匹马赢得了'英格兰德比'的比赛。这匹马在比赛的时候十分异常，它有突然停下来的习惯，而这几乎会把骑师扔出去，也有时候，它明明是领先的，却在到终点前突然退出。前一天，它看起来梳洗得相当漂亮，毛发干净又有光泽，到第二天就变得干枯且黯淡了，尽管它依旧受到了马夫的照料。同样是这种情况，在慢跑选拔赛中，它会打破纪录，可等到了第二天早上，它几乎不能动弹，包括兽医在内的所有人都不知道它到底怎么了。德比开赛前一天，斯蒂夫去了马厩，那匹马看起来异常疲惫。他想，应该通知马的主人和驯马师，并建议他们不要带它参加这么大型的比赛。但在随后的训练赛中，它又打破了另一项纪录。'所以对我们而言，它是一个完全解不开的谜。'斯蒂夫说。在德比开赛之初，它看起来好像又要旧病复发，斯蒂夫很担心，因为如果这种情况发生了，你什么都做不了。它也不吃鞭子那一套，只有体贴才能让它有所反应。所以在两三次亲热地轻拍之后，它才从无精打采中走出来。因为开头跑得很好，所以我们一时间还保持在中游水平。'渐渐地，我们与其他马拉开了距离，前面只剩下了四匹马，然后我们进入了冲刺阶段。只要它保持下去，'斯蒂夫接着说，'现在我们领先了。在我们跑了一半直道的时候，我感受到了它的变化。它开始慢下来了，我温柔地对它耳语着，魔力再一次产生了。它向前猛地一跃，超过了跑在我们前面的那匹马。'德比比赛过了大概六周以后，马主人雇了一位画家给它画像。一天早上，为了完成画像，画家去了马厩，发现了倒在血泊中的那匹马。兽医来的时候，它已经因失血过多而死亡。验尸报告显示，它生来只有一个肺，于是这所有的怪异现象都得到了解释。一想到那匹满是勇气的畜生，竟然在这样的不利条件下拿到德比冠军。他断言，那是他有史以来骑过的最高贵的马。斯蒂夫对马有一种本能，待它们与人无异。他能精明地洞察马的品性，比赛时又会加入自己的才智，这就是他能成功的主要原因吧。"

11　1931年2月14日，一篇《纽约时报》的报道《卓别林开启伦敦寻访童年之旅》中提到了坎贝尔和他的功绩："另一位去往伦敦的乘客是麦尔肯·坎贝尔上尉，英国车手，最近在佛罗里达的代顿海岸驾驶重达10吨的蓝鸟以一小时245英里打破了世界纪录，也就意味着它一开始就得领先五英里。这辆车从第14西大街被带到丘纳德港口，并被特殊的起重机托举到船上。"卓别林与麦尔肯·坎贝尔在毛里塔尼亚号上的见面看起来相当的讽刺。卓别林提到，当时他们决定避开庆祝，卓别林从普利茅斯离开，而坎贝尔从南安普顿下船。据利奥·维拉和托尼·格雷报道，卓别林离开后，毛里塔尼亚号刚离开怀特岛就陷进了泥里，在船再次浮起来之前，坎贝尔就被特制的一种交通船接走了，所以我们没有看到他踏上英国国土的那一刻。更令人讽刺的是，"刚踏上英国，坎贝尔就接到将被女王授予骑士爵位的通知"。据大卫·罗宾逊讲述，卓别林也希望能在访问期间被封为骑士，但最终没能如愿。在1975年卓别林终于被封骑士后，首相办公室发言人透露，1931年之所以没有给卓别林封爵，是受"第一次世界大战期间《北岩报》所谓不利宣传"的影响。

12　菲利普·阿博特·古斯塔夫·大卫·沙逊，第三位男爵（1888—1939），是巴格达迪犹太人后裔，他的家族在印度鸦片贸易中牟取了暴利，其本人是英国最有名、也最有魅力的人物。23岁成为议会中最年轻的议员，1912年成为海斯工会议员。作为艺术的赞助商，多次担任国家美术馆董事会主席以及泰特美术馆、华莱士收藏馆和位于罗马的英国学派的董事，他还被认为是当时年龄最大的黄金单身汉，也有可能成为当时最棒的男主人。特伦特庄园是沙逊家族在米德尔塞克斯郡的房产，1912年其父亲去世后归他所有，然后很快成为他的娱乐会所。

13　1931年2月27日，《纽约时报》一篇名为《逃避萧伯纳的卓别林》的文章提道："十年前，就在文学界刚刚意识到查理·卓别林文学天赋的时候，这位电影喜剧演员踏上了乔治·伯纳德·萧的门前台阶，在发光的黄铜板上看到这位剧作家的名字后，他丧失了与他见面的勇气，转身就跑掉了。

"昨天，在阿斯特子爵夫人举办的午餐会上，与萧先生第一次见面时，卓别林透露了那次不幸的遭遇。

"当时他等着去按萧先生家的门铃，卓别林说道，这时一个手里拿着萧先生亲笔签名书的男孩尾随着他上了台阶。卓别林迅速转身，小男孩掉头就跑。有那么一瞬间查理就追在他后面。

"'你为什么要跑呢？'萧先生问。

"'完全就是为了追那小孩。'卓别林先生回答。

"'没人会怕我呀。'萧先生轻捋着胡须说道。"

14 艾米·约翰逊（1903—1941）生于英国亨伯赛德郡赫尔，1929年成为一名飞行员。1930年，她驾驶着她的飞机詹森，成为从英国到澳大利亚单人飞行成功的第一位女性，并为此赢得了《伦敦每日邮报》10000英镑的奖励。1931年，她取道莫斯科，飞往日本并安然返回。第二次世界大战期间，她以飞行员身份加入航空运输附属机构，在泰晤士河口上空跳伞后失联。

15 莫里斯·布朗在他的回忆录《来不及悲叹：一部自传》（1955）中写到了卓别林对老贝利法院的寻访：

"查理·卓别林访问了伦敦。我母亲的老朋友，英国最高法院首席法官休厄特和我父亲最得意的门生罗奇法官（他当时的职位），邀请我和卓别林参加在老贝利法院的审判，并随后在法官休息室共进午餐。卓别林可爱迷人、嗓音温和、学识渊博、思维敏捷、心系社会正义，给更多的人带来了无限的欢乐。他毫不自负，谦虚待人。正在审理的案子是其中一个人泼了硫酸。午饭期间，法官们开始询问我们的看法。在法庭上，我们虽然表面平静，内心却感到极大的痛楚，这种端庄得体隐藏下的恐惧深深折磨着我。隐藏的痛苦中，有她泼出硫酸的残酷，有他对脸上沾满硫酸的惊愕。卓别林，一位真正的艺术家，首先对法院的例行公事产生了兴趣，他表达了同伴们对躲在无情虚饰后的人类情感的遗憾，但看到这场闹剧有着舞台借鉴的价值，他的遗憾就消失得无影无踪了。"

16 拉姆齐·麦克唐纳（1866—1937），苏格兰人，1894年加入独立工党，1911年至1914年和1922年至1931年期间担任该党领导人。1924年1月至11月，他成为工党历史上首个首相。1929年他再次出任首相，1931年大选后他辞去首相一职，继续领导他的"国民政府"直至1935年退休。

17 1931年2月23日《每日邮报》一篇出自保罗·比舍的标题为《卓别林先生的彻夜长谈》的文章详述了卓别林对首相官邸的拜访：

"拉姆齐·麦克唐纳先生问我能否去厨房看看,如果我不这么做,他担心家里所有佣人会乱成一锅粥的,因为他们都非常想看看我。于是,我去了厨房,跟佣人们进行了一次愉快的交谈。

"厨师是一位迷人的曼彻斯特女人,听说我在海德路住过,她看上去很高兴。我为佣人们签了名,并与他们度过了很快乐的时光。

"下午我睡了一觉,前天晚上因为太兴奋,我并没有睡好。坦率地讲,我猜测,拉姆齐·麦克唐纳先生应该也小憩了一下。

"他开了两个即兴的小玩笑,给我看了几本古书。我告诉他,我很喜欢这些东西,他建议我从书架上把它们带走,我尝试照做,但我的手指就是不听使唤,即便我使劲撕扯我的手,也无济于事。

"他还带我看一张照片,用手把下面的题词盖住,然后对我说:'这是英国历史上最漂亮的年轻女性之一。'我附和道:'她长得确实很可爱。'接着,我挪开了他的手,从题词里我了解到,这其实是奥利弗·克伦威尔10岁时的画像。

"卓别林先生对本报开展的'寻找明星比赛'很感兴趣。'我觉得,'他说,'这个比赛既新奇又有趣,难怪那么多的读者报名参加。'"

18 伊丽莎白·阿斯奎斯·碧贝斯克公主(1897—1945)是玛格·阿斯奎斯的女儿,以写作而闻名。因与凯瑟琳·曼斯菲尔德的风流韵事而为人熟知,她的两名写作同行这样谈到她:

"碧贝斯克公主的作品喜欢描写半理想化的世界,这固然与她的经历有关,但在很大程度上是由她的性格或者说是天资造成的。"

——伊丽莎白·鲍恩

"她脸色苍白,身材矮胖,眼睛虽然同葡萄干圆面包似的,但会突然映射出生机来。"

——弗吉尼亚·伍尔夫

19 伦道夫·丘吉尔(1911—1968)是温斯顿·丘吉尔首相的儿子。他为父亲写了两卷的自传,并因此而为人熟知。但是,他在生活中是一位颇受欢迎的年轻记者,还有一个受人尊敬的身份,即曾在第二次世界大战期间任职于军事情报局。

20 夸格利诺是一家很招人喜爱的餐厅,这里有优美动听的音乐,客人可以随着音乐跳爵士或探戈。在冷光灯的映衬下，这里的装点越发显得有品位。它使你完全相信，你能碰见一些有趣的人，比如某个国家的王子、一个政客或一名演员（本书打字文稿）。

21 伯肯赫特勋爵是著名的伯肯赫特伯爵一世（1872—1930）的儿子，卓别林1931年在夸格利诺与他见面的时候，其父亲刚刚去世。伯爵自1906年起开始担任保守党议员，以富有力量和智慧的演说而闻名。

22 大卫·劳合·乔治（1863—1945），1890年加入卡那封区的先进自由党，同年，他正式成为一名事务律师。1908年至1915年担任财政大臣，这期间他是有名的社会改革者。他通过了《老年退休金法案》（1908）和《国家保险法案》（1911）。他于1916年至1922年间担任首相，是1918年签署《凡尔赛和约》的三巨头之一，1931年大选后很快卸任公职。

23 大卫·柯克伍德，1872年生于苏格兰格拉斯哥，父亲是一名工人。1891年受爱德华·贝拉米的《向后看》影响，开始信奉社会主义。第二年，他加入了工程师联合会，之后加入独立工党，并任职于格拉斯哥贸易委员会。他在工程师联合会一直都很活跃，并在比尔德莫尔工厂担任主要工人代表（1914—1915）。1916年3月25日，根据《国家防卫法》，当局将柯克伍德和克莱德工人委员会的其他成员拘捕。他们受到军事审判，并被判驱逐出格拉斯哥。柯克伍德去往爱丁堡，1917年1月又去了曼彻斯特，并在工党的全国会议上发表了演说。他一到格拉斯哥就被逮捕，并再次被驱逐到爱丁堡，在那里待到1917年5月30日才被释放。1922年大选，他当选邓巴顿自治区的下议院议员。在1933年8月加入工党前，他是独立工党在议会的主要领导人之一。柯克伍德一直在议会占有一席，直至1951年被授封为柯克伍德男爵为止。柯克伍德逝世于1955年3月16日。

24 出自卓别林文稿（卓别林档案馆）："今天周日，我安排了与朋友的见面，托马斯·伯克，一位小说家，作品有《石灰屋之夜》和《风和雨》等。这次距我们上次见面已经十年了，令人吃惊的是，他一点都没变，而我不同，在这期间我的头发已经灰白了。

"我们天南地北地谈了很多，但伯克总是在装模作样。我告诉他，我去了汉威尔济贫院，我很好奇这个汉威尔跟他《风和雨》里的收容所是不是同一个,他跟我说是不一样的。我还告诉他能寻访自己的济贫院,我有多么高兴,回顾过去永远是那么的令人向往。伯克说,他害怕过往,讨厌回首。他还说,永远不会脱离现在的自己而去充分享受过去。我很同意,贫穷确实会让人恐惧,但在美国生活了二十年,我早已完全摆脱了贫穷带给我的烙印。

"我谈起他的作品,告诉他在我看来《风和雨》是他的巅峰之作,因为他展现了画家的精神。随后我们驱车开往乡下,在路边的小旅馆停下车,进里面喝了杯英国茶。"

第二部分

我期待着拜见老朋友温斯顿·丘吉尔阁下。我和拉尔夫被邀请去丘吉尔位于肯特郡韦斯特勒姆的乡村别墅，那可是一幢非常漂亮的房子。我第一次同丘吉尔阁下会面是在加利福尼亚，那时他正在那儿进行演讲。

我欣赏他那直截了当、平易近人的性格，他说话时口齿略微不太清楚，像拿破仑一样有点驼背，但是让人能立马感受到一股强有力的震慑力，他是一个极其渴望成功的人。他擅长演说，警句隽语层出不穷。他不但是政治家，还是伟大的作家和杰出的画家。

他跟我说，他听说我正打算拍摄一部关于拿破仑生活的电影。"你一定要拍他，"他说，"除了一些戏剧方面的考虑，还要想想内容的幽默性。拿破仑扎着金色的辫子在浴缸里同穿戴整齐、飞扬跋扈的兄弟争论，正好借用这个机会丑化一下拿破仑。"

"但是，拿破仑气急之下故意将水泼在他兄弟身上，这下子考究的制服全都湿了，他兄弟最后不得不极不光彩地退出去。这不仅仅是心理战术，"丘吉尔说道，"这里面还有动作和幽默。"

我和拉尔夫到达位于韦斯特勒姆的别墅时,天已经暗黑了。我们开着车,穿着礼服。那晚非常冷,幸好到了之后,我们可以泡一个热水澡。

我住在丘吉尔先生的卧室,桌子上都是一摞摞的材料,房间里到处都是成堆的书。突然,我看到了一套普鲁塔克传记和许多卷关于拿破仑的书。

参加晚宴的有几位年轻的议会议员,这给整晚的气氛增色不少。丘吉尔先生喜欢谈论他的老本行,他喜欢他从事的职业。在晚宴期间,他说话幽默诙谐,对着这几位年轻的议员高谈阔论了一番,迸发出了许多智慧的火花。

有人说,甘地是对远东和平的威胁。

我对此冒险说道,甘地或列宁的追随者们不会发动革命,他们都是受群众拥护的,大都反映了人们的呼声和愿望。

丘吉尔先生笑道:"你应该进议会。"

"不,先生,"我答道,"目前,我更喜欢当电影演员。但是我认为,我们应该进行改革以避免革命的爆发,当前世界各地实行彻底的改革势在必行。"

"然而,我们是一个团结进步的政府,"丘吉尔先生说,"当前我们必须竭力采取措施保护人类文明,让其回到正轨上来。"

卓别林与温斯顿·丘吉尔在英国的查特韦庄园合影，1931年2月26日。

——来自查理·卓别林档案馆

丘吉尔先生的爱好之一就是垒砖，他已经围着房子建成了好几面漂亮的围墙。在餐厅里，我看到了几幅油画——都是生活画和风景画，下面都有"丘吉尔"的签名。我和拉尔夫·巴顿借机细细欣赏它们。拉尔夫是这方面的专家，告诉我这些画都是佳作。

他有一个可爱的家庭，夫人和孩子们给他带来了灵感和快乐。他身体健康，是个非常顾家的男人，一位真正的爱国者。我认为，他的许多意见同别人相左，成为了众议院里的"反动分子"。

明天是我的电影的首映式，我被安排在剧场里换服装以便避开观众，我还要在更衣室里就餐，所有这一切都令我恼怒，想象一下，就连吃顿饭我都不能像普通人一样。

大约五点，我和拉尔夫动身前往剧院，在更衣室里安静就餐，等待着九点钟电影的首映式。[1]

亲爱的故都伦敦！雨总是在不恰当的时间倾泻而下，八点左右一场瓢泼大雨从天而降，然而这并未浇灭人们的热情。成千上万的人都在外面站着，我偶尔走到剧院的窗边，向他们挥挥手。但是，无论我怎样做，都不能回报他们对我的喜爱和付出。

那晚惊喜不断，主办方经理吉莱斯皮先生是这部电影在

在伦敦多米尼剧院举办的《城市之光》首映式上卓别林鞠躬答谢，1931年2月27日。

——来自查理·卓别林档案馆

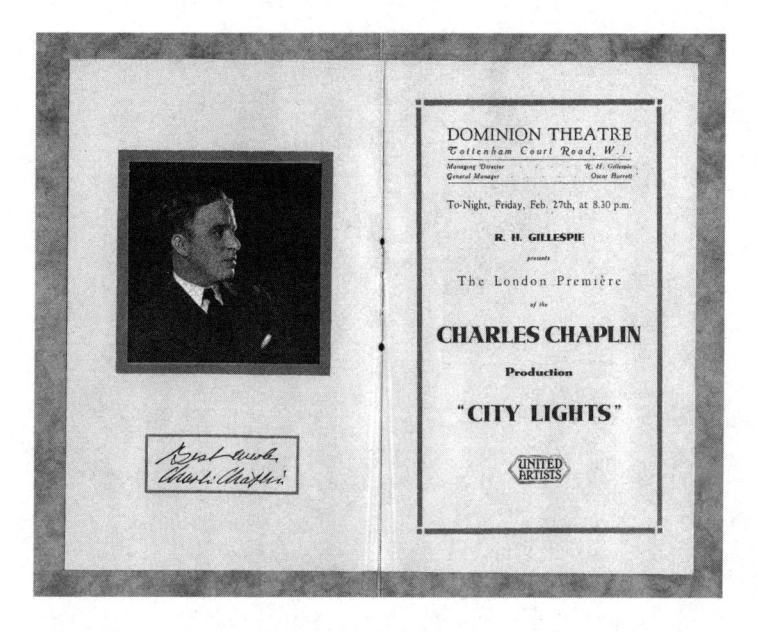

多米尼剧院《城市之光》首映礼节目单，伦敦，1931年2月27日。

——来自作者的收藏品

伦敦的负责人，他工作非常出色，令影片的放映方式独具匠心，与众不同。

整个放映期间，我坐在萧伯纳的旁边，我急于想知道他对这部电影的评价，他的评论是积极的。

我受邀请到前面讲几句话，但是当时我太兴奋、太激动了，完全不知道该说些什么，但是观众们对我的表现非常欣赏。

后来，我在卡尔顿酒店举办宴会，邀请了我认识的所有人，有二百余人。

温斯顿·丘吉尔阁下在宴会上讲话,一开始他说道:"各位阁下,女士们,先生们……"最后表达了对我的敬意。

作为回应,我也像丘吉尔先生一样,这样开头:"各位阁下,女士们,先生们……"然后我意识到这种场合的特殊性,说起话来有些口若悬河、夸夸其谈。我继续说道:"我的朋友,财政部的前任部长……"

然后,我听到丘吉尔先生的低语:"我爱听那个……'前任,那个前任'。"他笑着重复着。

"请别介意,"我紧张地说道,"我是说前任……财政部上任部长……"

说完这个后,我跑题了,后来我又从头开始说:"我的朋友,温斯顿·丘吉尔先生。"[2]

这下子大家都哄堂大笑起来,我继续接着讲。接下来就是一些娱乐活动,大家开始跳舞。

我无意间与同一位女士跳了几次探戈,[3]这让我的秘书有些紧张。

"先停一会儿吧,"他小声跟我说,"换个人跳吧,要不媒体该写你订婚了。"

今晚,他们愿意写啥就写啥,我就想做回自己,让自己开心一晚。

所以我们一直跳到早上五点钟,然后我就上床睡觉了。

第二天,我们忙于查看媒体刊登的影评,几乎所有的媒体评价都是积极的,但是也有小部分是蓄意诋毁。然而这些负面的批评对我没造成任何影响,我已决定愉快地享受一个假期。

我的朋友拉尔夫·巴顿明天动身去美国,[4]他最近的行为非常奇怪。几天前,他跟我说,他讨厌钟表的嘀嗒声,如果有机会他就将其关掉。难怪我发现我房间里钟表的电线被割断了。拉尔夫承认,他之所以这么做是因为钟表声让他神经紧张不安。当时我并没有格外关注他,后来他死后,我才意识到他那时已经出现心理疾病的征兆了。

第二天大家都在为他的离开做准备,那时他感觉好一些,急于回去工作,这是我最后一次听到他说话。

他说好给我写信,但是从未写过,两个月后,我在法国南部得到了他自杀的消息。

可怜的拉尔夫!这个不幸的消息让我感到分外震惊。他性格安静内敛,我万万没想到他会采取这种暴力的方式结束自己的生命。他是我认识的最具魅力、最有修养的人之一,也是我为数不多的知己之一,他的离去留给我一片空白。

我被各种邀请和要求包围，来信已堆成小山。我必须换个地方，否则我的社交活动就会变得繁重不堪。一个人不可能拜访完所有的朋友，我也不可能预先做好所有安排。所以，能做的只有一件事，如果我不想得罪人，就必须打包离开，于是我马上决定去德国。

我们抵达荷兰，正在去往柏林的路上。荷兰有一点异于其他国家，它拥有许多运河、风车和矮壮的树木，这些树木的枝条经修剪后都向上生长着。

各个车站都出售装有巧克力、用蓝色丝带系好的荷兰木鞋子，我买了一些，打算送给朋友。

荷兰的乡村干净整洁，一切都井然有序，许多人骑着自行车在路上，真壮观啊！到处都是自行车。

荷兰的媒体记者登上了火车，他们彬彬有礼，几乎都能说英语，所以我接受了一次采访。

有人告诉我，荷兰鹿特丹在建造一座大桥，桥上已立了一座我的雕像。我当时的反应有些平淡，"是吗？挺好的！"我称赞说，努力控制着激动兴奋的心情，但是下一站我必须出车厢，溜达一小会儿。

我的经纪人兴奋地走上前来，激动地大声说："告诉你一个天大的新闻，他们在鹿特丹的一座大桥上建造了一座你的雕像！"

"我知道了。"我轻轻地回答。然后，我平静地继续走下月台，闪入一家电话亭内，告诉我哥哥这个消息。

1921年我首次到访柏林时，还无人知晓，战争期间我的电影几乎未曾在那里放映过。[5]

然而这一次情形完全不同。有人告诉我，我在德国已是家喻户晓了，会受到热情的接待。告诉你们，这次真的没有令我失望，成千上万的人在车站上等待着，更多的人则站在站外翘首以盼。我听到有人用英语说"《淘金热》，查理！……《马戏团》，查理！"所有在场的人激动不已。媒体和官员都混在了一起，被人群挤到了边上。

还有许多人站在路边，我觉得，这是我所受到的规模最盛大的接待仪式，远远超过了在伦敦时的情形。

我们入住阿德隆[6]酒店，更多的人在酒店外等着。我快速地进入电梯，最后终于住进了房间。一进入房间内，我就走到阳台上，向下面的人们挥手致意。他们大喊着"万岁！"我离开了窗户。最终，我们清静下来，喝了一杯咖啡提提神。

在柏林，我收到了朋友寄来的信件和邀请函，有一封是英国大使馆寄来的。邀请我同霍勒斯·朗博尔德阁下[7]一起用餐，他是英国驻柏林大使，我和他及其家人餐后一道去看戏

卓别林与德国政要及崇拜者们在柏林阿德隆酒店大堂合影。

——来自查理·卓别林档案馆

剧演出。

后来,我的朋友冯·沃默尔[8]在自己的公寓里为我举办了一场波西米亚式的宴会。他既是诗人,也是麦克斯·莱因哈特的巨作《奇迹》的作者。

我雇佣了约克女伯爵担任我的秘书,她为人风趣幽默,是一位现代感十足的德国年轻人,对柏林非常熟悉和了解。

那天晚上,我们去了一个酒吧,那是一个娱乐场所,在那里我见到了柏林著名的喜剧演员卡罗[9]，他狡猾慧黠，走起路来歪歪斜斜，他是一位艺术家。

在演出期间，他听说我坐在前面，就发表了一番讲话，我被他叫到台上去。他用德语说了几句话，突然间他转过身来，抱住了我，在我反应过来之前，他亲吻了我。然后他继续侃侃而谈，我听到他提到了《马戏团》和《淘金热》。

后来他模仿了我的许多动作，引得在场的观众哄堂大笑。再后来他进入角色，每讲一段话就停顿一下，连声音都变了调，眼中含着泪水，接着他对着我又做了一个滑稽的动作，全场再次爆发热烈的掌声。突然，他说了一段独白，又抱我又亲我，欢笑声此起彼伏。最后我们在震耳的掌声中走下了舞台。

我完全不知道他到底说了些啥，只知道他随意就能抓住观众的心，调动起他们的情绪。

第二天的安排是我们同一些政府官员喝茶，然后参观监狱和警察博物馆。[10] 晚上，冯·沃默尔邀请我与他共进晚餐。

那天下午我同德国国会大厦的几位官员一起喝茶，他们都非常担心德国未来的经济状况。

"明年不能再这样下去了。"他们说道，所有人对未来似乎都持悲观态度。

"如果不这样的话，结果会怎样呢？"我问道。

"破产。"他们回答。

政府官员和公务员都无法领薪水，政府所有部门将被解散，换句话说，这将会导致无政府主义和布尔什维主义状态，他们的处境似乎极其糟糕，未来渺茫。

"即使我们撑过了今年，"他们说道，"我们还有麻烦，看看大学就业情况吧，专业不错的毕业生成绩合格，毕业后发现自己也身处失业大军中，为着面包发愁。这种情形一定会制造麻烦，而且目前看不到有任何改善。"

我回到酒店后看到冯·沃默尔留言说，晚餐提前吃，吃完后去剧院看演出。后来我们和几个朋友一起在他的公寓里吃了一顿便餐。

演出剧目是一部音乐喜剧，其制作、放映和配乐都是一流水平，我感到德国的剧院无论是在设备上还是舞台艺术上都远远胜过了欧洲其他剧院。

我看了工人剧院上映的《利里奥姆》，这家剧院是由工人及其支持者们建造的一家极好的剧院，那里因放映柏林最好的剧目而闻名遐迩，我看过的一部戏剧就是在那里闪耀登台的。

那里有一个旋转舞台，魔幻般的幻灯片营造的背景投放在空白的大布景下，这种方式有助于舞台布景快速更换，并且可以获得极佳的效果。观众须凭票入场，票价统一，不能预留座位，这些座位都是随机派给的。

看完演出后，我们又去沃默尔的公寓里吃了顿晚饭。

当时在场的还有几个有趣的人，比如，《再坠爱河》的作曲家弗里德里希·霍兰德尔[11]，他还写了许多其他好听的歌曲，给我们看了钢琴上的几首初写成的谱子。还有一位叫"G"的漂亮德国女孩[12]，她是一位著名的舞者。傍晚时分，我们每个人都表演了节目，"G"跳了一段精彩的舞蹈，我模仿了斗牛士的动作，其他几位也都表演了节目，我们度过了一个难忘的快乐的夜晚。

明天我们要去参观波茨坦，[13]普鲁士的亨利王子，即德皇的侄子，领我们参观了皇宫，菲利普·沙逊爵士也在柏林逗留了几天，随我们一起来了。

我们在波茨坦享用午餐，整座城镇荒废已久，过去的辉煌时代一去不复返了。宫殿房顶边上饰有几个滑稽可笑的人物形象，这让原本壮观的宫殿外部略显失色，人们觉得他们就像玩耍平衡木的杂技演员。

参观非常愉快，但是我发现所有宫殿都是相似的，它们都有相同的糖果色内部装饰，房间都是巴洛克式风格的，一间连着一间。我们参观还没到一半时，我就累得筋疲力尽、情绪不佳了。这些房间没有任何舒适感，有一间屋子尤其可怕，是用贝壳装饰的，给我一种好像进入一家牡蛎小店或者是某个康尼岛的地方才有的感觉。那个房间里拥有世界上所能找到的所有贝壳，我从未见过这么大团的藤壶，就像一座桥墩的底部被粉刷一新。然而，花园是可爱漂亮的，住在这里的人平日里自视不凡倒是可以理解。

我们回来后同玛琳·黛德丽一起喝茶，那时她正好也在柏林，享受着难得的假期。

我听说过柏林的夜生活，觉得应该去体验一把。各种关于咖啡馆的谣传早已漫天飞了，男人装扮成女人，女人则打扮成男人，所以我们想去一家咖啡馆见识一下这些低俗的场面。

我必须承认，我对此非常失望，表演很无趣，表演者孤芳自赏而已。我们进去后，乐队开始演奏，两位娘里娘气的年轻人一起跳起舞来，一晚上都是噪音，我们看到了一些难以名状的东西。每次有新顾客进来，这对年轻人就赶紧起来跳舞。

我们感到惊骇，无法长时间欣赏这种恶俗的表演，赶紧喝光姜味汽水，逃了出去，进入茫茫夜色中。正如奥斯卡·王尔德所说："行走在漫长沉静的街上，黎明的曙光，就像一个被吓坏的小女孩一般拖着步子，缓慢到来。"

爱因斯坦教授今早打电话来，他刚从好莱坞回来，邀请我喝杯茶。他告诉我去他公寓的路线,但是路上的标识歪斜了,我费了很大劲才找到通往他公寓的那条街。我们停了车,向过路人打听路线。但是好像没有人知道那条街,也不知道门牌号码,最后我想了一个办法。

"麻烦您告诉我,爱因斯坦教授住哪儿?"

"啊,这样啊!"立刻就有人给我们指路了。

我无法想象爱因斯坦教授所住的环境,我觉得他的性格不会适应任何环境的,他似乎与其他一切格格不入。

那是一间狭小简陋的公寓,对忙碌的人们来说,它就是温暖舒适的家。那间客厅我记得在杂志里的图片中见过。

我将试图描述一下这位伟大的人物,他的眼神似乎能看清所有事物的本质,他的眉宇间没有皱纹,给人一种众人皆醉我独醒的感觉,他看到的只是事物的本质,而非其他。他的声音似乎来自心灵的低语,性格热情温暖。

我还记得,在洛杉矶他来我家时,我紧张不已,心里对他非常敬畏,但是他进门后,我马上放松下来。我觉得,他性格随和、和蔼可亲、单纯朴实。你会暂时忘记他教授的身份,忘记他是科学上的杰出人物。那时,他就是一位很投缘的朋友,一位两眼神采奕奕、幽默感十足、安静、谦虚、内敛的人。

晚饭后我安排了一次演出,让一些日本小孩子为他跳舞,其中一个小朋友拿出签名本让我签名,我在那上面画了一幅我的大鞋子的素描画,然后这个小女孩小声问道:"能请这位教授签个名吗?"

他微笑着,拿过签名本,笑着在上面画了一个他著名的几何公式图。

"你的更有趣。"他幽默地说道,一边比较着这两幅草图。

"对这个小女孩来讲,我的也许更容易理解些吧,"我笑道,"对我及其他许多人来说,也是这样的。"

到他家后,他把我介绍给他的家人。他有一个儿子和一个女儿,他的女儿是非常有名的雕刻家,她给我看了一些她的作品样本,但是我不太敢在爱因斯坦的家里表示出赏识的情绪。

"非常漂亮。"我指着她的一件作品称赞道。

"你要吗?如果想要,就拿走吧。"

我不得不鼓起勇气拒绝了她,我感到我必须控制一下我对她作品的仰慕之情。

我们坐下来品尝爱因斯坦夫人做的美味水果馅饼。聊天时,他的儿子谈到了我和爱因斯坦出名的心理学因素。

"你很出名,"他说,"因为大家了解你。但是,教授之所以出名是因为大家都不了解他。"

爱因斯坦夫人讲了许多关于教授的逸事及其性格的有趣杂闻。他不工作时,极其懒惰,就独自待在他的帆船上,这就是他的嗜好。

几年前发生过一件有趣的事,他一个人在书房里孜孜不倦地工作,一天早上他走进画室,坐在钢琴前,两手在琴键上紧张地弹着,突然他转身对他夫人说:

"我想到一个好点子!"他兴奋地说,就像一位小说家突然间想到了下一本书的情节一样。

然后他站起来,又回到书房,两天后他走了出来,带着震惊世界的材料和数据走出了书房,诞生了他那著名的相对论。

最后我们聊到了那个话题——世界危机。

"现在是危险的时代,"他说道,"到处都不景气,失业人数激增。"

我说:"但是许多聪明人谈到经济危机时都一致认为,以前也曾出现过这种危机,现在只是历史的重复而已。

"只是有一天,我跟一位杰出的商业人士聊,他说英国从未想到滑铁卢战役后,它竟然会因为贸易紧缩而无法支付国债。但是希望还在,新兴工业出现了,电力得以发展,失业人员减少。他坚持说,经济危机只是暂时性的,像汽车工业或无线电这种新兴企业会如雨后春笋般涌现出来,这将会解决经济危机引发的问题。"

爱因斯坦教授专注地听着，我就继续往下说。

"当今并不是历史本身的重复，"我说，"过去的经济危机要想复苏可能要依靠新发明和新企业的兴起，但那时因为现代机器的应用，所以对人力的需求急速下降，尽管未来新企业不断出现，它们却不会像过去那样需要大量人力。因此只要人类消费机器生产的产品的唯一途径是工作，那么我们将面临另一个不同的问题。"

"无论这个问题是什么，"教授说道，"必须采取措施让人们填饱肚子。"

"这个商业世界，"我继续说道，"已经默许并且欢迎这场从手工劳动彻底转变为机器生产方式的工业革命，这种方式降低了所有商品的成本。但是，它同资本体系中的根本改革格格不入，这种改革让货币贬值，有助于购买那些廉价的商品。

"他们仍然保留金本位制，同时靠信贷做生意，将两者都作为交换媒介。他们借助信贷扩大生意规模，以增加企业的收益，通过限制信贷及降低与黄金的兑换值才能减少企业的收益。

"信贷和黄金这两种交换媒介不能稳定物价，信贷比黄金灵活性更强，因此借助信贷增加的企业收益就会受到金本位制的影响,后者会随时令企业的收益减少。"

爱因斯坦教授笑了。

"你不是喜剧演员,"他说,"你是经济学家。但是,你怎么解决所有问题呢?"

"做好三件事,"我说道,"减少工作时间,印制更多货币,还有控制物价。"

"我对商业方面的数学不太感兴趣,"他微笑着说,"我觉得所有人都应吃饱穿暖,有房住,这对他们来说就足够了。"

离开前,我们交换了照片,有一张是我和教授在加利福尼亚的合影,照片上有他的签名:"致查理,经济学家。"[14]

作为回报,我也在一张相片上签名。关于我的人生,我不知该说些什么。这时教授帮我解了围。

"可以写'你也有份儿,布鲁图'?"他笑着说。

"太谦虚了,"我开玩笑地说,接受了他的建议,在上面写道,"致爱因斯坦教授——'你也有份儿,布鲁图。'"

那是我在柏林度过的最后一晚,一个美妙的夜晚,第二天我就动身去维也纳。[15]那晚我回到酒店时,菲利普·沙逊爵士早已在等候我了。

我要和"G"一起用餐,所以就匆匆地换上了晚礼服。我们在阿德隆饭店吃饭,一起跳了探戈舞。

"G"非常可爱漂亮,我第一次看她跳舞时,就被她独特的魅力、优美的舞姿和丰富的表情深深吸引,她知道我欣赏她美妙轻盈的舞姿。

那晚菲利普爵士离开后,我和"G"一直坐着聊天,我试图确定她那舞蹈艺术的特质。

"你的舞蹈似乎要表达一种特殊的孤独感,追求一种别样的美感,这种特质其实就是你性格中的一部分。"

"G"拉起我的手,不知说什么才好,她回答道:"查理,我喜欢你,谢谢你。虽然我们可能不会再见面,但是我并不为此遗憾,因为我们已经在朝圣路上相遇了,只要知道你还活着,就够了。"

这就是"G",那就是她的人生哲学。

第二天我同菲利普爵士告别,他要去英国,中午时分我们也动身去往维也纳。

我抵达时再次受到了大规模的欢迎,人们越来越多,声势越来越浩大,愿上帝保佑他们!这一次我几乎是被抬出车站的,这种情形下不可能保全我的个人形象的,我看起来又傻又呆。

我们向前走时,我被挤得东倒西歪,但是最后还是钻进了一辆旅游车里,我的秘书和科诺随后也被推上了车。车开动了,我们向车外挥手，司机不停地按着喇叭穿过拥挤的人群。

维也纳死气沉沉，我们可以感受到快乐已经远去，这是座昨日之城。我们穿过宽敞的大道和鹅卵石铺成的街道时，我心里一直都在数着当地人津津乐道的咖啡店，人们在那里买杯咖啡，然后坐在那里好几个小时来处理往来信件或者洽谈生意，那里是人们常去的地方，是碰头的地方。

我们抵达酒店后，被带到了一间豪华的寓所内，这是一个皇家套房，房间又大又高档，白色的墙壁，洛可可式的装饰。这给我们留下了极其深刻的印象，但是几天后我们就感到厌倦了。

我打算去逛街购物，而且不想带随从。如果带着我的秘书和科诺，他们就会做些招眼球的事情，他们分别走在我的两边，就好像我被逮捕了一样，所以这次我决定独身前往。

我在维也纳城里闲逛着，如果我迷恋《著作狂》这本书，那么我就会翻看几页赞美维也纳之美的描述，这样我就不会向早已厌烦的读者絮絮叨叨了。

我无意中来到了多瑙河上的一座桥上，此时我可以感受到维也纳的魅力，它在战争前一定非常美丽。我似乎走在一条没有尽头的路上，两边商店鳞次栉比，啤酒花园比比皆是。偶尔有人认出了我，但是没有发生围观的场面。

人们聚集在一起是有一种心理因素在起作用。我走在大路上，偶尔会有人认出我，人们只是互相看着，推搡着彼此，然后就走开了。但是，如果突然有人大叫一声："快看，那是查理·卓别林！"这时人们就立刻受到他的感染，聚集在一起，我只好跳上一辆出租车。今天我很幸运，度过了愉快的一天。

这天下午我的安排很满，我要去参观工人公寓。这些公寓由政府出资建造，并以最低的成本价出租，政府几乎没有任何收益。接下来，我还要去博物馆和已逝国王的宫殿，再接下来将与两位漂亮的女士一起用餐，然后去剧院看表演。

看完表演后，我们又去了一家舞厅，跳了几支探戈舞，度过了非常愉悦的时光。突然，一位姑娘兴奋地大叫起来，原来是有人在放烟花。

她是匈牙利人，"啊，有一位伟大的艺术家在这里。"她宣布说，一个劲地用能想起的最好的词汇赞美我。

我这个人并不假装虚伪，但是的确有些难为情。她突然摔倒在地上，用一种夸张的姿势抓住了我的手，还亲吻了它。我试图将手抽出，结果她使劲将我一拉，我的身体失去平衡，恰好跌倒在她身上。

我要澄清的是，那时我头脑非常清醒，因为那晚我一滴酒都没沾，但是这家店的老板扶起我时的表情让我觉得，他怀疑我喝醉了。

"没关系的,卓别林先生,真的没关系。"我觉得有必要解释一下,就试图告诉他,我真的没喝酒,但是他仍然说道,"真的没关系,卓别林先生。"

那件事让我气恼,我决定以后再也不去那家酒吧了。

第二天,我遇见了奥斯卡·施特劳斯[16],《巧克力士兵》的作曲家。他想要为我安排一次聚会,但是因为我第二天要离开,所以就没办成。那天晚上,我在英国公使馆里赴宴。

当时在场的有三百余位客人,他们都是盛装出席,维也纳试图重燃旧日的辉煌,但是这样只会凸显它的失色。就像没落的贵族——囊中羞涩的传统奥地利家庭为了保持表面风光付出了巨大的努力。许多人的脸上写满了故事。

那天晚上,我遇到了法国公使馆的人,他们带来巴黎的消息,说是布里安德先生想要见我,我到巴黎后会给我们安排一次午宴。

我原本计划去巴黎[17]之前好好游览意大利一番,但是一听到这个消息,我就改变主意了,立马决定动身去参观威尼斯,那成为了我的下一个目的地。

东西已经收拾好,我们马上就要动身了。这里的一切——酒店经理、服务人员、门童以及路上的行人——都很彬彬有礼,他们都是善良的人们，离开他们我心里也有些依依不舍。

意大利南部就是加利福尼亚当年的微缩版，如今的加利福尼亚早已今非昔比。一想到威尼斯，我就非常兴奋，想着它是否同我想象中的一样。我听说了关于它的月夜、音乐和贡多拉小船的故事。

车在穿越边境线时，我睡着了，醒来后发现旁边留有一张便条，是一位意大利的海关人员写的："欢迎您，查理。这是我的地址，请您在上面签名，然后再还给我。我不想吵醒您，再见！"

最后我们抵达威尼斯，到处散发着拉丁民族的热情。我一下火车，就被一位热情的仰慕者抓住，他大约20岁，非常年轻，他用肩膀扛着我走出火车站。我被四个人这样扛着向车站外推搡着走着，弄得我东倒西歪。

我身体的重量大多压在这位年轻人身上，我感到他试图稍微改变一下身体姿势，结果自己反而受力更重些。我试图告诉他放我下来，让我自己走，但是被拒绝了。他仍旧坚持抬着我前进。他们就这样一直往前走，我怀疑他是否理解我的用意，我向他做手势，但是他非常坚决。

可怜的小伙子！我感到他已汗流浃背，气喘吁吁了。我试图让其他人受力均匀些，结果让这位年轻人身上受力最重，他的锁骨硌得我身子疼,如果能换成奥地利人的锁骨就好了!他们的锁骨厚实些。

从车站到运河只有半英里路,所以我就任凭这个小伙子固执己见,然而不是没有改变的希望。现在他已经不再呼喊,就连呼吸也变得困难起来。我再一次请求他放我下来,这次他答应了,他疲倦地放我下来,连再见也没说一句就混入了人群里,揉着压麻了的脖子。可怜的家伙!我感到失去了这位热情的仰慕者!

第一眼见到运河我完全惊呆了,那建筑的色彩和美丽难以用言语形容,我们只能静静地坐在那里,惊叹于它的壮丽。

许多人在运河边站着,[18]我们经过时他们齐声呐喊,用力鼓掌。我听到他们所有人都在说"Chow(你好)",这是他们打招呼的用语,从那时起我一直都"chowing(很好)"。

最后我们入住酒店,我的秘书和科诺去车站提取行李,安排其他事宜,留我一人待在酒店里。

不知为何,这个假期似乎有点徒劳无益,这或许又是我的神经作梗,我太累了。现在我身处一个陌生的城市,我扪心自问:"我为何来这里?"

我宁愿回到加利福尼亚继续工作,人类真是一种可怜的动物!似乎只有工作才能让他感到些许快乐!

我的房间在酒店的一层。我在房间里走动时，外面的人能看到我在房内的一举一动，我让服务员帮我拉上窗帘，我听到外面的人发出了失望的喊声，就像电影卡住后，观众发出无奈失望的声音一样，所以我在阳台上又露了一面，希望他们可以离去。

这已经是我的极限了，我知道他们的到来是对我的极大认可，但是我也想要独处的时间，我经常会思考人们对我的关注度，我从未如此深刻地体验到被这么多人关注，我很幸运在拥有巨大发行量的媒体界工作。但是我更在乎这种媒体的质量，就是它的质量才会获得人们的喜爱，而不仅仅是仰慕之情。

曾经有人问道："查理，你见到这么多张笑脸，感觉如何？你遇到的几乎都是笑脸啊！"

威尼斯的街道就像运河一样美丽，我们穿行于蜿蜒崎岖的大街间，有一些比较狭窄，仅容三个人并排走。我们还看到了中世纪的广场和建筑，在它们的中央坐落着一些古老的教堂。

半夜时分，透过微弱的街灯，我们看到身穿披风的人影走来，街道偶尔也会被门口或饭店透出来的光照亮，成群的年轻人站在角落里开心地聊着天，意大利人喜欢闲聊。

我让我的朋友翻译一下他们聊天的内容,他听到有这么一句:"艺术是对待工作的一种方式,与工作内容毫不相干。"

那晚,我带着意大利人对生活和信仰的极大鼓舞进入梦乡。

第二天,我与英国领事及其夫人一起喝茶,后来去参观了监狱和水牢。这里的情况没有我想象中的可怕,古代的牢房都是用木板隔开,还不如伦敦塔里的地牢阴森恐怖。

那天晚上,我们受到一家巡演剧团的邀请观看他们在当地剧院的表演,我们享有特权,晚饭后可以在该剧院的餐厅举行一场舞会。威尼斯对音乐的播放非常严格,每天在某一时间之后才能在公共场合演奏音乐,不能太早。

整个晚上我们都异常兴奋,播放着留声机,一直到晚上十二点半。意大利有这种播放音乐的限制,我对此感到有些吃惊不解。英国及美国一些地区实行这种限制,影响极坏,然而意大利这种极具拉丁氛围的国家也竟然允许这种限制的存在。

在离开威尼斯动身前往巴黎的路上,威斯敏斯特公爵及公爵夫人也登上了这班火车,后来我们认识了。公爵身材高大、帅气英俊、不怒而威、开朗乐观,公爵夫人优雅大方、美丽动人。

他们邀请我去位于诺曼底的府邸一起打猎,我告诉他们,

卓别林在巴黎克利翁酒店的阳台上向粉丝们挥手。

——来自作者的收藏品

离开巴黎后有空时会联系他们。

我收到一封卡米写来的信，卡米是一位幽默作家，信中说他会在巴黎车站迎候我的到来。我未见卡米已十多年。而且，信中他还写到，他学了一点英语。

巴黎！ [19] 人群聚集，宪兵驱赶着，卡米给了我热烈的拥抱，绳子断了，人群冲进来，冲向汽车，使劲拍打着车门，摄影师们抗议着，警察站在那里，喇叭声突突叫着，引擎发动了，我们终于走了！

我长叹一口气坐了下来。卡米一直都在说话，而我太累了，不愿听其絮叨，我所有的神经疲倦极了。我发现他的英语同我的法语一样好了，说得唾沫乱飞，但是外人都知道，我们俩在一起时基本上都保持沉默，就像演哑剧一样。

我在巴黎的代表古伊·克罗斯威尔·史密斯先生陪我一起同布兰德先生共进午餐，时间定在一点整，我们没有太多时间，所以就马上上车参观拿破仑墓了。

我们很难想象，那个大理石做成的匣子里躺着人类历史上最戏剧化的人物，我觉得就纯粹戏剧而论，拿破仑也首当其冲。我瞥了一眼那个露台，想起了格雷《墓园挽歌》中的一句："荣耀之路终会通向坟墓。"

我们在法国政府大楼里共进午餐，我一抵达，就被介绍给许多名人，著名的女诗人诺阿耶女伯爵[20]也在场，她是一位身材矮小、积极活跃、警惕性高、步履灵巧轻盈、思想机智敏锐的女士。

法国内阁的常务秘书贝特洛先生也在场，他极有绅士风度，后来参与了我的授勋仪式。《不妥协派报》的编辑贝莉、穆拉特公主、德·波本王子和公主、罗斯柴尔德先生及其他

卓别林接受阿里斯蒂德·百里安授予法国荣誉军团勋章，1931年3月23日。

——来自查理·卓别林档案馆

人都出席了那次午宴。

过了一会儿，百里安先生到了，他是一位身材瘦小、雅致风趣的人，脸上带有岁月的沧桑。他谈吐幽默风趣，似乎厌倦了一贯的顺从。他缺少劳合·乔治的闪耀，却有着一张悲剧的面孔。不幸的是，他不会说英语。祝酒时，他对伯爵夫人说：

"为未来干杯，敬卓别林先生，为现在干杯！"

他举止优雅，在午宴中他对伯爵夫人说道："最近很少见到您，您就像被抛弃的情妇一样很少露面啊！"

过了一会儿，我们坐在一起聊天。"卓别林先生，您是一位诗人。"伯爵夫人说道。

"没有言语的诗人。"我微笑着回答。

"正好相反，您的言语就是行动啊！"她安静地说道。

有人问道："为什么您演的电影主题都是悲剧性的？我觉得，您跟其他喜剧演员一样都喜欢悲剧。"

"并不是这样，"我回答道，"事实上，我并不喜欢悲剧，生活已经够悲惨的了，我只是将同情视为阐释美的一种手段，悲剧色彩也隐藏在美中。"

我回到酒店后，收到了一封匿名信，一个朋友给我翻译如下：

"尊敬的先生：谢谢您给这个悲惨的旧世界带来了这么多欢乐，我听说了您要被授勋的事情。战争中我自己也被授予了法国荣誉军团勋章，现在我将它赠给您，我留着也没有什么用处了，因为我的时日已经不多。一旦您接受了授勋，我觉得这份荣誉将会传承下去，我希望您能将它视为感激的信物，我感激您为人类所做的一切有益的事情，没有比您更有资格佩戴这枚勋章的人了。"[21]

我被深深感动了，可惜查不到送信人的姓名和地址。

那晚，我跟勒穆尔伯爵安静地一起用餐，后来还一起观看了女神游乐厅剧院里的滑稽剧。

我听说，我的一位老同事阿尔弗莱德·杰克逊的舞蹈团也在那里演出，我和杰克逊小时候在他父亲的剧团里待过一段时间，那个剧团叫"兰开夏郡的八个小伙子"。

一到女神游乐厅剧院，我就见到了他的父亲，热情地打过招呼后，我们就开始陷入回忆中。

"我的孩子，"杰克逊的父亲说道，"我还记得你第一次演出就赚得了观众的笑声。"

后来他记起了在伦敦剧院发生过的一件小事，那时我8岁左右，有人雇这个剧团在哑剧《穿靴子的猫》中扮演猫和狗的角色，那时我在里面扮演了一只狗，那是第一次演出，后来我们又演了好几场。

我想在表演中更好地诠释犬科动物的本性,就悄悄地到一个角落里,凭借脑海中对狗的印象,反复练习模仿狗的动作。

整座剧院爆发出哄堂大笑,观众的笑声和喜爱鼓励着我继续表演下去,于是我开始往舞台上其他的"小狗"身上嗅,这样做就像真的一样,观众们再次大笑起来,我刚要嗅,突然又看了看在场的观众,这个动作取得了极大的成功。

似乎我脸上戴的狗面具表情非常奇异,每一次嗅,观众就大笑,我就转头看看他们。笑声、转头、嗅一嗅,每次都是这样,这种动作令观众们情绪高涨,我非常开心,继续这样演着。这时我注意到了帷幕的一边,那里站着杰克逊先生和几位身穿白色衬衣的绅士们,他们都摇着头,非常不赞同我这样表演下去,示意我退场。这种状况令我深感迷茫,有些沮丧,所以我就夹着尾巴退出了舞台,观众报以热烈的笑声和鼓掌声。

"你究竟在干什么?"他们异口同声地说道,"你再这样演下去,警察就来了。"

我觉得,我的表演这么精彩,他们都不领情。

"啊,"最后杰克逊先生说道,"那时你机智古怪,我就知道你不是一般人。"

"我那时一定坏得很。"我笑了。

"一点也不坏,"杰克逊说,"你很温柔,就像个小女孩一样。"

杰克逊先生已经年迈,七十多岁了,但是还像以前一样聪明睿智且精力充沛。这些年他就没什么变化,现在仍旧积极地经营舞蹈团,寻找有天分的新人,就是他的教导奠定了我的事业的基础,他是一位优秀的老师,一个公正善良的人。

当时比利时的国王[22]也在巴黎,他想见我,于是我被安排去比利时大使馆,见面的时间定于三点整。

我们到达时,国王刚刚结束某种官方活动回来。我们在接待大厅的休息处等候着,突然,一个房间的门开了,一个高大的驼背的身影出现在门口,没有外套,没有背带,他背对着我们,若有所思地沿着走廊缓缓地走着,突然转身走进了另一个房间,这时他看见了我们,然后迅速离开了。

我不敢确定这位绅士的身份,我想在场的其他人跟我一样,但是我们都假装没有看到他。然而,一位使馆人员告诉我们,国王可能正在换衣服,他通常一天要更换四到五次服装,以便参加各种不同的官方场合。

大约一分钟后,比利时大使来了,我在访客簿上签好名后被带到国王陛下的面前。大使介绍了我,然后退出去了,最后就只剩下我们两个人。

陛下指了一把椅子，示意让我坐下，同时也给自己拉了一把椅子。国王身材非常高大，面容和蔼可亲，文质彬彬。他的身高凸显出其皇家的尊贵。

不幸的是，我的座位非常矮，国王将他的高椅子拉近我，这无疑与我的高度形成强烈对比。我们都坐好后，才发现我的鼻子才到国王的膝盖上一点。

国王陛下非常安静，我觉得还是由我先开口说话吧："陛下，我非常荣幸有机会觐见您。"

国王点了点头，之后我不知所措。

"我想，您不会在这里待很长时间吧？"我说。

"不会。"他安静地回答。

于是，我继续说道："我知道，您是乘坐飞机来的。"

"是的。"国王答道。

我的声音越来越微弱，我的自信心渐渐地消失了。我继续说："哦，非常棒，的确非常棒！我很喜欢坐飞机，真的很喜欢，"我重复着，"非常兴奋刺激。"也不知为什么我始终摆脱不掉这个话题。"的确，"我一边说着，一边双手合十地祈祷着，若有所思地看着窗外，"停在这里——飞机停在这里。"最后一句话也令我丈二和尚摸不着头脑。我这是在说飞机呢？还是在说电影？

我发现陛下正在奇怪地看着我,我有些苍白地笑了笑。"我想你这些日子一定很忙吧。"此时我感到是不是用词太随意了,我刚才用的是"你"吗?然而,我也不能说:"我想国王这些日子一定很忙吧。"

国王陛下好像并没有听我在讲什么,他问道:"你的电影都是在加利福尼亚拍摄的吗?"

"是的,先生。"我立马回答。

"借助你在摄影中发明的人工灯光和其他新设备,电影是不是在其他任何地方都可以进行拍摄?"

"哦,当然可以。"我回答。

这样总算是打破了僵局,然后我们的对话进行得很顺利。我们不仅谈到电影,还聊到了艺术、文学和科学,国王侃侃而谈。

告辞时,我对告辞的礼仪再次不知所措。小时候我听说,一个人在皇室面前要倒着退出去,但是现在除了陛下就剩下我一个人,这样做就会很可笑。然而我还是妥协了,像螃蟹一样退出去,慢慢后退到门边,摸着了门把手,我向陛下告辞了。

注释:

1 卓别林文稿补充了一些信息:"我的经理给我拿了一份报纸,上面写着毁损我名誉的事。'哈哈,'我喊道,'我不再受人欢迎了。''我想你是不是在某方面得罪了比弗布鲁克。'经理谈论道。'比弗布鲁克,他是谁?'我询问道。'他是英国一家报业集团的老板,据我所知,他对你不太友善。'但是我并没有因此感到不安,作为一个公众人物,对于他们的中伤,我不再不成熟,也不再容易受伤。我在好莱坞待了17年,结了两次婚,离了两次婚,现在的我,成熟而老练。

"我有时还会被告知,我在一些参展商中树了仇敌,他们认为我急慢了他们。在电影界干了十年了,借这个机会,我想解释一下,能够摆脱这种困扰,对我来说也算一种解脱。对于那些我冒犯的人们,我深感抱歉,但是如果他们站在我的立场和境遇下考虑,我敢肯定他们一定会理解并原谅我的过失,但是还会出现别的问题。英国电影业的信托机构告诉我,他们将买我的电影,但价钱由他们来定。我本身就是极端的个人主义者,讨厌任何形式的信托,所以我全权委托我的伦敦代表,按他们的意愿与其谈判。我的经理告诉我,如果他们的价钱公道满意,我们会跟他们合作,但没想到他们想拿权势压我们,这所有的一切都那么烦人。我抛开一切,告诉经理,不用担心同他们的商业纠纷,按他们的方式尽管大胆地做。这种时候,我总是耸耸肩,心里说不出的复杂。"

2 卓别林在20世纪50年代后期还在用这个趣闻。1955年2月7日,在查尔斯·狄更斯的诞辰晚宴上,他演说的《永远的查尔斯·狄更斯》与之相比,看起来一字不差。见《狄更斯研究》,第315卷,1955年6月,第112—114页。

3 《家庭谈话》在1931年5月30日收录一篇题为《查理·卓别林最爱的舞曲》的文章,它详细记载了卓别林与萨里·玛丽察的谈话片段:"在《城市之光》里有一段萦绕的旋律贯穿整个电影,这是查理·卓别林最钟情的舞曲,吉恩·巴特会告诉你在哪里能买到这张唱片。

"凡是看过查理·卓别林的著名有声电影《城市之光》的人,毫无疑问都会记住那段萦绕耳际、贯穿整个电影的小旋律。一旦听过,就很难以忘怀,下面我将告诉你关于它的一则趣闻,这是来自哥伦比亚的最新消息。

"《紫罗兰姑娘》是这支曲子的名字。一天晚上,卓别林在卡尔顿酒店举办卡巴莱派对,杰拉尔多的高乔探戈乐团弹奏了这支曲子,特地用来招待查理和他的朋友们。这个乐团已经为哥伦比亚制作了探戈舞曲（同艾匀·瑞利卡罗合作），跟在卡尔顿酒店演奏的一样，但在其中加入了法语的唱词。

"据说，当乐团开始演唱的时候，人们都停止了谈论，查理走近萨里·玛丽察——著名影视明星——他们一起完成了一段完美的舞蹈表演。

"这张唱片必定广受欢迎，不仅旋律迷人，而且还有一些与它有关的故事。"

4　卓别林在《卓别林自传》里讲述了他和巴顿最后一天的部分行程：

"临动身前，他（巴顿）问我是否愿意和他一起去看他的女儿。那是他的大女儿，是他第一个妻子所生的，一年前做了修女，现在在哈克尼一个天主教女修道院里。拉尔夫常常提起她，说她14岁就受到神的感召，一心要做修女，无论父母怎样劝说也没用。他给我看她16岁那年拍的一张照片，她的美貌立刻将我吸引住：一双乌黑的大眼睛，一张丰满而又细巧的嘴，从照片上向人亲切地微笑。

"拉尔夫解释说，他们夫妇曾经带她去巴黎，多次参加舞会，出入夜总会，希望她能打消进修道院的念头。他们给她介绍了好多男朋友，让她到最热闹的地方去玩，她好像也感兴趣，但结果仍旧不能改变初衷。拉尔夫已有18个月没见到她。现在修女见习期满，她已正式担任圣职。

"女修道院坐落在哈克尼平民区中心，是一所阴暗的房子。我们到了那里，女修道院院长接待我们，把我们让进了一间阴森森的小房间，我们在那里坐下。等候了不知多长时间，最后他的女儿进来了。我顿时感到一阵悲哀，因为她长得和照片上一样美丽，只是笑时露出的嘴里有一边缺了两颗牙齿。

"当时的情景显得很不和谐：我们三个人坐在那间阴暗愁人的小屋子里，37岁的父亲是一个混混沌沌的俗人，他跷着腿，吸着香烟；19岁的女儿是一个漂亮年轻的修女，坐在我们对面。我想离开那里，到外面汽车里去等着，但是他们父女俩怎么也不许我走。

"她虽然外表上愉快活泼，但是我可以看出，她另有那么一种冷淡的神情。她的动作很急促，仿佛是神经过敏似的，一谈到自己做小学教师，她就显得很紧张。'小孩儿真难教，'她说，'可是，我会习惯的。'

"拉尔夫和她谈话时，一面吸着烟，眼中流露出得意的神情。虽然他不是基督教徒，但是，我看得出，他挺喜欢女儿成为一个修女。"

5 卓别林在《我的国外之旅》里叙述了他在柏林受到的接待：

"我们去了柏林的阿德隆酒店，因为正在举办汽车比赛，那里的旅馆爆满了。这里的气氛有很大不同。在遇见人的时候，保持放松，回到正常的反应上来，这对我而言并不简单。这里没有人认识我，他们从来没听说过我，这使我感到有趣，当然，也有一点点生气。

"我注意到，德国人对我们外国人非常生硬，却彬彬有礼，这也让我感到一丝苦涩，我很期待我的电影在这里首映。在不知名的情况下，我很怀疑自己的人格魅力。

"在这种冷遇下，我现在更感到放松了，但不管怎样，我希望我的电影能在这里上映。旅馆的人对我很殷勤，有人告诉他们，我是美国的明星，并且是一号人物，他们的反应很搞笑。

"我长得并不好看，很难让他们相信这是真的。

"大厅里人山人海，其中有很多美国人和英国人。他们没想到会在这里遇见我，无数英国的、法国的、美国的记者开始拿我大做文章，而德国人只是站在那里旁观，一脸的困惑。"

6 在德国柏林的阿德隆酒店，这个卓别林在1921年想住却没能住上，直到1931年才住上的酒店，发生了这样的事，《阿德隆酒店：一个伟大酒店的生与死》一书对其进行了叙述："卓别林要来的消息早已在国外流传开了，菩提树大街的人行道上密密麻麻都是人，从汽车到酒店门口，卓别林一路走得很是艰辛，握手、签名、报以微笑、打招呼，为了不被踩到，还要疯狂地挣脱人群。在卓别林来来回回遭受人潮洗礼的时候，戴淡蓝色尖顶帽的阿德隆酒店门童就是他的目的地，最终门童成功拯救了他，推他进了旋转门，让他到了安全区域。但那个时候，一切都看起来很好的时候，他突然停在了接待大厅的中央，既搞笑又迷惑地盯着自己，他的裤子快掉了！追求纪念品的仰慕者们抢走了他所有的纽扣，他只得提着裤子，用全世界都熟悉的拖行步子，匆匆地进了电梯。"有趣的是，为了增强效果，阿德隆引以为傲的卓别林掉裤子的大厅，至今仍被拿来用于酒店的宣传。

7 英国驻德国大使霍勒斯·朗博尔德先生认为纳粹崇尚武力，拒绝合作解决欧洲问题。"在纳粹眼里，"他写道，"德国就像是被缚的普罗米修斯，而希特勒或者说纳粹运动，则被认为是拯救他的赫尔克勒斯，渴望自由与平等的愿望在民众心中扎下根来，成为每届政府必须重视的问题。在我看来，这种束缚将会影响德国外交政策的实施，而且这种影响已经开始。"（吉尔伯特）

8 卡尔·沃默尔博士，诗人和汽车实业家，早年在从事电影业的时候，就在好莱坞与卓别林见过一次面。他因拍摄迪特里希指导的《蓝天使》（1930）而闻名。

9 在卓别林访问德国的时候，埃里克·卡罗是柏林最受欢迎的喜剧演员。他在自己的俱乐部工作，在那里表演各种音乐闹剧。

10 卓别林文稿（卓别林档案馆）补充了这样的话："在拜访政府官员之前，我被带领参观当地的监狱。我从来没见过这样的监狱。它不像英国和美国监狱似的，有铁条状的或铆接的笼子。要不是走廊里有许多木门，这一栋寻常建筑你很难把它想别的东西。门上跟人的眼睛齐水平的地方有一个半英尺见方的小窗，监狱的看守可以打开它查看牢房里的情况，我们就打开看了一个。我很惊讶，因为它的空间非常大，里面有六个铺位，住着六个犯人，一边放着一张脏乱的桌子，一些犯人正在上面下棋，其他人则在闲散地看报纸。陪同的人告诉我，大部分是经济犯和政治犯。

"在参观行政大楼前，我们先去了警察博物馆。我从来没见过比这个更可怕的博物馆和更阴森的场面了。刚一进门，那种恐怖就扑面而来。打个比方说，如果把彩色照片放大到 2.5 英尺 ×2 英尺，那被谋杀的受害人就跟警察发现时一样，他们尸体的一些细节让人惊恐。有的尸体被削掉了脑袋，有的被肢解了四肢装进箱子里，有的头部被重击成碎片，总之是各式各样的恐怖画面。挂在墙上的部分你是不可能回避的，上面展示了性侵犯，旁边是死了的受害者。之后是自杀的展示，照片里面，男人、女人和孩子都在用可怕的方式自我毁灭。整个景象是如此恶心，以至于我接连数天都不能从里面走出来。在我看来，记录这些恐怖的细节完全没必要，但他们却说，有了这种展示，可以便于侦探研究犯罪的性质，并且也是犯罪学经典案例的一种呈现。这里还展示着各种作案的器具和武器。此外，这里还有为诈骗而赌博的各种条款、标记卡、灌铅的骰子等。但我太恐惧了，没法在里面过多停留，所以很快离开了，真希望能尽快忘掉这么糟糕的事。"

11 这个获得四次奥斯卡提名的作曲家生于 1896 年。从柏林大学斯特恩音乐学院毕业后，弗里德里希·霍兰德尔开始在柏林卡巴莱餐馆为制作人麦克斯·莱因哈特作曲。第一次世界大战后，霍兰德尔成为在柏林起着主导作用的知识分子，他带领爵士乐团创作音乐，并且指导一个批评纳粹反对纳粹的讽刺歌舞剧团。他是一位钢琴家、多产的作曲家、诗人、演员和导演，创作和指导了柏林的早期有声电影。他还是玛琳·黛德丽在1929年拍摄的经典电影《蓝天使》的作曲人，其中著名的是《再坠爱河》。移民到美国后，弗里德里希·霍兰德尔搬到了好莱坞，并在那里为120多部电影作曲，直至于1976年在德国逝世。

12 拉吉娜是亨利埃特·玛格丽特·希贝尔在维也纳的时候生的，她的职业生涯起步于法兰克福歌剧院的儿童芭蕾舞团。后来，她在卡巴莱歌舞表演和时政讽刺剧里表演跳舞。她的电影处女作是1925年的电影《通向力与美之路》，其他作品有《白色的艺伎》（1926）、《海狸的外套》（1928）、《红杏出墙/你不可奸淫》（1928）、《骗子》（1928）、《夜的骑士》（1928）、《华沙城堡》（1929）。凭借其有声电影《一个傻瓜》（1931）《特鲁克萨》（1936），特别是《孟加拉虎》（1937）和《印度的坟墓》（1937），她斩获巨大的成功。《闪烁的星星》（1938）、《杂耍的人》（1939）、《里约的明星》（1940）是她最后的作品。在一次圣诞旅行中，她突发肺炎和胸膜炎，不幸去世，终年35岁。

13 格里斯·冯·乌尔姆在他1940年的《查理·卓别林：悲剧之王》一章中（第295—296页）记录下这样的小插曲：

"菲利普［沙逊］陪同查理和科诺去波茨坦，到前德皇的外甥普鲁士亨利亲王家做客。……查理直言道，他讨厌这些17世纪的巨大方柱……

"亨利亲王被查理逗笑了。

"'你是对的，老伙计，它们确实很丑陋，但这得归咎于威廉一世。腓特烈大帝也觉得它很差，所以他在18世纪另建了一处幽静的居所，我敢保证，你会跟我一样喜欢那儿的，尽管他和伏尔泰都跟你一样生活充满戏剧性。'

"他们漫步穿过哈弗尔河，进入无忧官的梯形花园，查理立刻就认出，这是一些美国东部庄园刻意模仿的原型。腓特烈大帝很高兴能离开伏尔泰的住所，因为他已经听厌了伏尔泰像鹦鹉似的永远重复着冗长的谈话。

"在浏览了腓特烈大帝的个人遗物后，查理感到，一个帝王有勇气做一个音乐家，既是他的荣光也算是他的悲剧了……

"查理对这个花园表示惊叹，里面的设施构造，工匠从自然采集原始的素材，又用线条、比例和颜色对它进行了再塑造。"

14 据《约克郡晚报》1931年3月16日报道,这张照片有着这样的题词:"致查理·卓别林——航海经济学家"。

15 西格蒙德·弗洛伊德在1931年写给伊薇特·吉尔伯特的信中谈道:"在前几天，卓别林到了维也纳……但对他来说这里太冷了，他很快就离开了。毫无疑问，他是一个伟大的艺术家，当然他也总是在演同一个人物，一个极度贫困、无助和笨拙的年轻人，但是最后总能得到好运。那么现在难道你就认为，因为这个角色，他就得忘掉他自己吗？恰恰相反，他总是在演少时悲惨的自己，他无法摆脱过去带给他的烙印和羞辱。可以说，他是一个非常简单、极易看透的人。艺术家们的成就与他们儿童时代的记忆、印象、压抑和失落是密切相关的，这种理念带给我们很多启示，也基于此，才显得弥足珍贵。"

16 奥斯卡·施特劳斯（1870—1954）生于维也纳，但在1939年加入了法国国籍。他因创作轻歌剧和滑稽剧而为人所知，其中最著名的是《勇敢的士兵》(1908)。

17 1931年3月24日的一篇标题为《卓别林是不是犹太人的讨论导致他去布达佩斯的行程取消》的报道（报纸名不详），披露了促使他这时候改变行程的细节：

"又一场东欧宗教纷争因为查理·卓别林导致许多不明情况的民众卷入其中。布达佩斯处于一片混乱之中，也因为这场争论，卓别林不得不取消原定行程，转从维也纳去往柏林。

"麻烦的开端是，布达佩斯的一家犹太报纸写了一篇高度颂扬卓别林的文章。文章声称，作为一个犹太人，卓别林是犹太人在艺术领域取得丰硕成果的杰出代表。文章还说，卓别林原本来自东欧，曾经名叫斯隆斯坦（原文如此）。

"很快，大量的反犹太报社开始回击，他们用长篇幅的文章侮辱卓别林，以及他所代表的那一类犹太人和电影院的犹太粉丝。

"尽管没有骚乱或暴动，但形势看起来相当严峻，最后卓别林做出变通，不再访问此地。即便是这种意义不大的事件，在匈牙利、罗马尼亚和欧洲斯拉夫圈的其他国家，已经煽动起了暴动和屠杀。"

18 1931年3月19日,《纽约特洛伊评论》报道了卓别林的到来，文章标题为《卓别林的影迷大军堵塞了威尼斯运河的所有交通》：

下午威尼斯大运河迎来了查理·卓别林，盛大的庆祝队伍不禁让人想起《汉姆林的吹笛人》。大船、小船、快艇、桨船、汽船、渡船、划船，紧跟在卓别林的汽艇后面，沿岸老建筑的窗户上也挤满了人，查理站在船上向他们挥手鞠躬，来到丹尼尔斯酒店，卓别林上了岸，被服务员领进了最好的套房。

酒店前的水上交通一片混乱，为了恢复交通秩序，警方打算疏散人群，但这显然并不容易。

19. 在巴黎，卓别林找到了其他乐趣，15年后《凡尔杜先生》的拍摄，就是因为其中的一个乐趣。乔治·萨杜尔在《生活的小丑》（1952）中（第165页）写道："卓别林很早就对孤独的杀手（兰杜）感兴趣。1931年，当他来到巴黎，他去拜访了当年出席过'兰杜案'审理的法治专栏作家，听他们讲述'兰杜案'的很多细节。"

20. 安娜·伊丽莎白·戴·布兰科文伯爵夫人（1876—1933），祖籍希腊，是著名的法国诗人，罗马尼亚小说家。她第一部受欢迎的作品《众多的心》（1901）是一本充满感性和韵律的诗集。

21. 类似的逸事出现在卓别林更早的书中，"许多人写信给我，感谢我带给他们欢乐。这些信有上千封，一个年轻的士兵把大战中得到的四枚奖章送给了我。他说，之所以送给我，是因为人们从未真正意识到我的价值。他的作用是如此卑微，而我的价值是那么巨大。他这样写道，他希望我拥有他的法国十字勋章以及其他的一些奖章"。

22. 阿尔伯特一世（1875—1934），比利时国王（1909—1934）、利奥波德二世的外甥和继任者。他迎娶了（1900）伊丽莎白，一位巴伐利亚公主。第一次世界大战期间，他英勇抵抗德国的侵略（1914），极大地帮助了同盟军。国王和王后大力改善比利时和比属刚果的社会条件。阿尔伯特民主和善的行事风格为他在海内外赢得了很高的评价，他是在一次攀岩事故中不幸逝世的。

第三部分 [1]

德特丁夫人[2]下榻在克利翁酒店,一天晚上她安排了一次宴会,宴会上有俄国音乐、鱼子酱、伏特加和香槟酒,场面很壮观,整个巴黎所有有身份的人都来了,包括王子、男爵、伯爵、公爵、勋爵、贵族及有头有脸的绅士们。

整个晚宴非常成功,在晚宴期间,来自俄国的乐师们手端满满一杯香槟向在场的每一位客人敬酒,被敬酒的人随着音乐声将杯中酒一饮而尽。

我要说明一下,我不是一个诚实的酒徒,但是有人告诉我此次晚宴的两位男士意图将我灌醉,他们贿赂了乐师们在晚宴上不停地向我敬酒,这就是说我每次必须得喝光满满一大杯酒。晚宴开始前,我找到了一位为我服务的侍者,我贿赂他将我手中的香槟换成姜味汽水。

在场的人都没有发现这个骗局,我喝光了大约九大杯姜味汽水。那几位设局的人诧异于我的酒量,但是我也设了一个圈套。我跟他们说,想让我喝干所有的敬酒,他们也必须和我一起喝,所以九大杯后他们都喝倒下了。

周三晚上,我和威斯敏斯特公爵一起前往诺曼底打猎。我

摄影师李·米勒在巴黎为卓别林拍摄了一组照片,这是其中的一张,这组照片刊登在1932年4月14日出版的《为你们》杂志上。

——来自作者的收藏品

去他所住的酒店安排此次外出打猎的事情，碰巧遇到了著名的漫画家赛姆[3]也在那里，他是公爵的朋友，可惜他不会讲英文，所以不得不依赖于翻译。

他身材矮小，比我还矮几英寸。我听说，他以前也去过那里打猎，我问他这次是否同我们一道去，他立马摇了摇头，表示不同我们一起去打猎。当时我不太明白他拒绝的理由，在我那次痛苦的打猎经历之后，我才明白了他断然拒绝的理由。

我们那晚动身前往巴黎，在火车上用餐，当天夜里抵达诺曼底。从车站到公爵的庄园我们开了大约两小时的车，公爵的庄园大约有16个房间，装修简单，风格古朴，温馨舒适。一路上冷风飕飕的，但是我们到达时被带进了一间极其温暖舒适的房间里，房间里放置着一个烧樱桃木的火炉，还有一个摆满各种各样珍馐的桌子，让人垂涎欲滴，有开胃的冷盘和瓶颈颀长的酒瓶，我们大吃大喝起来。

过了一会儿，我们围坐在火炉旁一边喝威士忌和苏打水，一边讨论明天的事情。

"我以前从未打过猎。"我说。

"至少你会骑马。"公爵回应道。

"会一点儿吧，"我犹疑地说，"但是我十年没骑过马了，实际上我从未真正骑过马。"

我觉得，我仿佛感觉到公爵的关心，我继续信心十足地说："但是我也从未从马上摔下来。"我由衷地笑了笑。

公爵给我介绍打猎的方法："首先我们先派出两人寻找野猪的踪迹，他们经常进入野猪藏身的树林，然后我们开始打猎。野猪身上有一种味道，我们可以根据这种味道跟踪野猪，将其逼入死角，然后将手里的刀（这是一种长矛）刺进野猪身体里。"

"原来是这样啊。"我虚弱地说道。

"这时，你就下马，但是记得一定得等狗将野猪完全制伏了，你才能下马。"

"好的。"我喃喃自语道。

"野猪非常凶猛，实际上相当危险的，如果狗没能完全制伏它，它就可能再站起来攻击你。"

"哦，是吗？"我深吸一口气。

"我知道它们攻击过一匹马，"他说，"就说到这里，我说得太多了。明天我们可能不会看到这种场面，到时你会失望的。"

"不会的。"我快活地说。

"我们还是先找到野猪的踪迹，然后再讨论。"

"对，"我插话道，"没发现野猪踪迹前不要投掷手里的矛。"

然后我们散场，约好第二天早上六点钟起床。

尽管床非常舒适，但我整晚全无睡意，许多问题萦绕在脑中——如果遇到野猪，我该怎么办？然而，我最关心的是，我怎样才能待在马背上？我想得越多，就越不喜欢野猪这种动物。我实在无法理解人附加在野猪身上的情感，至今我还对打猎的场景记忆犹新。

我在奥尔德姆市雇了一匹马，这个地方的路都是用鹅卵石铺成的。我还记得沿着主街骑马飞奔，突然马滑倒了，我立马趴在了马背上。最后马站了起来，我则吊在马镫上，马的后蹄离我的头刚好还有一段距离。街上的车停了下来，女士们大声尖叫着，最后我终于得救了。这些丑事整晚都在我的脑中回放，无法驱散。

早上，我状态极差，身子骨疼，眼睛因为失眠而肿痛，大脑空空，完全是头重脚轻的感觉。但是，我还是多亏了昨晚的无眠之夜，我一下楼就得知已经找到了野猪的踪迹。

公爵已穿好打猎服，他身穿一件红色的上衣，头戴一顶坚硬长绒毛鸭舌帽。我感到我似乎有点多余，没有穿适合的服装。我急急忙忙地去买了骑马的裤子和靴子，但是没买上衣和头盔。公爵给了我一套骑马装，我穿上赛姆的小红夹克，他的衣服让我有些呼吸困难。然后戴上公爵的头盔，穿上他

1933年11月《卓别林:我的环球之旅》连载中有关狩猎野猪故事的插图(选自《妇女良伴》)。

——来自作者的收藏品

卓别林同英国威斯敏斯特公爵一起狩猎野猪。

——来自查理·卓别林档案馆

的骑马背心。

这里我要说一下,公爵身高大约六英尺三英寸,身材粗壮,所以他的背心长到我的膝盖位置。我伸手够背心口袋里的火柴,就好像在往上拉我的袜子。而且,公爵的手套非常大,我可以很松快地在里面握着拳头,赛姆的夹克非常紧,再套上公爵宽松的背心,给人一种酷似芭蕾舞裙子的效果,背心的下半部分折叠着露在外面。

我就这样穿着出门了,外面冷极了!我开始觉得这背心的大小刚好合适，它可以很好地保护好我的膝盖。然而，我们都挤进了车里，去往40英里远的地方，[4]也就是发现野猪踪迹的地方。出发时，我们还带上了狗、马，和邀请的其他客人一起出发了。这种情况下，万事是不会一帆风顺的，总会有人走错路，其他人就只能停下来等着，我们一路上也是这样。

我们到达目的地了，马和狗还没有到，前十分钟我们幽默地开着玩笑，又过了10分钟就有人开始嘟囔抱怨天气太冷，又过了40分钟，大家就真的很焦急了。那些狗和马究竟到哪儿了？

最后它们终于也到了，顿时整个乡村一改往日的平静，立刻变得喧闹沸腾起来。狗在不停地吠着，兴奋的法国人出现了，胸前挂着喇叭。

我看到其中一个人的脸上有疤痕，就问道："那个可怜的家伙怎么了？"

"他被马踩了一脚。"有人答道。

这时公爵来了。"跟我来，你骑弗洛西吧，它性格温驯，是匹老马。"

"好的，"我不安地说，"它不会那么温驯吧。"

"你看。"他指着那匹马说。

这时弗洛西突然抬起后腿，腾跃而起，来回走着，然后挨近我，似乎想要把我横扫出去，但是我的速度比它快了一步，我早就在一刹那的工夫躲到了车的后面。

"这有点奇怪，"公爵说道，"它明明没有受到惊吓啊！"

"但是现在它的确有点惊恐啊！"我回答说。

"别担心，"他笑着说，"你在马背上系紧一点吧。"

"系紧'一点'！"我心里想着公爵的话，尤其注意到他使用的修饰形容词。这时，又牵来了一匹马，我觉得这匹马比弗洛西看起来更容易驾驭一些。我爬上马背，系好一切，调整好姿势。我以前从未这样骑过马，带着这么多设备和工具，包括长矛、皮鞭、手套、缰绳等，我戴着公爵的手套怎么也抓不住缰绳。

这时记者和摄影师们也来了，他们给我拍照。既然我已经坐在马鞍上了，我就感到十分惬意自信。我看到记者们用仰慕的目光望着我——至少我这么觉得，我就感到非常开心。我想让他们觉得我以前也骑过马，我偷偷地瞥了一眼身上的背心，它正优雅地垂在马身上，如果我能有个良好的开始，我就在心里告诉自己，万事"如意"。

我上马时，马一下也没有动，正忙于吃灌木上的叶子。然后，我一拉缰绳，脚一蹬，试图让它跑起来，但是它一点儿都没动，似乎完全没把我的举动放在心上。

知道记者们在看着我,我流露出一副无所谓的样子,似乎我改变主意了。这时公爵的秘书骑着马走过来。

"这样,"他说,"跟着猎犬走,或者随着号角声的方向走,否则会走错方向。紧跟着我,你就不会迷路了。"

"我会全力跟着你的。"我非常认真地回答。

万事俱备,公爵走在最前面,带着我们一起出发。我们一行人懒散地骑着马走在小路上,刚开始我真的非常享受这一时光,早晨煦暖的阳光和路上的鸟语花香让我感到人类与自然、动物融为一体,我转身对秘书开玩笑地说道:"我们可以骑得快点。"

"哦,对,但是得等号角声响起来。"他笑了。

他的话让我有点不太确定——实际上我有些担心了。那时我们正来到了种满橡树的小路上,停在一块树荫下,这时我们听到了"嘟嘟嘟"的号角声。

我记得接下来的声音震响了马的耳朵,它一跃而起,像飞一样冲了出去,我一下子紧紧抱住它的脖子,听到有人在喊:"嘿,停下来!你的帽子和鞭子掉了。"

但是我倒不担心这个,我关心的是接下来还会有什么东西掉下来。我和马穿行在树林中,躲着伸出来的树枝,我们已经离开那条小路了,正飞奔穿过一片树林,这时模糊中我看见前面有一道篱笆。幸运的是，这匹马也一定看见了，它慢慢停了下来，所以我松开了抱着马脖子的手，但是紧紧攥着缰绳不放。它停了一小会儿，我刚要叫"杰克·罗宾逊"这个名字，它就掉头，又开始狂奔起来。

在那短暂的时间里，我发现我擅长骑马。我奇迹般地竟然让自己稳稳坐在马鞍上，同时做着几件事——保持身体平衡、躲避树枝，同时还要蹬住马镫，我竟然成功地做好了这三件事。

最后我们遇到了公爵的秘书，我快速横在了他面前。"我不会像你那样骑得很费劲。"他对我说。

"跟马说吧。"我回答道。

我拿到了帽子和鞭子，又戴上了领结，再次驰骋起来，至少是马又飞奔了起来。我们跳跃着、摇晃着，一会儿这个方向，一会儿又那个方向，现在我也能跟上公爵秘书了。有时，我们还会骑到山坡上，停下来休息片刻，看一会儿，听一会儿，这种片刻的休息令我欣喜，既甜蜜又温馨，只是在那里静静地看着听着，那一刻我才能找回自己。

"你听到什么了吗？"公爵秘书严肃地问我。

我假装关心，让自己看起来聪明一些，回答说："我什么也没听到啊！"

但是这时讨厌的号角声再次响起，混合着猎犬的吠声，我们怀着极大的热情再次出发了。

就这样持续了数个钟头之久。

我在路上最先遇到的人是一位漂亮的法国女人,她显然一路上都在追着猎犬跑,她的皮肤呈古铜色,肯定是因为经常外出的缘故。她骑在横座马鞍上,自我感觉超好,在此次打猎的最后两个小时里我们也不知怎的待在了一起。起初,我觉得应该体谅照顾她,但是一小时后就令我抓狂了。

她总是落在后面,所以我就一直没有休息的机会,每次我回头看她,她就说:"它很温驯,对吧?"

"哦,是的,肯定是。"我苦笑着说道。

现在我都坐不直了,我的身子歪向了马鞍的一边,用小腿肚子紧紧地夹着它,这样可以放松一下我的背部,过一小会儿我再换成另一边,就这样两边交替着。

就在这个节骨眼上,公爵骑着马来了。"你脸色不太好,"他说道,"恐怕今天我们运气不好。"

我看起来一定像是病了或者别的什么,他大声说:"朋友,看看你,你好像很累。别太辛苦了!你最好还是坐我的车回去吧。"

我没等他说完,就立马骑到大路上找公爵的车。找到了车后发现有记者带着相机在那里等着,我觉得必须勇敢面对他们。

所以我假装快活地从马鞍上跳到地上，但是膝盖立刻不听使唤，无法像往常一样弯曲，最后不得已我只好跌跌撞撞地下来了。因为骑马，所以我背部的肌肉都拉长了，它们也都不听我使唤了，我竭尽全力挺直背部，但是怎么也挺不直，一会儿又弯曲了下来。天啊！我想，我的脊柱一定弯了吧！我凭借着超人的毅力及时蹒跚地走到车前，一屁股坐在了车的踏脚板上，就在那里我接受了采访。

"卓别林先生，您打猎开心吗？"记者首先问道。

"怎么样才算开心呢？"我回答。

"您看到野猪了吗？"记者紧接着问。

我看着他，本该说句俏皮话，但是我太累了，疲倦地摇了摇头。这时，司机走过来替我解了围，送我回家了。

那天晚上，我们围坐在火炉旁边——至少我紧挨着火炉坐着——讨论着白天发生的事情。

"我们只是运气不好，"他们说，"但是，这也是游戏的一部分啊！"

"如果这是场游戏，"我说道，"我更喜欢玩掷币游戏。"

我所关心的是巴黎和一个蒸汽浴，所以晚饭后我动身前往巴黎，这里我必须提一下，在凌晨四点钟我被一位男按摩师有意叫醒。

在回忆中,我似乎对主人的招待和热情不太怀有感激之情,或许在我的记叙里还带有些许讽刺,倘若果真如此,也只是出于取乐的心态吧。

我不再详细讲述巴黎期间经历的琐事和社会活动,否则您会感到异常枯燥的。其间,不停地有晚宴、舞会、看表演、看戏剧以及各种各样的短程旅行等。

我的下一站是到法国南部看望住在那里的哥哥,他在那里已经住了半年之久。我收到了来自尼斯的弗兰克·高德的邀请,[5] 于是在巴黎待了九天后,我抵达了法国南部,这个时尚界的天堂。

从巴黎驾车一晚就能抵达尼斯,中午时分,你可以到达法国蓝色海岸,首先映入眼帘的是地中海风情。遗憾的是,铁路紧挨着大海,它们破坏了大海的海岸线。我看到这个城市的第一眼,就非常失望,房屋拥挤不堪、鳞次栉比,这同加利福尼亚海岸线的空旷不可同日而语。

我的朋友弗兰克·高德偕夫人[6]在车站迎接我,我的哥哥西德[7]及其家人也赶来了,我不再详细讲述我受到人们欢迎的细节,但是弗兰克·高德却被这种场面深深感动。

"人们这么仰慕你,你一定很开心吧。"他评论道。

卓别林在法国尼斯参加私人派对（西德·卓别林举着酒杯，位于照片最左侧）。

——来自查理·卓别林档案馆

午饭后，我和他一起去买几副网球拍，我们走在路上，越来越多的人赶来，结果造成了交通堵塞。人们推搡着，大喊着，"万岁，卓别林！"人群越来越稠密，场面也越来越壮观，我们几乎寸步难行。

我看到弗兰克心事重重，最后我们终于到家时，他宣布："就是给我一千万美元，我也不愿意变成你。"

下午我们去市政娱乐场喝茶，这是一栋气派的大楼，装饰风格奢华，设有大型舞池和多间巴卡拉纸牌游戏室，因规模最大而闻名于世，成百上千的人们来到这里边喝茶边跳舞，这里播放的音乐极好。

相当多的美国人住在里维埃拉，我听到他们在强烈谴责美国时都义愤填膺，这令我十分诧异。

"没法活了，"他们继续说道，"这么多的禁令，还有《蓝色法律》及组织周密的清教主义规定的众多禁忌，这可怎么活？我们就待在法国吧，这里没有欺骗，这里是政策表达人们的意愿，而美国是要人们去适应政策。"

我听到的这种尖刻犀利的批评来自四面八方，大多来自美国人口中。欧洲人承认美国人民是充满智慧天赋的人民，他们对科学和创新做出了巨大贡献，但是如果问他们"美国是否是一个宜居的国度"，他们都会摇头否认。

一段时间之后，我才开始喜欢上法国南部。这里的娱乐生活单调乏味，但是可以遇见许多友好的人，他们都拥有豪华的房子，愉快地享受生活。后来我发现这里住着各种各样的人，他们来自社会界、知识界和波西米亚界，当然他们都属于"娱乐派"。[8]

我开始喜欢上了尼斯，每天早晨我都打一会儿网球，晚上跟朋友聚会，或是参加宴会，每一天都过得非常开心。有一天，我在一场愉悦的午宴上遇到了许多朋友，艾尔莎·麦斯威尔[9]、菲利普·沙逊爵士和奥斯瓦尔德·莫斯利爵士[10]，莫斯利爵士目前的失败只是暂时性的，他仍然是英国政坛上最有前途的年轻人之一。

亲爱的艾尔莎！我许久没见了，她是一个令人愉快的同伴，她自己现场就能谱曲填词，创作出许多首优美动听的歌曲，给在座的人带来无尽的快乐。她还有一个特殊的天赋，即她将社会视为一种表达方式，并将表达变成一种艺术。

那天下午，我和菲利普·沙逊爵士一起前往皇室康诺特公爵[11]的府邸喝茶，公爵年过八十，是一位风度优雅的绅士，平易近人，和蔼可亲。他的府邸位于卡普费拉，面积不大，装饰简单，周围种满了漂亮的鲜花。公爵同其先祖英国国王乔治极其相似，隶属同一家族血统。我们一行约六人坐下喝了一小杯茶，他那与生俱来的彬彬有礼以及对客人无微不至的照顾凸显出他个人的巨大魅力，他还提到要去参加我的电影的开幕式，于是开心地聊了一会儿，我们就出发了。

电影的首映式在蒙特卡洛举行，我是摩纳哥王子[12]的座上客，王子和摩纳哥政府打算投资上映我的电影的这家剧院。有人安排我同王子一起用餐，然后受邀前往剧院。但是，我傍晚时分抵达剧院后，摩纳哥政府通知我说，王子不能同我一起用餐了，因为发生了一些十分紧急的事情，他必须留下来，但是一会儿还会来剧院以弥补我的失望,然而我非常荣幸能与他的部将们一起共进晚餐。除了英国领事外,其他人都不会讲英语,所以我整顿饭如坐针毡,傻傻地微笑着看着在场的所有人。

我们早早地吃完了晚饭,结果接到通知说我们现在还须等到十点才能去剧院,我的电影一直到晚上十点钟才上映。我建议英国领事,我们是否可以早点去剧院,但是他回答说,我们作为他们的宾客,他们必须掌控整个局势,否则我们自己可能会惹祸上身,难以脱身。

最后终于有人传话说,我们可以前往剧院了。我们抵达后发现摩纳哥王子及其女儿早已在包厢了。很显然,之前一定有误会,电影结束后,我很荣幸地获得了康诺特公爵的祝贺,他说他非常喜欢这部电影。

然而后来,我得知英国报界刊登了一则故事谴责我,故事中说我让康诺特公爵在剧院等候了数个小时,还说我一直没有现身,直到晚上十点钟才出现在剧场,这引起了在场观众的愤怒。就像我之前解释过的一样,摩纳哥政府邀请我共进晚餐,并一起去剧院观看电影,是他们安排了那晚所有的活动。

英国报界还刊登过另一个故事,故事中讲到我拒绝了皇室要求我在英国国王面前演出的号令,这个故事也不是真实的，我只收到过一位署名"布莱克先生"的电报，他请我现身于一场歌舞杂耍表演现场，因为英国国王要来参加，所以这场表演被称为"御前演出"。然而这不是一个皇家发出的号令，只是布莱克先生自己发出的"号令"，而布莱克先生在皇室中不担任任何官方职位。

高德夫人在市政娱乐场安排了一场激动人心的午宴，艺术界和文学界的一些名人也来参加此次午宴，其中就有梅特林克、马钱德、多默格及其他人。大家对这次午宴、这些杰出的人士及这家娱乐场的背景认识不太一致，但是鸡尾酒会后，他们就放松了下来，渐渐适应了所处的环境。

梅特林克举止安静保守，拥有一头漂亮的银色头发和精致五官，他是哲学家和儿童的结合。刚见到他时，我觉得他沉闷感性，但是随着午宴的进行，他越来越风趣幽默。我们俩交流起来不太顺畅，因为我俩都不会说对方的语言，如果只是单调地重述自己说的话，聊天就无法进行，所以我们的聊天轻松随意、自由自在。

梅特林克在我让他签字的账单上（在第100页的末尾处）画上有趣的图画，用沉着的语气幽默地加以评论，就好像是引用他作品中的一些精彩的段落。我一边看着他，一边被他深深吸引。在这家娱乐场里，梅特林克，这位美的使者既是评论家还是哲学家，写了那些美丽精彩的文字："生活中道德之美比知识之美似乎更为迫切，更能深入人心；人类灵魂珍惜的品质必须沐浴在伟大的灵魂中，否则它们就会消失在荒芜的沙漠中，就像河流无法入海。"

他在账单上画完后，微笑着递给了我。

我收到了埃米尔·路德维希[13]的电报，他在去美国的路上，一天之后就会抵达法国南部。他在法国逗留期间，我做了一个安排，我们要去棕榈海滩赌场共进午餐，这个漂亮的赌场就位于圣玛格丽特岛的对面，岛上矗立着一座历史悠久的监狱，这家监狱因曾监禁"铁面人"而出名。

路德维希刚过四十岁，与拜伦有相似之处——崇高的人格、凸出的前额及好看的下巴、丰满性感的嘴唇——就像女士的嘴唇一样。我见到他后就被他的热情和年轻的活力所折服。

午宴期间，他拿出了一片干草叶子，递给我说："古希腊有一个传统，将一片月桂叶授予他们敬仰的人，所以我希望你愿意接受这片象征敬意的叶子。"

与此同时，我们还讨论了彼此生活中经历过的一些最美好的事情。我想起了海伦·威尔斯打网球的动作，还聊到了一家新闻周刊中提及的一部感人的影片，影片中的那个男人在战后的弗兰德的田地里耕作，他可怜兮兮，佝偻着背，卖力地犁着土壤，凭借着这种不妥协的精神和意志想在这片废墟上重建自己的家园。

路德维希完美地描绘了一轮红日照耀在佛罗里达州沙滩上的画面，一辆汽车以时速12英里的速度前进着，一位穿着浴袍的女孩斜倚在汽车踏板上，她脚指头轻盈地划过沙滩光滑的表面，在经过之处留下了一条浅浅的细纹。

他提到了他儿子，说道："我还有许多事情不愿辜负，在他眼中我就像上帝一样万能，那个小家伙听说他父亲是个作家，写了好几本书，而且还是用好几种语言写成的，这让他茫茫然不知所措，所以他觉得他父亲是万能的人。"

谈到读书一事，我跟他说，我读过的书还不到一般人的平均阅读量，其中一个原因是因为我阅读速度很慢，所以在阅读文学书籍时非常挑剔。我觉得我的文学教育基础来自于《圣经》、莎士比亚、普鲁塔克的《希腊罗马名人传》、伯顿的《忧郁的解剖》和鲍斯威尔的《约翰逊传》，还来自于几位著名的哲学家，如尼采、爱默生、叔本华和罗伯特·英格索尔，最后一位则是第一个唤起我的哲学兴趣的人，然后才是爱默生和尼采。[14] 我记得，我长大了一些，也就是大约17岁时，才受到了英格索尔的影响。我也只是浅显地了解其他经典巨著的内容。然而，路德维希无论是对古希腊还是对我们当代最新作家的著作都相当了解精通。

我们都赞同现在读书的时间很少，小说终将过时以适应人们现代生活的需求。我问他，如果这种说法成为现实，他是否还打算撰写爱默生、福特和洛克菲勒的传记，他否认了我的猜测，而且说他厌倦了撰写传记，他会重拾老本行，为剧院写剧本。他跟我说，他早先是一位演员，后来才成为作家的。

我们讨论了基督耶稣以及其他作者撰写的对他的各种评论，他问我最喜欢哪一种评论？

"我觉得写得最好的一篇，"我回答道，"是萨达基奇·哈特曼[15]的《基督最后的三十天》，作者认为基督很神秘，不仅是一位哲学家，还是一位独行者，甚至他的门徒们都无法真正理解他。"

路德维希继续说道："目前有许多种解释，但是打开他本质的钥匙不是他的才能，而是他对人类的怜悯之心。这同他的哲学性相比更为重要可贵。"

晚上我们在一家安静的饭店里共进晚餐，我们边吃饭边聊到了运气这个话题，人生中的一件小事如何改变一个人整个人生的进程。

"倘若马克·森内特没有错过那晚朋友的约会，我现在可能还在阿肯色州养猪呢。"我跟他说，"森内特经常会提起那段小插曲，他错过了与朋友的约会，然后闲逛到美国音乐厅内，那时我正在那里演出。后来他提到，如果那时他有自己的公司，他一定会雇用我的。"

只有两三年的光景，他成了著名的启斯东电影公司的半个主人，那时我是一家哑剧剧团的演员，我们在美国各地表演歌舞杂耍，但是我的演出没有取得成功，我感觉非常沮丧，于是决定下地种田。我和公司的另一个人正在计划成立一家合伙企业，决定省吃俭用购买阿肯色州的土地用来养猪。我买了几本书，研究猪的各种疾病，而这时我收到一封电报，然后将之前的一切付之一炬。

"我们正在费城的边郊进行演出，电报中写道：'你是三年前在美国音乐厅里扮演醉汉的那个人吗？如果是的话，请你联系纽约朗格大厦的卡塞尔和鲍曼。'

"我根本不知道卡塞尔和鲍曼是何人，也许这是一家律师公司，我的一位富有的亲戚过世了，留给我一笔财产要继承。后来我发现那是一些与电影有关的人物时，我既失望又兴奋。

"卡塞尔先生通知我，马克·森内特让他与我取得联系，我至今还清楚地记得在与查理·卡塞尔见面时玩的把戏。我鼓吹获得的片酬，那时我的薪酬标准是一周75美元，我说服卡塞尔说，我拍电影唯一担心的就是我的健康问题，工作必须在通风的地方，室外拍摄比较适合我，只有这样我才能考虑拍摄电影。当然我继续讲道，我在以前的表演中一周能拿到两百五十美元，当然根据工作的性质也可以少一些。最后我们互相让步，达成一周150美元的薪酬，我离开公司办公室时感觉到自己简直就是一个勒索者。

"现在我担心的是如何兑现关于我的薪酬的承诺，我一抵达洛杉矶，就决定签署合同，于是我立马去了剧院，坐在了马克·森内特的面前，向他介绍了我自己。他非常诧异，我是如此年轻，因为这是他第一次见到没有化装的我。

"'你确定就是我在美国音乐厅里见过的那位演员吗？'

"'我就是他。'我回答，但是他似乎还是对我表示怀疑。

"然而，他让我第二天早上去摄影棚。

"我到摄影棚时既紧张又害羞，我站在外面犹豫要不要进去，但是最后还是没能鼓起勇气，我又返回了旅馆，连着三个早晨我都是这样败兴而归。在第四个早上，森内特先生打电话询问我发生了什么事，所以那天我才避过了这种煎熬。

"整整一周的时间我在摄影棚里闲逛，看这家公司是如何运作的。梅布尔·诺曼德和福特·斯特林是当时的大明星，他们对我非常友善。偶尔我还能看见马克·森内特若有所思地走过那里，有时他好像看到了我，我就勉强地向他笑笑。有时我竟然感觉我在那里好像很多余，也许他对我年轻的相貌非常失望，我敢打赌他肯定后悔给我的酬金太高了。

"其中最令人震惊的是，巨星福特·斯特林一周的薪酬只比我多50美元，公司其他演员一天都是3美元，在我眼里他们也都是极好的演员，这些让我心里很不是滋味，非常烦躁焦急。

"最后我终于开工了，拍摄的电影叫《谋生之路》，我扮演一位记者，在剧中我的服装同以往银幕上的打扮不同。这部电影的布景是一家报社的办公室，我正在那里申请一项工作。那个年代演员都不是按照剧本拍戏的，他们都是边拍边想戏词。我在拍摄时，整个摄影棚的人都转向了我们电影的布景这边，关注着这位新的喜剧演员。

"导演安静地站着，在想着怎样才能招来笑声，我提出了一条建议，导演采纳了它。我至今还记得那个紧张的时刻，摄影机就位了，我站在布景的后面准备出场了。

"我的建议引发了在场旁观者的笑声，这进一步鼓舞了我，我接连又提供了好几条建议，但是这样做却招惹了导演的不满，我可能是太想急于表现了。

"那个年代的戏剧情节才是影片受欢迎的唯一理由，但是

我却想就算是静静站着这个动作也要让观众觉得有趣可笑。他们反对说:'这样做需要拍摄太多的胶片。'

"就这件事我与导演争执过许多次,我说任何人都能演追着或推着一辆盛满苹果的小车,没有必要支付这么高的薪酬让我来演这种角色,有人向马克·森内特告状说我很难相处,后来我赋闲休息了一个礼拜,我对工作非常焦虑担心。

"但是不久我又开工了,搭建的是一个旅馆的布景,拍摄的是梅布尔·诺曼德的电影,有人急急忙忙告诉我要化一个有趣的装。这次我走进换衣间拿了一条宽绰绰的裤子、一件紧身上衣、一顶小圆礼帽和一双大鞋子,我想让这些服装的效果看起来不搭配,人物形象就会生动地出现在银幕上。为增添更多一点喜剧效果,我还特别贴上了一撮小胡子,这就让我的表情表露无遗了。

"我的装扮得到了包括森内特先生在内的所有人的积极响应,整套服装似乎体现着影片主人公的精神灵魂,他实际上成为了一个拥有灵魂的活生生的人,这是我的理解。

"我向森内特先生说明主人公的性格,'他极度渴望浪漫,一直都在寻找浪漫,但是他的脚却阻碍了他。'

"他在拍摄中取得了巨大成功,然而公众还没有见到他。拍完梅布尔的电影后,我又被安排给了另一个导演,但是他们都向森内特先生告状说我很难相处。按先前的角色后来总共拍了四部影片，最后一部拍完后，棘手的问题浮出了水面。

"'你最好按照导演说的演，否则你就辞职吧！'森内特先生说道。

"我渐渐意识到我差点就被解雇了，后来我才知道他那天就打算开除我，但是那天深夜，也不知为何当时的情形发生了变化，森内特先生走进了我的化装室。

"'瞧，查理，'他说，'你不打算惹怒所有的导演吧，他们喜欢你的表演，欣赏你的为人，他们告诉你的都是为了你好。'

"我当时无法理解这种态度的急剧改变，后来马克告诉我，那天晚上他收到了卡塞尔和鲍曼纽约办公室的电报，让他赶紧拍摄更多'穿着肥大裤子，长着一双大脚的小丑'角色的影片，社会上对这种影片的需求量急剧增加。

"那天晚上我请他在拍摄中让我自己导演自己的戏份。

"'可以，但是如果影片不卖座，谁负这个责任？'

"'我会负责的。'我回答说，请求他给我一次尝试的机会。

"他终于点头，于是我立刻召集了几个启斯东电影公司的保安、一位女护士和一个士兵，带着几块砖头和用于喜剧效果的弹药前往一家公园开始拍摄我的第一部电影。

"电影拍摄完后，马克在放映室里看完了试映，他不时地

从左到右分别是：卓别林、戈尔德温夫人、H.G. 威尔斯、宝莲·高黛和山姆·戈尔德温，他们在加利福尼亚洛杉矶合影，1935年12月4日。

——来自查理·卓别林档案馆

发出笑声，放映结束后他问道：'你何时开始拍摄下一部影片？'

"从我自己成为导演开始。"

我受到路德维希的鼓励，将我早期工作经历中的趣事拍成电影，从而垄断了我大半辈子的时间，这都得归咎于他出的主意。凌晨两点钟我们俩离开酒店，互相告别，他要离开里维埃拉前往瑟堡，再从瑟堡动身前往美国。

那时赫伯特·乔治·威尔斯[16]正待在格拉斯附近,邀请我跟他在一起待几日。他刚好写完《劳动、财富与人类的幸福》这本书——这部鸿篇巨制历时三年才完成。

"你写完后接下来有何打算?"我问他。

"开始下一部新书。"

"天啊!我还想你可能要休息一会儿,做点别的事情。"

赫伯特·乔治慧黠地笑了笑,说:"还有啥事可做呢?"

讨论完我的影片后,他说还是想看到我重归短小的喜剧主题影片中。"你给自己弄了一项艰巨的任务,过于专注于情节和主题了,有谁会记得狄更斯书中的情节呢?例如,他的《匹克威克外传》的情节?恰恰是书中突如其来的小事和人物个性才让他的书充满魅力。我个人还是愿意看到你能经常出现在两卷胶片的电影银幕上,这样的电影不是人为设计的,而是演员自发性的演出。"

我们计划去游览格拉斯,这是一个具有12世纪风情的美丽城市。它风景如画,坐落在地中海上一座1600英尺高的山上。

格拉斯因盛产香水著名,我和赫伯特·乔治计划去参观几家工厂。我听说玫瑰精油的提炼需要将四百万朵玫瑰花碾碎才能获得一磅重的玫瑰精华液,一磅玫瑰精华液需要花费500美元左右。

我们打算去游览这座城市的纪念碑和大教堂，然而我们走在狭窄的街道上时，我的吊袜带突然间断了，所以我们只好先去商店另买了一双新袜子。

我们在路上漫步，赫伯特·乔治赞美着这座城市的美丽，他没有注意到渐渐聚集到商店门口的人越来越多，这些人也不知打哪儿冒出来的，我们就像是穿花衣的吹笛手一样不知所措。

一点辙也没有，就连正常的沟通都无法进行，赫伯特·乔治被吓坏了，他说："我觉得你还是自己走吧，我们一会儿在车那里碰头。"

"哦，不行，"我反对说，"一会儿就能走过去了。"

我们在一家小店里躲避了一小会儿，但是最终还是穿过拥挤的人群艰难地走在狭窄的小道上。

现在要去游览香水工厂或者大教堂已经不可能了，"我很遗憾，但是我们不得不等你长了胡子再去参观了。"他说着，于是我们掉转方向回到车里，逃之夭夭。

并不是所有的行程都这样糟糕，我们还出去过几次，度过了快乐的时光。

我觉得，如果我说赫伯特·乔治是一位极其有趣的同伴的话，可能会显得有些无聊，但是在游览欧洲期间，我的确与他一起度过了许多美妙的夜晚，我们无论讨论什么话题，他都能侃侃而谈，给我带来快乐。他擅长阐释科学的抽象性，我还记得一天晚上我们讨论第四维度空间，他对相对论的原理解释得非常明晰透彻。

他讲述了一个有趣的故事，有一位年轻作家在成名之前写了一篇关于相对论的文章，并将其投递给几位编辑，他得到的唯一回复来自《评论双周刊》的著名编辑弗兰克·哈里斯，后者告诉这位作家，他阅读了他撰写的文章，想见一见作者本人。

赫伯特·乔治说，他专门为这次会面购买了一顶丝绸帽子，精心装扮后前去赴约。他走进编辑办公室里，将帽子放在编辑的桌子上。他还说，弗兰克·哈里斯性格直率，差一点吓坏了他。

"'我对你的文章非常感兴趣，'弗兰克说，'但是普通的读者到底能不能看懂呢？回去写一些我们可以出版的东西。'"

"在这次会面中，"赫伯特·乔治继续讲道，"弗兰克还不时地敲桌子，那顶丝绸帽子都快要震到桌边了，我伸手想要人不知鬼不觉地把它拿回来，这时弗兰克问道：'你从哪儿弄的那顶帽子？'我羞愧地离开了办公室，发誓再也不戴那顶帽子了。"

卓别林在法国里维埃拉享受日光浴（梅·里维斯躺在最左边）。

——来自查理·卓别林档案馆

我在法国南部继续逗留，余下的日子里遇见了许多名人，他们都是在国内、国际上声名显赫的人物。贝利先生当时是法国《不妥协报》的出版商，他在自己的位于毕奥的漂亮府邸里举办了一场午宴，前来参加的贵宾有穆拉特王子、罗斯柴尔德男爵及男爵夫人和贝特洛先生及夫人，这座府邸装修得典雅精致，颇具现代风格。

我在动身前往阿尔及尔前，荣幸地与保罗·莫朗[17]共进晚餐，他写了本内容精彩的书——《纽约》以及许多其他著作，他在蒙特卡洛附近还有一座漂亮的极具现代风格的房子。

如果我的职业是一名作家，如果还有篇幅可多写的话，我很想详尽描述一下在假期中我遇见的名人的伟大性格。由于一次性地遇见了这么多优秀杰出的人物，这令我异常激动兴奋，也让我对见面的场景记忆模糊，所以很难描述出大多数人的个性。我可以谦虚地或者骄傲地说，我并不在意他们留给我的印象，我关心的是我是否留给他们最佳的印象，一直以来我可都是演员的标杆啊！然而，我在看这篇手稿时，发现通篇都使用了醒目的"我、我、我"的字眼，这也是我无意中使用的。

阿尔及利亚这个名字本身就带有一些浪漫色彩，这激发了我的想象力。我可以想象着野蛮的撒拉逊部落的人都穿着光滑、五颜六色的宽外袍。

我非常尊重他们这种生活方式，他们深谙生活的真谛，他们都是莪默·伽亚谟的子孙，祖祖辈辈依靠骆驼和枣椰为生。他们与我们大为不同，我们都是工业化的受害者。

受惠于温带气候的影响，阿尔及尔成为一个著名的度假胜地，人们纷纷来此，借以逃避欧洲冬日的严寒。在我们渐渐抵达港口时，我们发现这座城市中到处都是白色的阳台，在阳光的照射下令人眩晕，各式各样的窗户千姿百态，反射着非洲暖阳的红色光辉，后面是一座郁郁葱葱的小山，阿尔及尔就像是一串珍珠，镶嵌在一个翡翠色的玉框里。

阿拉伯人信奉祖先莪默·伽亚谟的哲学，都是电影的狂热爱好者，所以我们抵达时，成千上万的人早已站满了通往酒店的路。

这座城市的现代色彩与法国其他城市略有不同，大多数当地人都穿着阿拉伯服装，可能来自西班牙，也或许来自地中海沿岸的任何其他法国城市，但是最多彩的还是要数当地的阿拉伯人。

我去那里游览了一番，我将车停在山脚下，雇了一位阿拉伯导游带领我们穿过了狭窄蜿蜒的街道，在这里人就像在一幅画中，我们眼前是工匠们用几个世纪前流传下来的原始方法做着手中的活。我们徜徉在街道上，仔细看着旁边奇怪的小屋和漆黑的凹室，然后突然就走进了一个空旷、用壁垒围绕的广场，这个广场俯瞰着这座城市和周围的大海。

阿尔及利亚拥有许多历史名胜古迹，其中皇室陵墓因埋葬着克利奥帕特拉·塞勒涅而闻名于世，她是著名的克利奥帕特拉和马克·安托尼的女儿。不幸的是我没有去那里游览，走在人群拥挤的街道上那是何等糟糕的感受！有一次，我们外出购物，周围的人们喧闹不已，到了无法控制的局面，他们砸碎了商店的窗户，最后不得不报警了。

我在阿尔及利亚逗留期间，本来几次打算去北非游览，但都无果而终，因为春季即将临近尾声，那里的酒店在夏季是关门停业的。

我从阿尔及利亚[18]返回后在法国南部待了一段时间，拜访了当时住在尼斯的已故友人弗兰克·哈里斯[19]。

我仰慕弗兰克多年，读过他写的几乎所有的书。我认为，他的《奥斯卡·王尔德传》是他用英文写成的最伟大的著作之一，可以同鲍斯威尔的《约翰生传》相媲美，它是一部19世纪90年代的编年史，这段时间艺术和文学作品层出不穷，百花齐放，涌现出文艺巨匠惠斯勒、比亚兹莱、罗塞蒂、梅雷迪思、斯温伯恩、勃朗宁、罗斯金、培思及其他名人们。

可怜的弗兰克因为新出版的自传《我的生活与爱情》而受到了批评,但是他还是会因其杰作《莎士比亚其人》《未涉之域》《炸弹》和《斗牛士蒙特斯》而被人铭记。

我第一次遇见弗兰克是在1920年,当时我跟一位朋友哈尔德曼·裘力斯一起听他演讲。我还记得,我听到他那洪亮的声音时诧异的神情,他长得有点像战前恺撒的模样,在演讲台上魅力四射,信心十足。

后来我们一同前往他的住所共进晚餐,那时我遇见了他漂亮的、一头红发的妻子,我们坐着一直聊到凌晨时分。弗兰克是一位极好的聊伴,他讲述了俾斯麦在国会大厦里受到同一党派内部成员的口头攻击的情景,他模仿这位伟大的政治家当时的现场演说。

"我尊敬对手,"俾斯麦说,一边指着一位社会主义者,然后突然又转向攻击他的人,继续说道,"但是我鄙视叛徒。"弗兰克模仿时使用的是德语。

我们在他的府邸安静用餐,他跟我说,他上次去美国时,美国移民局的官员彬彬有礼,给他留下了深刻的印象,他可以自由地在港口活动,受到了人性化的待遇。

"我在战争期间受到的待遇可不咋样,这次与以往有天壤之别,然而也许我到了就连这丁点的礼貌也能深深感动我的岁数了吧。"

我聊到了自己的经历时说道："你难道没意识到，一位公众人物或者名人怎能获得人们的正常反应呢？他们对我们太感兴趣了，抑或早已对我们心存芥蒂了。"

我跟他说了几年前我自己遇到的事情，如下所述：

一天晚上，我正在筹拍一部电影，当时我正走在洛杉矶的路上，那天非常令我沮丧，脑子里什么想法也没有，心情糟糕透了，于是我决定到城里去，找一家小饭馆独自一人吃一顿。那天晚上，我穿了一件旧衣服，一周都没刮胡子，看起来就像刚刚失了业的传单散发员。

我正走在主街上，突然看到一个年纪轻轻的女子，穿着朴素，很显然是一名工人，但好似在想着什么。她不是很漂亮，但是身上有一种特殊的东西吸引着我的目光，或许是她的古灵精怪，或许是她的多愁善感吧。

我对这一整天发生的事都垂头丧气、失望透顶，就想摆脱掉工作，跟无关的人聊聊天，让自己神清气爽一些。所以，倘若能认识这个女子该多好啊！然而我不敢主动上前，害怕被她误解了。

我慢慢地沿街走着，我注意到她正嚼着糖块。突然间她身上的包掉了下来，可是又自己捡了起来，真是老天爷连这个机会都不舍得给我。她察觉到了我的意图,笑了一笑。

"晚了一步。"她说。

"我运气总是很差。"我回答道,借机攀谈起来。

"你要去哪儿?"我问她,她告诉我,她正在等一位女性朋友,她们约好七点半在猫头鹰杂货店碰头。

"那么你能边等边陪我聊会儿天吗?"我问。

"当然可以啊。"她说。

我知道她根本不认识我,这有点冒险,她对我冷漠的态度让我感到有些不安,但是我们之间的聊天非常自然、诚实,以往的虚荣荡然无存,我发现自己非常想给她留下一个好印象,不是以查理·卓别林的身份,而是以我自己的本来面目,希望能给她一个好印象。

"你住在洛杉矶吗?"我们一起慢慢走着,我问她。

"是的,但是我家其实在东部。"

"东部哪里?"

"纽约。"

"哦,我也去过那里,"我炫耀地说道,"实际上我刚刚环游世界回来。"

"哦,是吗?"她机械地说。

"是的,我游览了很多地方。"

我还想继续跟她聊下去，但是她说已经七点半了，她要去见朋友了。

"能告诉我，"我们朝着杂货店走去时我问她，"你为什么会和我聊天吗？"

"我也不知道，可能是因为这半个小时我没事可做吧。"

"但是为什么会是我呢？"我刨根问底，"你也可以和其他人聊天啊！"

"哦，我也不知道啊，可能是你看起来还不错吧！"

"我哪里看起来不错了？你看我胡子拉碴的。"

"是吗？我没看到啊！"

"真的，"我继续问，"你真觉得我还不错？"

"当然了，否则我才不会跟你说话呢！"

这是她首次真的对我感兴趣了，后来过了一小会儿，她尖叫道："哦，明白了，你很有趣吧！你是谁啊？做什么工作的？"

我当时也不知道为什么就鬼使神差地告诉她我叫格尔，是好莱坞中学的英语教授。我看到她脸上露出一丝愁容，好像我的职业不太令她满意。

我们走到杂货店的角上，她看见了她的朋友。她的朋友身材瘦削、穿着较差、五官棱角分明，朝我们走来，她随便地介绍了我,"这是格尔先生。"她的朋友只是很快地点了点头,问了一声"您好!"然后就不再顾及我了,一个劲儿地只同女伴聊天。

我们走了两个街区,她们只顾自己聊天,聊得没完没了,我感觉自己是个多余的附属品,最后她们终于意识到了我的存在,那位女子礼貌地转向我对她朋友说:"格尔先生是英语教授。"

她的朋友困惑不解地看着我。

现在我觉得事情变得有趣了,我让自己充满了神秘感,于是我滔滔不绝地说起了我的旅行,吹嘘我认识的那些名人,例如我的朋友查理·施瓦布、范德比尔特家族和阿斯特家族等,我随口就说出了这么几个名字,只是简单一提而已。

我跟她们说,我有好几辆车,其中一辆是劳斯莱斯,但是平时我几乎不开车,因为我更喜好走路,这样可以锻炼身体。这番话产生了滑稽有趣的效果,她们俩偶尔互相望望,露出厌烦的无奈。很显然,她们俩一直都在忍受着我,都认为我是一个彻头彻尾的大骗子。

过了一会儿,我说我饿了,要去吃晚饭。我跟她们俩说,除了一些大酒店,我还偶尔去智尔德斯大饭店吃饭,我很喜欢那里的荞麦粉。

她们傲慢地笑了笑说："那好吧，你去吧，我们走了。"

"你们不跟我一起吃饭吗？"

"我很想去啊，但是我们是两个人啊！"

"我很愿意你们俩一起跟我吃饭。"

她转向女伴，询问她的意见，然后再转向我说："这样吧，我们陪你走到饭店门口，然后我们再走。你不能带我们两个人一起吃饭啊，这对你不公平！"

我被她的体贴感动，我们就在智尔德斯大饭店门口站了一会儿。

"还是请你们两位同我一起用餐吧！"我请求说。

"如果你非要请我们两个人，那好吧。"

就当我们要进入饭店时，我犹豫了。

"如果我带两位女士一同用餐，我还是不去智尔德斯吧，我觉得去比特摩尔饭店更好一些。"我提到了这座城市里最好的大酒店之一。

我的两位女伴互相眨了眨眼睛，说："太好了！我们不想再听你吹牛了，智尔德斯大饭店对我们来说就够好的了！"

但是我很坚决，"哦，不行，"我坚持说，"还是去比特摩尔饭店吧。"还没等她们反对，我就拉着她们俩走了。

一路上她们完全蒙了，这是第一次我真的给她们留下了印象,但我依旧继续夸耀吹牛,而这次她们非常礼貌地听着。

我的相貌不会预先给人以好感,但是当我们穿过酒店大厅时,几个门童认出了我,向我鞠躬表示尊敬,领班也如此,但他们都没有提到我的名字。

我开始端起架子以便让我的这两位朋友对我印象深刻,我挑剔地选着就餐的桌位,对服务生的语气也盛气凌人,我点了我记得的所有昂贵的珍馐,例如招牌鸭肉、法式火焰可丽饼及需要在餐桌上完成最后烹饪环节的其他各种菜肴,所有工序万事俱备,只差东风了。

现在她们俩的态度发生了变化,身材瘦削的那个女孩完全变了个样,木然地坐着,感到有些害怕了,而我的第一个女伴则试图聊点"文艺"的话题。

"您认识佩尔西·哈蒙德吗?就是那个《论坛报》的戏剧批评家?"她问道。

我回答不认识他。最后,我们聊到了电影,另一个女伴突然从恍惚中清醒过来,细细观察我,然后说道:"你长得好像有点熟悉,但是我记不起在哪里见过你了,这一晚上我都在想,现在我知道你像谁了,你像查理·卓别林!"

"但愿不像他!"我立刻回答道,"他可不是一个仪表堂堂的人物。"

"哦，我不是指在银幕上，但是眼神有点像。"

"只要脚不像就行，"我说，"你对他印象如何？"

"印象不深，"她回答道，"我不太喜欢喜剧，我喜欢严肃的正统剧。"

这时一位服务员来了，"抱歉，卓别林先生，我们现在没有新鲜的芦笋了。"

"你——查理·卓别林！"那位瘦弱的女孩吃惊地喊道。

我顽皮地点了点头，她开始咯咯笑了起来。

"你不是英语教授，我真是太高兴了！"

我自豪地说，她们对我的态度立马变了，变得友好热情。

后来我问她们，对我的夸夸其谈她们有何看法？我的朋友说她压根儿一句话都不信，但是当我们来到酒店后，她感到有点蒙了，当时脑子里闪过各种各样的念头。

"我以为你可能是间谍或者侦探吧，后来我又觉得不可能，还是觉得你可能就像你所说的那样，是一个英语教授。"

晚饭后，我们一起去看了场电影，然后我目送她们俩回家。

"卓别林先生，"我的朋友说，"这是我一生中最开心愉快的一晚，我会永远记住它的。"

当我们告别时，似乎还有些恋恋不舍。

"你应该写下来。"弗兰克听我讲完后评论说。

听他这么一说，我有点飘飘然了，这可是出自我非常仰慕的人之口，他并没有意识到他对我文学方面的潜在影响。

"你谈到了我们身上的一个弱点，几乎所有人都有的弱点，"我说道，"我也很想写，但是我语法太差了，体现不出我的风格来。"

"语法没啥用，"弗兰克说，"谁敢保证自己的语法都正确？人们已经开始使用并接受口语体的语言，句子中歧义才是唯一需要指出的错误。"

"太对了，"我说道，"就我所知，现在就有许多具有歧义的语法短语，例如丁尼生的《亚瑟王传奇》中的'His honor rooted in dishonor stood, and faith unfaithful kept him falsely true.（他的荣誉植根于羞辱中，不忠诚的信仰令他似对非对。）'我们国会记录中使用的这类措辞令我大惑不解。"

"所以许多人对语法的使用精益求精，"我继续讲道，"他们将其视为受到良好教养的标志，莎士比亚等人从不担心使用不符合语法规则的句子，他们写的许多句子表达都极其生动形象，例如雪莱的《西风颂》中写道，'Be thou me, impetuous one.（奋勇者啊，让我们合一！）'这个句子中'I'乐感读起来多差啊！再如莎士比亚笔下的《裘利斯·恺撒》中的句子：'The clock hath stricken three.（钟表敲了三声。）'还有他的《皆大欢喜》中写道,'Rosalind lacks then the love which teacheth thee that thou and I am one.（那时罗瑟琳缺少一种爱,这种爱可以教会你,将我和你融为一体。）'这最后一句语法上可能有错误,但是我很喜欢它。'thou and I am one（我和你融为一体）'这个句子生动地表达出两个人合二为一的感受。"

"你娓娓道来这些,却跟我说你不会写作!"弗兰克诧异地说。

"我说这些也只是想看看自己是否可以尝试一番。"我开玩笑地说。

那天晚上是我最后一次见到他,六个月后他去世了。尽管他备受争议,但他仍然是文学巨匠,他有很多对手,更有很多朋友;他支持那些受压迫者的事业,为自己的信仰奋斗着;他的写作坦率磊落,文笔优美,我相信他的著作会永存。

注释：

1 华莱士·摩根（1873—1948）为这部书中卓别林穿越野猪狩猎区部分画了优美的喜剧配图。20世纪初,他的职业生涯起始于报刊画家,因为这份工作需要他在压力下将不同题材画出来,所以后来的日子里他再也不需要模特。正如沃尔特·里德指出:"摩根是这样看待人间喜剧的,有温馨、有睿智、有幽默,但也掺杂着讽刺。"他是第一次世界大战期间官方指定为美国远征军创作的画家之一,1905年至1929年,他还不时地在艺术学生联盟任教。1929年至1936年,他担任插图画家协会的主席,并在之后荣获过很多大的奖项。

2 1931年3月20日,《纽约先驱报》巴黎版的一篇报道中的片段详细谈到了德特丁夫妇：

"今晚,卓别林先生将成为石油大亨亨利·德特丁爵士和同在克利翁酒店的德特丁夫人的座上宾。他们最近在去加利福尼亚州时拜访了卓别林,并参观了《城市之光》的制作场景。

"昨晚非官方消息披露,卓别林将在明日被授予荣誉勋章。罗宾逊先生认为,他会在周日离开巴黎,可能会前往巴塞罗那。

"昨晚,在法国传统学习中心,两位著名的法国学者皮埃尔·安德鲁和拉乌尔·维勒迪约·贝努瓦,盛赞卓别林先生是一位伟大的艺术家、天才、演员和心理学家。

"笛卡尔·索邦剧场挤满了观众,外面的走廊里也到处是人,主办方决定将他们转移到这里最大的礼堂黎塞留剧院礼堂。卓别林在这里进行了两次演讲,人们反响热烈。

"安德鲁先生赞扬了卓别林先生的艺术手法,追溯了他作为一名演员的发展历程,从单纯的表演喜剧到将喜剧元素与悲惨和对人类本性的深层见解相糅合。M.维勒迪约·贝努瓦说,作为一名影星,卓别林不仅仅是伟大的演员和表演艺术家,还是伟大的心理学家。

"为了更好地阐明学者的观点,主办方放映了这期间卓别林的许多电影,从最早1913年拍摄的互扔馅饼电影到《寻子遇仙记》和《马戏团》等。"

3 赛姆(乔治斯·古尔沙,1863—1934)出生于法国多尔多涅地区,深深迷恋大城市的魅力,于是他前往巴黎学习美术。他既不是一个优秀的画家,也没有什么作品获得好的评价,但他在漫画上的技艺很突出,尤其是21世纪初,在对城市生活的娴熟刻画上最为人称道。

4 1931年3月4日,《文体新闻画报》的一篇题为《查理身穿公爵的粉红外套在法国狩猎野猪》的报道中写道,"卓别林跟随着公爵的猎狗群进入哈利特树林——欧洲森林的一部分。"查理·卓别林骑马猎猪的报道中这样写道,"速度达到惊心动魄的3.5小时20英里,"不幸的是他并没有猎到野猪,"因为他不能熟练掌控他的马"。

5 此处没有提到,但在他之后的《卓别林自传》(1964)中提到梅·李维斯是卓别林的情人。他们的关系在那段时间频频见诸报端。出了名的饶舌人鲁埃拉·帕森斯在1931年7月28日的一则专栏中分析了这件风流韵事:"电报发来消息,一段炙热如七月阳光般的恋情正在上演。我们的老朋友,喜剧之王,唐·璜似的人物,查理·卓别林,在爱情来临的时候,又一次屈从于爱之梦。据电报消息,查理正和一位美丽的罗马尼亚姑娘陷入热恋。

"不幸的是,有违查理完美罗密欧的声誉,我们得到的消息,只有查理陷入了热恋,而罗马尼亚女孩则承认是在和一个光头青年交往,如果所谓青年是在好莱坞,那么他大概会被怀疑成舞男了吧。

"查理和美女交往的经历很丰富,像丽塔·格雷卓别林、米尔德丽德·哈里斯、宝拉·纳格瑞、佩吉·乔伊斯等。他就像亚历山大那样轻松斩断难题。他三言两语,编造所谓年轻人的借口,把自己说成另一个瓦伦蒂诺。

"美丽迷人的情人旁边是爱慕者鲁道夫,这让查理上了各大头条。大家都不高兴,那个男的,这个女孩,还有三角关系中的另一方——世界上最伟大的喜剧演员。

"对查理而言,幸福就是在风花雪月中得到满足,毕竟荧屏上的小丑热恋的空间是有限的。平日里节俭如苏格兰银行家,可一旦迷人的女性对他展开笑颜,他就把钱抛到了脑后。只是为了向罗马尼亚美女证明钱对他毫无意义,他就在朱安雷班,那个毗邻女孩简陋居所的地方,建了一所造价昂贵的房子。"

6 1931年8月19日,《大陆每日电讯》的一篇题为《百万富翁的妻子当影星》的文章报道,高德夫人力邀卓别林到家做客另有所图:"卓别林到访的原因很简单,他打算做最后一次努力,确保弗兰克·J.高德先生,这位美国的百万富翁,同意美丽的弗兰克·杰伊·高德夫人出演一部非常精彩的电影。

"卓别林试图找到一种方法,利用高德先生所信任的东西,并将其与高德夫人出色的表演天资挂钩。他给高德先生展示了各种剧本,这些剧本都是世界上最好的作家编写的,这样就能确保高德夫人出演的角色是合适且满意的,但是高德先生的态度是坚决的。这也不难理解,在娶高德夫人时,他就开出过一个条件,就是高德夫人绝对不能从事舞台上的表演工作。"

事实上,在这件事上的意见分歧,很快导致了俩人的离婚。

7 1931年3月3日,《爱丁堡的苏格兰人》一篇标题为《愚人节戏弄卓别林》的

文章,叙述了西德在旅途中所开的现实玩笑:

"查理·卓别林知道今天是4月1日愚人节,和哥哥西德还有一大帮朋友在一家旅馆里吃午饭,菜单上有一道餐点是查理的最爱,'可丽饼',这种让人垂涎的小巧的卷状煎饼,是就着热朗姆酒一起吃的。

"这道餐点上来后,查理吃了三块,然后他就开始跟人们细数,他在世界各地吃过的美味薄饼。'哦!'他哥哥西德叫道,'你尝尝这个,查理,我敢打赌你从来没尝过这种东西。'结果发现它只是同样的饼,只是捏碎了后被粗布裹起来,查理迟疑了一会儿,接着他渐渐明白了,他忘了今天是愚人节。'这对我来说也太难了。'他说道,然后就放声跟人们一起笑了起来,之后他又吃了一些真正的'可丽饼'。"

8 卓别林打字文稿作了以下补充(卓别林档案馆),整体来看,或许这是卓别林作品里最巧妙的部分之一了:"在我看来,整日待在俱乐部是无聊又愚蠢的,但凡能遇见几个像样的人,又有颇让人向往的家,他们都会好好地款待你。后来我发现很多人都待在那里,其中有社会人士、知识分子和艺术家,当然,用我的话来讲,还有俱乐部人。

"在这里待了一段时间,我就有了重大发现。里维埃拉俱乐部倾向于吸收女性——应该说是中年女性,浑身散发着母性的光辉。她们向我缓缓靠近,所收养的儿子都是19到25岁的年轻男人,大多是拉丁语系的人,他们被父母遗弃,生活在凄苦、残酷、没人关心的世界,那些渴望感情的母亲,会带着母性的温柔,收养这些孩子。这简直就是一种让你惊叹的场景,母亲和儿子在音乐里跳着探戈。收养这些年轻俊俏的儿子成了最近的流行。我常想,那些收养孩子的妈妈们只渴望男孩,从不要女孩,这真是奇怪,因为老绅士们似乎更喜欢后者。我以为这是对立的规律,女士就该喜欢男孩,男士就该喜欢女孩。之后,我也觉得我应该收养一个孩子了,但我已经很久不去里维埃拉了。真是奇怪,人们是怎么被激发出做父亲的感觉的,母亲和父亲可到处都是啊!人们有时候可能会看到,老男人收养的女儿跑去跟女士收养的儿子一起玩,双方家长在赌桌上找到孩子时,该有多担心啊!家长会反对自己的孩子跟其他孩子鬼混,有时候孩子们会玩,也没有意识到给父母造成的悲痛,但这种事情确实会让家长焦虑。由于这种违抗,父母会解除对他们的法律监护抚养责任，然后这些孩子就又无家可归了，这样的悲剧在盛行收养的里维埃拉早已司空见惯了。"

9 冯·乌尔姆报道："另一个友谊的失而复得让他感到高兴，那就是和艾尔莎·麦斯威尔的，那个特别派对的主办人，因为她的独创性，无聊而又庄重的招待舞会变成了疯疯癫癫的集会，有点类似于温和的暴动，但确实非常有趣。麦斯威尔小姐，个子矮小，身材壮实，脸庞圆润，身穿由欧洲著名女设计师设计的外套——看起来还是很过时——在银行存款上真是风云人物的典范。她无情地刺痛美国社会，动摇他们坚信的三代可能出富豪的看法，在她看来这些都是以人格魅力以及其他方面的社会优越感为前提的。她让人们相信，个人在艺术领域的成就，专职领域的荣誉，或者甚至是有搞笑的天分，才是更正常的通向有魅力的圈子的通行卡，而这些的前提都是在民主国家，而不是仅靠微小的个人富有就能实现的。

"在派对这块贫瘠的画布上，艾尔莎·麦斯威尔挥洒过——并且还在挥洒——丰富的颜料。一开始，她演唱了自己创作的所有歌曲，她不是唱给青睐她的人听的，而是唱给那些自命不凡的人听的，前者因为想暂时脱离疲惫的追求，偶尔放任自己变成像法国讽刺作家拉伯雷式的粗俗幽默的人，后者则会让她自然彻底地变成爱闹腾的人，也可能让她径直走人。"

10 奥斯瓦尔德·厄纳尔德·莫斯利爵士（1896—1980），第六代男爵，作为英国的政治家，缔造了英国法西斯同盟。他在1926年至1931年任斯梅西克议会议员，1929年至1931年工党执政期间担任兰开斯特公国大臣，后辞职另立"新党"，该党最终在1932年与英国法西斯同盟合并。他主要反对自由贸易，并和德国纳粹有着密切联系。

11 1931年3月10日，《西方先驱晚报》在一篇题为《王室的等待》的文章中写道："《城市之光》在蒙特卡洛首映的第一个夜晚就很不幸地遇到了麻烦。

"卓别林邀请康诺特公爵出席电影的首映式，公爵欣然接受，并在约定的时间到达，但在一小时后才等到查理·卓别林先生。

"但是，公爵并没有把它放在心上，卓别林到来后，他热情地迎接他，关怀备至。"

12 路易斯·奥诺雷·查尔斯·安托万·格里马尔迪亲王（1870—1949），1922年至1949年由他统治摩纳哥,尽管即位前他在军队取得了很大成绩,甚至在1908年获得荣誉军团勋章,但他之所以被人们铭记,很大程度上是因为他争取了公国的独立。在位期间,他修建了路易二世球场,摩纳哥足球俱乐部,对私下运营的蒙特卡罗赌场实施新的管理机制,但接着第二次世界大战爆发了。格里马尔迪家族在倒向法国维希政府还是意大利的法西斯上发生了分歧,战争结束时,在盟军的共产主义派系的煽动下,险些造成国家的解体。

13　埃米尔·路德维希(1981—1948)。1931年9月6日,《波士顿环球报》一篇题为《悲惨的喜剧演员》的报道为这次见面提供了更多的信息:"埃米尔·路德维希先生,这个在传记文学上进行模式探索的多产作家,最近在里维埃拉拜访查理·卓别林时吃了一惊。因为他发现,这个靠刻画贫穷的流浪汉而获得声誉和财富的演员,跟他的角色一样,是那么的单纯、真挚、自然;他对灵魂深处的事情和世界发生的重大事件很敏感,而且他还是一个骨子里透着忧郁的男人。

"查理怨恨任何机构,看待生活在机构里的人们时,会带着沉静的遗憾去接受,也会带着一瞬间的同情。有时候,这位非凡的喜剧演员可能会这样谈论:'苦难是动人的,难道不是吗?'下一刻又说:'理想是极其危险的东西,想得太多,就什么也得不到。理想?它们通常是错的。'他也真是这样想的。

"有时他会说,阿纳托尔·弗朗斯是他的偶像,这个法国天才嘲弄家看出,人生所谓对错,不过是由人类懦弱造成的假象罢了;下一刻这位幽默剧之王又会对着女芭蕾舞演员沉思,在极大的餐厅里几乎所有的桌子都空着,但女演员依然勇敢地表演着,接着卓别林会大叫道:'快看!她对空桌子鞠躬,这可真吸引人。我得拍一部这样的电影:有一个街头歌手对着满是窗子的房子唱歌,随后人们会看到那只是一堵死墙,上面什么都没有,没有人听他唱歌,也没有人点头认可他的歌声,什么都没有。'"

14　1931年2月27日《兰开夏每日邮报》在《查理·卓别林的读物》中这样报道:
　　詹姆斯·金斯的《神秘宇宙》(剑桥出版社);
　　罗伯特·艾斯勒博士的《救世主耶稣和施洗者约翰》(梅图恩出版社);
　　伯特兰·罗素的《幸福之路》(艾伦与安文出版社);
　　罗伯特·本奇利的《财富报告以及其他方面的见解》(哈珀斯出版社);
　　列奥纳多·弗兰克的《兄弟姐妹》(戴维斯出版社);

其他的书名出现在西德于1932年3月9日写给R.J.明尼的信中：

"在查理的房间，我看到了这些书，

保罗·艾因奇格的《国际金融景象的背后》；

保罗·艾因奇格的《国际清算银行》；

JM.凯恩斯的《和平的经济后果》；

菲利普·普赖斯的《俄国革命回忆录》。"

15 萨达基奇·哈特曼（1864—1944），评论家和诗人，德日混血。他的剧作《基督最后的三十天》，"相较于严格意义上的正统论调，它表现了少有的具有讽刺意味的亵圣。它把耶稣刻画成唯物主义时代神秘又孤独的思想家，在他的门徒出现以前，他已经存活了亿万年，这样的一个古老灵魂，远远超出他最亲近的追随者的想象。耶稣在里面愤世嫉俗，同时又能预测到门徒对他的谄媚"。

16 卓别林在他的自传里有详细的叙述："现在我经常见到H.G.威尔斯，他在贝克街有一套公寓。当我去拜访他的时候，他的四个女秘书正在忙于应付参考书，从百科全书、专业的书籍、文献和论文里进行摘录并校对笔记。这是《钱的解剖》，我的新书，他说：'相当大的一项工程。''给我的感觉是她们在做大部分工作。'我玩笑着说道。他的图书室的高架子上放着大个的饼干盒，上面贴着'传记资料''个人信件''哲学'和'科学资料'等类似的标签。

"晚饭过后，他的朋友们来了，其中有拉斯基教授，他看起来依然那么年轻。哈罗德是一位非常杰出的演说家。我听过他在加利福尼亚美国律师协会的演讲，他连笔记都不带，就在上面不打磕绊地非常成功地讲了一个小时。那天晚上在威尔斯的寓所，哈罗德跟我谈论社会主义哲学的惊人创举。他说道，即便是最轻微的加速都会产生惊人的社会变化。当谈话到了最精彩的时候，威尔斯却该休息了，带着一丝狡猾，他看了看客人，又看了看表，暗示我们时间到了，我们就都离开了。"

17 保罗·莫朗（1888—1976），父母分别是画家和剧作家。24岁那年，他成了法国驻英国大使馆的使馆专员。29岁时，他出版了第一本小说《文雅信使》，《贵妇人》是他的成名作。但是在政治上他并不明智，他选择依附于维希政府，并成了法国驻罗马尼亚大使。战后，他卸任公职，在瑞士的蒙特勒养老。但是，随着那段岁月的远去,他通敌的身份早已被人们遗忘,并于1968年入选法兰西学院院士。

18 1931年3月30日《西弗吉尼亚亨廷顿先驱电讯报》一篇题为《艾米与查理同出游》的报道证实,麦克弗森,加利福尼亚格兰代尔有名的传教士(安吉利斯教堂),在马赛偶遇了卓别林:"为了避开公众视线,她换了四次住处,然后就偶遇了喜剧影星查理·卓别林,了解到他们都是去同一个度假胜地胡安莱潘,他们就搭上了同一班火车。格里斯·冯·乌尔姆(据卓别林的男仆科诺介绍,俩人在一起度过了几天,而这只是表面上。在最开始的晚宴上,卓别林就开始逗弄麦克弗森,比如他会说'宗教——正统宗教——是建立在恐惧上的,人们担心有些事到底会不会让他们进不了天堂。我的天,为了进虚构的天堂,一个只是可以供人走在金色大街上,可以供人弹竖琴的地方,他们错过了美妙的生的自由——如果你问我,我会说那真是一个无聊透顶的诱饵'。从那以后,他每天都这样说,直到麦克弗森离开,回到她所谓'有趣又美丽的马赛海滨'。"

19 弗兰克·哈里斯(1856—1931),爱尔兰作家和记者,1871年他去了美国,1876年又回到伦敦当记者。他因擅长拟定轰动性的标题而为人熟知。尽管他因杰出的传记《奥斯卡·王尔德传》最为人铭记,却因为他长达四卷的自传《我的生活与爱情》而引起人们的辩论,最终因色情描写而被禁。1921年,卓别林第一次去星星监狱时由他陪同。

第四部分

我游览过法国南部后,与我的朋友哈里·达瑞斯特[1]一道开车前往巴黎。沿途我有机会欣赏美丽的法国乡村,比如丰裕的勃艮第和富饶的瓦兹省,瓦兹省拥有一望无垠的田野,牛群在田野里低头吃着毛茛,它们的鼻子隐藏在草中,早已看不到了。

他告诉我,我一定要去游览比亚里兹,它位于西班牙边界,是个时尚的海边度假胜地。我们开车前去,在布里萨克城堡住了一晚,这里现在是德布里萨克公爵的府邸,建于20世纪,房子古老典雅、气派宏伟。那天傍晚我们参观了城堡里的葡萄酒酒窖,品尝了那里的葡萄酒,它们大都正处在酿造期。那个傍晚,我倒化身为一位葡萄酒行家对酒窖里的藏品一一品尝鉴定,那晚结束后我感到自己口中余香芳醇,味觉既敏感又挑剔了。

比亚里兹[2]过去只是一个渔村,因拿破仑三世和欧仁妮皇后才闻名遐迩,现在是欧洲最有名的度假胜地之一,一年四季皆如此。

尽管经济萧条,但是人们的生活还是愉快欢喜的。晚饭后,人们聚集在巴斯科酒吧里,这里的氛围热闹温馨,人们坐在室外任意一张桌子旁,先聊着这一整天发生的事情,时间可能会从下午五点一直持续到晚上七点,来酒吧的什么人都有,但主要是西班牙人、英国人和美国人。

后来,在一家法国甜品店——巴黎咖啡里听到一位客人大声要求服务员给他找个座位,这是一家最受人欢迎的甜品小店,这里的甜品非常好吃,就连各国王子、伯爵及百万富翁们都要排队等候。这家小店的店面不大,但生意做得很大,甜品的价格非常合理。

再后来,让·巴杜在离比亚里兹稍远处的自己漂亮的府邸里举办了几场愉快的聚会。[3]

马奎斯·德索瑞斯纳是一位西班牙贵族,他在比亚里兹也有一幢漂亮的房子,他在那幢房子里将北极熊当宠物养。当你在外面从窗户里看房内的客厅时,就会立马看见关着北极熊的笼子。

在那幢房子的旁边建有他自己的私人工厂,他在工厂里建造摩托赛艇,他将此作为一种兴趣爱好,不是为了出售赚钱,只是以成本价卖给他的朋友们。他的工厂雇用了十个工人、几位工程师和机械师,他们一年到头都在这里工作。

我们在圣赛瓦斯蒂安看了一场斗牛赛,度过了一个既美妙又有些厌恶的下午，这是我所见过的最激动人心、最戏剧化的运动项目，另外它那乐观的残忍性却令我们憎恶。我曾听说过许多关于斗牛的技巧，这是一场美丽的死亡之舞。

我的朋友马奎斯·德索瑞斯纳提醒我，我自己押注的可能是好几头牛，所以我特意订购了四盒香烟，以便看完这场比赛。

斗牛赛在下午四点钟开始，竞技场内人潮涌动，有男人、女人和儿童。乐队演奏起动感的西班牙进行曲，紧接着出场的是戴着蓝红黄混合色徽章的西班牙斗牛士们，他们向总统包厢行致敬礼，然后其他人退场，剩下斗牛士及其助手们，即将开始同第一头牛展开战斗。

那位斗牛士来到我们的包厢，用一种浮夸的手势将他黄色的镶边绣花斗篷扔给我，说道："我们中最后死的那一个向您致敬！"然后转身就将帽子扔过肩膀，我接住了他扔过来的帽子。我朋友告诉我将香烟盒塞进帽子里，斗牛结束后再将帽子扔给他。

一切准备就绪，斗牛士和助手们站在那里等待着开始的一刻，所有注意力都集中在竞技场的另一边，所有人都注视着那扇被诅咒的门。突然，门开了，一头公牛进来了，穿戴华丽，高昂着头，气势汹汹，生机勃勃，毫无畏惧，一股惋惜之情涌上我的心头，我知道它最后的命运已被注定。

斗牛士助手们借助挥动红色的斗篷吸引牛的注意力，那头牛迈着欢快地步子围着斗篷跳来跳去，但是它跳的速度越来越快，似乎是想进行攻击，最后用头部使劲撞斗篷，斗牛士的助手们在竞技场内来回奔跑，轮换着用斗篷吸引牛的注意力，牛就一个劲儿地跟着他们跑。斗牛士，又名杀手，就一直站在那里研究那头牛，寻找它的弱点，然后徒手抓住了牛，他可是一位艺术家，擅用斗篷的专家呢！

这就是斗牛的主要部分，这是一幕芭蕾舞剧，一场舞蹈盛宴，斗牛士掌控着牛的愤怒，将其随意玩弄于股掌中，任其蹂躏。

牛暴怒了，围着斗牛士乱转，听从斗篷的命令，两者融成不可割裂的整体，号角上系着一条金穗子，挂在斗牛士的胸前，在场的所有人都屏住呼吸，这时斗牛士挥舞着斗篷征服了这头牛，然后悠然地离开了场地，将这头战败了的牛留给其助手们看管，一会儿骑马斗牛士会来拉走这头牛的。

在场的外国观众目睹了这场斗牛比赛，心里有些不满，他们觉得这样对牛来说太残忍了。实际上，这些可怜的动物在入场之前就已经是半死之身。我曾问过一位西班牙人，为什么要用这些可怜的动物进行表演？"牛在竞技场内还是会赢一次的。"他说道。

最后，牛被拖出去了，表演继续着。一种带钩的短矛刺进牛的背部，斗牛士再次徒手制伏另一头牛，这时号角再次响起，这是牛被杀死的信号。然后，斗牛士手持一把匕首，将一小块斗篷盖住剑，这头苟延残喘的牛还向着斗篷做了几次攻击呢！

最后这头野兽筋疲力尽了，它站在斗牛士的面前，苟延残喘着，斗牛士小心地从斗篷底下抽出匕首，在它眼前一划而过，径直刺入牛的体内，一刀毙命。斗牛士的头一定放得很低，两腿叉开，以便匕首直接穿过肩胛骨直抵牛的心脏。那个时刻，双方生存的机会是均等的，任何在牛身上时间的误算对斗牛士来说都意味着灾难。

那天下午，我目睹了一场戏剧化的谋杀，设想在一个大型竞技场内，三万名观众拭目以待，一位男士和一头牛站在惨淡的阳光下互相注视着，那头牛还在做垂死的挣扎。

这头野兽骁勇善战，表演精彩绝伦——成为斗牛士高超技艺的完美陪衬。那位斗牛士完成了最后致命的一击，在场所有人都屏住呼吸，但是那头牛并没有马上倒下，它一动不动地站在原地，望着凶手的双眼，那时似乎两者之间有一种交流，似乎在询问："为什么要杀我？"

在场的三万名观众鸦雀无声，气氛异常紧张，一位助手试图上前帮忙，但是斗牛士向他做了一个不需要他帮忙的手势，因为他知道那最后一击是致命的。斗牛士和那头牛在原地静静地站着，彼此对望着，足足近一分钟之久。那位斗牛士的态度似乎洋溢着胜利的喜悦，也饱含着一种遗憾，那是对那头垂死的野兽命运的怜惜。

整个竞技场内庄严肃穆，这时有人听到马车的隆隆声从外面传来，最后声音消失了，那头野兽倒在了地上，这时三万名观众自发地爆发出热烈的掌声和欢呼声。

我从比亚里兹回到伦敦，打算在伦敦停留几个月的时间，去英国北部看一看，然后再回好莱坞的家。

我抵达伦敦时，恰逢英国正在尝试废除金本位制[4]的使用，我还参加了众议院举办的几次午宴。

众议院[5]里保留着许多英国的传统，衣帽间内的挂钩上系着一些红丝带。过去，众议院议员们用那些红丝带来拴他们的佩剑。无论在众议院还是在参议院里都有三英尺宽的长垫子铺在发言席的前面。迄今为止还有这么一条严律，即从垫子上下来的议员不能再待在众议院内，这是一种比喻的用法。在古代，一些议员们在面对辩论对手时异常激动，冷不丁地就会抽出他们身上的佩剑，所以大家就通过了一则规定，严禁任何议员在冲突中走下垫子。

我经常到许多议员家里吃饭,有的人家里都有专用铃铛,这样就可以同议会保持直接联系,以便议会在开会投票表决时他们就可以用铃声示意。偶尔我也会参加大型宴会坐下来用餐,突然听到一阵嗡嗡声,然后就只剩下我一个人了——整个晚宴中唯一留下的男性。

投票时,议员们将穿过众议院入口处旁边的一扇门,赞成者与反对者穿过不同的门口,我记得一位苏格兰议员因为意见分歧从门口处又返回来了。

"天啊!"他说,"我竟然对周日电影院一事投了赞成票,我对这事完全不知道啊!我不知道大家还有分歧呢,我差点走错门了,这肯定会让我的选民们不满。"

这里我还是补充一句,当时我试图说服他,他的选民们应该会为此事感到高兴才是。

参加众议院的晚宴是非常有趣的事情,[6] 在那里你可以见到来自世界各国的国王和君主。我记得收到尊敬的托马斯先生的邀请,他邀请我在那里同他的家人一起私下用餐。后来我晚到了五分钟,跟他一个劲儿地连说了很多遍抱歉。

"没关系的,查理。我给你介绍一下这位陛下,他是塞尔维亚国王,这位是麦肯纳先生,这两位是我的儿子和女儿。你把椅子搬过来,坐在国王旁边吧。"

我收到甘地的信，他想在卡尔顿酒店或是其他地方同我见一面。最后我们决定在他朋友 C.L. 卡迪尔在坎宁镇贝克顿的宅邸见面。

坦白来说，我没能关注印度政治上的各种分歧，我的了解也只是偶尔浏览一下每天的报纸所得。然而，甘地先生是一位 20 世纪的人物，他是一位新型的反对者和反叛者，他使用战争中的现代手段——被动抵抗——进行抗议，这种方式被证明是同暴力形式效果相等的一种力量。

卡迪尔博士的宅邸坐落在伦敦的最东部，一路上我路过

卓别林与圣雄甘地伦敦合影的影印版，《纽约先驱论坛报》1931年10月4日。

——来自作者的收藏品

了克勒肯维尔、怀特查佩尔和东印度码头路，还经过了卡姆登，它是托马斯·伯克文学的创作背景，这里遍布两层楼的小房子，一眼望不到头，风格出奇的步调一致，察觉不出任何不同之处。这一切令我浑身战栗，这些房子看起来多么死气沉沉、毫无生机啊！

最后我们拐进了一条通往贝克顿路的小路上，这里聚集了密集的人群，数不清的车辆也停在这条道上，《每日邮报》上写道："……当卓别林一迈出出租车，等待的人们就一哄而上围住了他，疯狂地欢呼着。卓别林咧着嘴笑着，几乎是挣扎穿过汹涌的人群，走到房子的大门口，那几位在场维持治安的警察简直形同虚设，一点都控制不了当时的场面。一束鲜花硬塞到卓别林的手里，十几只手拍着他的后背。"

我艰难地爬上狭窄的台阶，最后我被挤入或是被推入一间约摸十二英尺见方的小房间里，那里早已挤满了媒体代表及甘地的追随者们。

卡迪尔博士将我介绍给他们认识，其中就有斯莱德小姐，她是一位英国女士，头上戴着一块白色印花布头巾，颇具麦当娜的风格。甘地还没有到场，所以我就先坐下来等他。这时媒体们叽叽喳喳地问了数百个问题，我感觉已被狂轰滥炸了，被他们的问题所吞没。我这次来访的目的是什么？如此这般的问题向我袭来，突然这一切被打断了，外面传来喊声。

甘地到了，整个街道欢呼声鹊起，我望向窗外，下面停了一辆汽车，警察正在试图清理出一条通往这栋房子的道路。有人正竭力打开车门，一张面带笑容、沉着冷静的面容出现了，甘地身上围着白棉布，走出了车门。

一位印度女士从窗户上向他撒鲜花，"你也撒一些吧！"

"哦，不，"我回答，"我从不出风头。"

整个场面非常滑稽可笑，甘地的拥护者们使劲地撕他身上的白布，而他则试图将身上的白棉布拉到他身体的正中位置，这种撕拉的角力非常让人担心，就害怕那块白棉布被扯下来，我觉得甘地可能拽不住它，但是当他走进房间时，他毫发无损，身上一点都没有被撕扯的痕迹。

甘地热情地问候了我，但是还是有些不知所措。他仍旧紧紧地拽着身上的白棉布，伸出另一只手与我握手。

外面的人们仍在欢呼雀跃，所以他走到窗前，一位印度女士将我也推了过去，这样我和甘地就站在窗前微笑着挥手。后来，媒体记者们被要求离开，但是他们要求在撤离之前要给我和甘地拍张照片，整个房间的闲杂人等被"清理"干净后，我才发现我竟然坐在了甘地的身边，他正在同他的拥护者们聊一些私事。

甘地的一位仰慕者——一位年轻的英国女孩，坐在了我旁边。"您觉得甘地先生的人格伟大吗？"她问道，"你跟他讨论后，我敢保证他一定能说服你。"

也不知为什么我觉得很难与她进行对话，外面的人们乱哄哄的，高声尖叫着，屋里的人则表现出一副目瞪口呆的模样，我感到很难为情，这似乎就是一场复兴大会。

现在甘地先生终于自由了，独自一人坐在那里，突然有人说："抱歉，女士，卓别林先生来这里是要见甘地先生的，不是为了同您聊天，麻烦您给他们一个机会吧。"

于是那位年轻的女士起身离开了，长椅上就只剩下我和甘地先生了。

那位女士跟我说的话让我感到有些害怕，我觉得这是对我的一种挑战，我变得有些不太自在，然后微笑着看着甘地先生，他一定是想跟我说点高深的事情。

我到底是怎么卷进这些事情中的呢？我扪心自问。我，一个没有恶意的演员，正在度假中，想愉快地度过这个假期，然而却卷入这个困境中。我对印度、政治、经济及各国君主又知道多少呢？而我又想知道跟这些有关的什么事呢？

然而，我鼓起勇气开始说道："我刚才跟那位年轻女士说，我并不完全同意您所有的观点。我很想知道您为何反对机械化？毕竟这是人类智慧的自然产物，是人类进化进步的一部分。我们可以借助机械化让人们摆脱奴役的束缚，让人类享有悠闲时光，接受更好的文化教育。我想，就是纯粹从利益的角度阐释机械化，即机械化会让人们失业，给人们带来许多苦难，但是也可以借助它为人类服务，这种超越其上的看法一定会促进人类的发展，人类也将从中受益。"

"你所说的的确如此，但是印度国内的条件和别的国家不太一样，"甘地说道，"我们这个民族即使没有机械化也能生存，印度的气候及我们的生活方式让其成为可能。我想让我们的人民独立于工业化，西方国家就是借助于工业化这把利剑控制着我们。倘若他们发现剥削印度没能带来任何利润时，他们就会抛弃我们，所以我们国家必须独立于你们的工业化。我们必须学习农业，学会种植大米，学会自己纺棉，这些都是我们生存的必需品，我们国家的人们需求很小，欲望也低，他们并不想接触西方复杂的工业化。"

"但是，"我争辩说，"你们不能逆历史潮流而行，你们必须像西方国家一样顺势而进，早晚还要接受机械化。"

"真到了那一步，我们也会接受它，"他说，"但是在那之前，我们想赢得自由，还是必须要独立于机械化之外。"

后来做祈祷的时间到了。甘地先生的一边坐着斯莱德女士，另一边坐着两位印度教徒。甘地在整个的祈祷过程中低着头沉默无语，祈祷持续了约五分钟之久，唱了几首单调的小圣歌，最后静默一分钟。

这种场面似乎既奇怪又不现实，就是在伦敦最东边的这么一间狭小的房间里，外面还站着乱哄哄的人群，古铜色的阳光洒在积满灰尘的屋顶上，屋里四个人盘腿坐在地上，默默祈祷着——三位印度教徒及一位英国女士——我们二十多位则站在那里旁观。

卓别林和威尔士亲王在"冰雪狂欢节"上的合影，这是北部医院举办的慈善活动，1931年11月19日。

——来自查理·卓别林档案馆

我在回来的路上一直都在想,这个男人是否真是上天派来指引三亿多人民生活的使者?

第二天,我受邀参加奥托琳·莫瑞尔夫人[7]举办的茶宴,当时前来参加的还有里顿·斯特拉奇、阿道司·赫胥黎、奥古斯塔斯·约翰等,我跟他们说了我与甘地会面的事情。

我在介绍人时有恐惧症,我记不住他们的名字,就连我亲哥哥的名字也忘记了。对我来说,一个人的名字没有任何意义,毕竟记忆是同内心的想法联系在一起的,与名字有何干系呢?谁会将皮博迪或芬克尔巴姆这样的名字同某事物联系起来?我个人特别想让介绍随便一些,就像女主人问候客人一样温馨自在,然而社会这个大环境却是一种冒险,如果能做到不戴有色眼镜、自然地介绍一位名人,这该是一件多么值得骄傲的事情啊!

邀请我去府邸参加茶宴的奥托琳·莫瑞尔夫人介绍客人时稍微快速地提了一下奥古斯塔斯·约翰,阿道司·赫胥黎等几个名字,我也没用心听。我以前见过赫胥黎,但是她介绍奥古斯塔斯·约翰时,那个名字一直在我耳边萦绕着,所以我就没留意其他人的名字了。

在茶宴中,我看到我对面坐着一位年轻的绅士,他戴着眼镜,朝气蓬勃,蓄着保守的棕色胡子。我记得,我在泰特艺廊闲逛时看见一幅大型肖像画,画中的模特就是他。他特征突出,就像漫画人物一样,格外生动,然而这位却是活生生坐在这里。

我正在说明我对社会的基本感受,我对人类的爱不同于对观众的喜爱,前者是一种基本的、植根于内心的本能,然而后者却取决于我个人的心情。有时,我觉得他们给我鼓舞,有时觉得他们让我恐惧,所以我本能的感觉是他们对我又爱又恨。

"这里的斯特拉奇先生,"奥托琳夫人微笑着说,"是位自私的人,他的爱只给了他的朋友们。"

这时我呆滞的大脑才反应过来,这位竟然是里顿·斯特拉奇,《维多利亚女王》《维多利亚名人传》等著作的作者。

"我进一步说明一下,我的爱只留给自己,"斯特拉奇幽默地说,"我对人一般都没有大公无私的概念,只是对写他们的故事感兴趣。"

奥古斯塔斯·约翰魅力四射,他个头很高,相貌英俊,蓄着范戴克式的胡子,不费吹灰之力就能引起别人的注意力。倘若他对你感兴趣,你一定会感到扬扬得意,他可以在聊天中引出你的话题,那天下午,我跟他讲了一个故事,就是我第一次领略名气的影响以及名气对我施加的心理作用。

当有证据开始表明我非常受欢迎时,我就走上了洛杉矶的街头，我周围的一切简直不可思议，这个世界温暖友好，与我以前没出名时那种冷漠的态度相比，简直不可同日而语。人们对我说的话兴趣盎然，我的意见竟然被郑重地采纳了，这让我十分诧异，我的名气一夜之间也让我的意见变得重要了。

我在去往纽约的途中真切地感受到了这一点，那时我拍摄电影已经有两年光景了，我给在纽约的哥哥打电话说，我要去纽约找份工作，找个一年一百万美元的那种工作。

我匆匆忙忙地登上了开往纽约的火车，只带了一个小手提箱，完全没有预测到途中会发生什么。电报员肯定在我到达得克萨斯州的阿马里洛前重复播放了这条新闻，所以我抵达时，车站上早已挤满了孩子们，阿马里洛市市长及市政官员们也在那里等候。

当时我正在盥洗间内刮脸，当火车徐徐驶入车站时，我听到此起彼伏的欢呼声。许多人在喊："他在哪儿？"

就连我自己在内的乘客们都纳闷外面出了什么事？怎么这么嘈杂混乱？

紧接着，有人大喊："他们在欢呼查理·卓别林呢！"我立马噤声了。

一位乘客断定道："他一定在这趟车上。"

"对。"我懦弱地说着，我的脸上都是肥皂泡。

几个人来到走道上,"查理·卓别林在吗?"

"就是我。"我结结巴巴地答道。

"我是阿马里洛市市长,我代表本市的孩子们邀请您在本市半个小时的逗留期间出席我们为您举办的晚宴。"

于是我被护送到铁路上的一个停车场里,那里已经摆好了桌子,天花板上挂着横幅,上面写着"热烈欢迎查理·卓别林"。

关于市长先生如何看待我,我一无所知,整顿饭我一句话也没说,后来市长先生发表了讲话,祝我好运,赴纽约一路顺风!

火车再次缓缓启动,欢呼的人们渐渐淡出我的视线,我那时的感觉非常奇怪,心里竟然有些担心恐惧,心事重重。我感到难过孤独,被迫离开那些人,他们目送我,好奇地打量我,这种感觉令我难受。

每一站聚集的人们越来越多,铁路的停车场内人山人海,我走到汽车的尾部,现出身来。刚开始是我自愿,后来是职责所在,再后来就变成了一项任务,我渴望成功和成名,但是并没有为这么大规模的场面做好应对准备,这种突如其来的状况令我恐惧害怕。

途中我收到了我哥哥发来的电报,上面说纽约报纸上都是我即将到来的消息,警察们非常担忧,通知他,建议我在纽约125街下车，千万不要在主站下车。

就像皇室成员一样，我抵达时，隐姓埋名了一番，我在广场酒店办理入住手续时没用我的真名，所以报纸上刊登了这样的头条，"查理·卓别林已抵达纽约，杳无踪迹"，但是不久我的真实身份就暴露了。

然而，我虽沐浴在成功的耀眼光辉下，但是却感到沮丧失落。此时我独自走在纽约的大街上，觉得一切都伪装了起来，戴着面具，我无处可去，所有人都认得我，而我却不认识他们。我扪心自问：怎么样才能认识这些人？这所有的一切都只是成功带来的还是人们自发的一系列举动？我该如何结交一些对我感兴趣的朋友？我感到成功一点儿也没有改变我的私人生活，我并没有意识到，交朋友的过程比获取成功的过程还要漫长。

我刚开始工作时，一有时间就去英国各地游览，那时我并不喜欢旅行，因为我不舍得离开我在伦敦的小房子。

现在我渴望游览兰开夏的小城镇，坐在兰开夏的一家厨房炉火边，炉子在熊熊燃烧着，火苗吱吱乱蹿，砌炉的石块非常干净，呈蓝色。我喜欢嗅刚出炉的面包或炖肉的香味，再次听到男男女女们早上上班时木底鞋发出的噔噔声，这是多么动听悦耳的旋律！

我14岁时在夏洛克·福尔摩斯剧团上班,那时我总是一个人,因为年纪太小,所以不能同剧团里的其他人合住,于是为了排除孤独寂寞,我决定买宠物——一只兔子和一条狗与我做伴。[8]

我以前经常带着道具来往于车站间,现在我的道具里又增添了新朋友。我的宠物狗长大些后,我就训练它跟着我,一直跟到停车站前,然后它就爬进一个道具里,我们偷偷地混过了车站检查员的耳目。后来这条宠物狗生下了五只小狗崽,所以我就随身带着一个小动物园了。

问题是我被房东太太抓了个现形,因此我发明了一个应对这种情况的策略。我每次出门会预订一间将客厅和卧室连成一体的连通房,对房东只字不提我随身所带的这一家子宠物。后来,房东太太发现她的房间都变成动物园了,我会讨好地微笑着抱起一只小狗,热情地大声说:"它多可爱啊!等它们再大一点,我就送您一只。"

我的善意和慷慨总会消除房东太太的不满,但是一个礼拜快过完时,这些宠物们臭味熏天,房东太太已忍无可忍了,但我还是设法将它们带在身边长达一年多之久。

我决定游览曼彻斯特,那是在大选之后麦克唐纳政府再次执政的时候,我听到了许多关于曼彻斯特经济不景气的传言。

我想安静地去那里，尽可能避开公众的目光，我雇了一辆游览车，第一站到了埃文河畔的斯特拉福，这里是莎士比亚的故乡。

我抵达那儿时是一个星期日的傍晚，入住在一家雅致的小旅馆，这家小旅馆建于诗圣莎士比亚时期，晚饭后我绕着这个村庄闲逛，我想找到莎士比亚当年居住的小屋。

当时天漆黑一片，我以前从未去过那里，我在街上漫无目的地走着，本能地在一栋房子前停了下来，这所房子竟然就是莎士比亚的故居，这一幕令人诧异。

离开斯特拉福后，我去了曼彻斯特，那天正下着瓢泼大雨，这里不像伦敦，这里的一切对我来说都是完全陌生的，只有米德兰酒店有些熟悉，它也随着时间的流逝变得破旧不堪了。

我在曼彻斯特待了一小会儿，后来去了布莱克尔，我小时候就是在那里买了那只狗和兔子，我还大概记得那个大市场——干草市场和公牛酒店的样子。

我们抵达时，我并没有感到失望，一切都是那么熟悉，公牛酒店也基本还是老样子。以前我觉得那家酒店宏伟奢华，现在看起来却不是那样，只是一家拥有十几间客房的小酒店而已，我们定了一晚，梳洗之后，我们享用了一些培根和鸡蛋，之后我们出去逛了逛。

我站在市场广场中，听到有人在发表政治演讲。一群人正在听一场关于道格拉斯计划[9]的演讲，这是一种新经济体系，在英国很快赢得了许多人的支持。

另一群人则在听共产主义者们谴责工党命运的演讲，他们将工党的领袖称为卖国贼。

后来我回到公牛酒店，坐在酒吧里，一边喝棕榈酒，一边听着别人谈论新政府的八卦新闻。

聊天中我提到："兰开夏怎么支持保守党了？"

一位年长的煤炭工人说："过去几年，兰开夏是十足的乌托邦，靠着政府救济度日，生活轻松自若，这对国家没有半点好处。"

我觉得"十足的乌托邦"这个词语是多么讽刺啊！这出自一位半生都是在地下矿井里度过的工人之口啊！

然而，这就是英国人的精神，即他们对国家的忠诚，对国家的责任感，对正义与公正的信仰。

晚上我付钱买饮料时，一不小心掏出了一大笔钱，这时我看到一个可疑的人在盯着我看。后来我上楼休息时，又在楼底下看到了他。

我听说北部的经济状况不景气，如果你坐着汽车在路上行驶不太安全，可能会被人抢劫。我的司机住在这栋楼的另一边，我的房间离其他人要远一些。而且，我发现我的房门没有上锁，我试图驱散脑海中那张恐怖的脸，所以稍微看了会儿书。

大约过了20分钟，我打了一小会儿盹，我也不知道自己睡了多久，但是突然我被外面走廊上的脚步声惊醒，我立马坐了起来，准备应对突发的事情。周围所有的一切如死灰般寂静，我能听到心脏咚咚地跳动，一会儿我听到有人慢慢挪步到我的门口，小心地转动门把手，房门发出嘎吱嘎吱的响声。

房间里一片漆黑，我紧张地摸着了床上的电灯，立刻打开，眼睛盯着门口，门在动，一会儿又不动了。

那时我的脑海中涌出各种各样的想法，我想象着报纸上刊登了这么一个特大头条："查理·卓别林在布莱克尔酒店惨遭谋杀！"

我小心翼翼地下床来，慢慢地又关了一次门，把一把椅子放在门把手下面。过了一小会儿，脚步声轻轻地消失了。那天晚上我躺在床上，浑身冒着冷汗，等待黎明的到来。

终于到了早上，我预订了早餐。一位漂亮的兰开夏小女孩进来了，手里端着橘子汁。"先生，昨晚睡得好吗？"

"不好，我做了很多噩梦，梦到有人在我房门外面。"

她顽皮地笑了笑，啥也没说就离开了。我在想她为什么笑呢？而且还有点恶作剧的感觉？当她端着咖啡再进来时，我问了她到底是什么情况,她不好意思地自首了。

"是这样的,先生。我的一位同事让我陪她到您房间来,她想趁您睡着了偷偷看您一眼,这是她能看到您的唯一机会。我们在您门外等了半个小时,正打算偷偷进去时,您房内的灯突然亮了,我们害怕极了,就赶紧逃走了。"

天啊!我这整晚上受了多大的罪啊!但是我还是跟她说,我没见到她感到很遗憾,如果我见到了她,我肯定会很高兴的。

没有人在生活中会始终如一,一成不变,我们许多人信奉某些原则,根据这些原则做出决定,但是这些决定受到我们情绪和欲望的影响,时间及环境会将其改变,所以我们几乎不能按照我们的理念做事。我觉得,正如沃尔特·惠特曼所说:"如果我与本我自相矛盾,那么就让他自相矛盾吧。"

在这篇手稿的开头处我就写道,我厌倦了爱,也厌倦了人。我应该说,现在我在写这本书时,也厌倦了我自己。然而,亲爱的读者们,你们也要对此负一部分责任啊!你们不要想着让一位电影演员将自己视为一位"文学人"。

然而自从我来到英国,我的目的就已经达到了,我重回到过去,重温年少时光。我走在肯宁顿的大街上,回忆着梦中的布里克斯顿,驻留在伦敦的每一个角落。在所有这些旅行的途中我几乎没有遇到旧人,我也不想遇到,我的梦不想同人分享，它只归我所有。

现在我又想提到那些旧人了，他们一些人都已过世，还有一些死于战争，至今活着的没有几个了。

歌舞杂耍表演行业发生了巨大的变化，我小时候工作过的许多杂耍剧院都改建成电影院了。坎特伯雷与帕拉贡剧院、蒂沃利剧院和牛津剧院都已经消亡，只有霍尔本等零星几家剧院还保留着。我在伦敦时，这几家剧院正开始着手复兴歌舞杂耍表演，在维多利亚皇家剧院里查理·奥斯汀是薪酬最高的演员，乔治·罗比也是霍尔本剧院的首席演员。

罗比是我小时候的偶像，我还记得我以前在蒂沃利剧院的舞台门外等候，一路跟着他去往特拉法加广场，他在那里乘坐公共汽车回家。关于查理·奥斯汀，我以前在伍立奇的巴纳德剧院见过他，以后就再也没见过了，那时他多么幽默风趣、讨人喜欢啊！于是我决定去皇家剧院看看，我想重拾过去歌舞杂耍表演的精神劲儿，坐在吸烟区内，一边喝着啤酒，一边跟着台上的演员唱歌。

表演中场休息时，我去后台看望了查理，我们再次重逢，感慨万千。他的一位朋友萝丝也在那里，她是考文特花园市场的蔬菜水果商。我们坐在化妆室里，开了一瓶葡萄酒喝，我们聊起了以前那些喜欢的演员们：乔·艾尔文、乔·欧戈

从左至右分别是：不知名者、卓别林、乔治·罗比（一名音乐喜剧演员），伦敦，1931年11月1日。

——来自查理·卓别林档案馆

尔曼及美其名曰"那些快乐的清洁工"的艾格波特兄弟，其中一位娶了戴恩蒂·黛西·多默，还提到了外号为"同步舞者"的桑福德和莱昂斯。

"他们现在都怎么样了？"我问道。

他们中许多人都还健在，其中一些还在一家只表演歌舞杂耍的俱乐部里工作，这家俱乐部就是沃特·莱茨音乐俱乐部，它自丹·莱诺表演时代一直遗留至今。

"查理，"奥斯汀说，"我想让你去一趟莱茨俱乐部，在那里你能见到一些老熟人，这多好啊！毕竟你过去也是我们中的一员，我们都觉得你属于那里。"

我注意到他的措辞，"你过去也是"，一种特别的情愫在我心里油然而生。

我不喜欢加入某种俱乐部或是组织，我不太擅长交友，但是，倘若我要加入俱乐部的话，那一定非莱茨俱乐部莫属。

这个提议给我留下了深刻的印象，[10]这是一场歌舞杂耍表演的丑角和哑剧中的男丑角聚会，聚会的气氛却是庄严深沉的。我在那里遇见了已七十多岁的老友，乔·艾尔文和乔·欧戈尔曼，他们都还精神矍铄，气色不错，过去时代的这些丑角演员们对我这位年轻的小丑演员表达了敬意。威尔·哈伊这位喜剧演员曾是一位大师级演员，口技艺人弗莱德·拉塞尔主持了这次聚会。

聚会结束后，我就离开了，心中充满了欣喜，那些我以前崇敬的演员们现在也非常崇敬我。

我许多美国朋友认为，英国是一个非常热情好客的民族，然而他们说得过头了。英国人从表面上看是害羞保守的，看似有些冷漠，但是你一旦获得他们的信任，他们的目光虽冷酷，心却是火热的。

我一直都不喜欢瑞士这个国家，我个人不喜欢所有多山的国度，因为它们让我感到被排挤，与世隔离。头顶高山我感觉非常糟糕，觉得自己一无是处，什么事也做不了。我认为，我还是喜欢生活在海洋附近的低地上，我原本就生长在那里，我身上拥有着吉卜赛人的本能，它们告诉我，我在这里会更好地生存下来，生命会更宽广，更有前途。

我享受完里维埃拉的阳光、伦敦的春天及其秋天的浓雾后，我觉得换一换环境可能是更好的选择。况且，道格拉斯·费尔班克斯当时在圣莫里茨[11]玩冬天运动项目，我正好可以借此机会去那里看一看。

我早上刚离开伦敦，当天下午就抵达了圣莫里茨，那里的空气凉爽清新，整个国度都覆盖了茫茫白雪，刺眼的白色给我带来了精神上的激情和生命。

然而，当你看到入住房间的价格时，肯定会大吃一惊，但是一切物有所值，因为这里的缘故，我打算再住上两个礼拜，在这个城市待两个月。

道格拉斯·费尔班克斯坚持说，我应该学习一下滑雪，我一直都觉得滑雪很容易，但是我的天啊，我都不知道我身上要系这么多结！

滑雪开始前两个小时，我的腿总是不听使唤，一直站在

查理·卓别林（右）和西德·卓别林（左）于1932年在瑞士圣莫里茨合影。

——来自查理·卓别林档案馆

原地，怎么也滑不出去。再者转弯非常困难，然而最后我按照自己独有的方式学会了，就是先慢慢蹲下来，然后朝我想转的方向移动，有时这个蹲的姿势变成了一种条件反射了。

对初次滑雪的人来说，滑下山去是非常容易的，尤其是一路上没有任何障碍物，然而问题就是怎么也停不下来，这是最困难的事情。你学着做八字脚的姿势，即一边将两脚分开，一边将脚踝向内弯曲，将雪橇各边没入雪中。我试图这样做，结果劈叉了。

为了让你们了解我第一天滑雪的感受，你们可以想象自己一开始慢慢地沿着山向下滑去，然后速度越来越快，你尖叫着，得意着，你感受到了自己内心的动力，冰冷的微风轻拂着你的脸庞。然而，随着滑雪的速度骤升，你的扬扬得意变成了越来越深的焦虑，尤其是山坡越来越陡峭，滑行的速度增加到每小时50英里左右，山上的岩石、树木及其他障碍物奇迹般从你身边一掠而过，未对你构成任何困扰。这种竞技项目的成功让你信心倍增，继续嗖嗖地快速滑去，决定一定要坚持到底，品尝最后的苦果。

后来，一块危险的岩石堵在前面，马上就要撞上你了，极其危险。这一次确定无疑会将你撞飞了，你的心脏已经怦怦地跳到嗓子眼里了，你已经认命了，只能回忆着滑雪前那种甜美的生活,这次肯定死定了,你看到你的脑袋被岩石撞得粉碎,你的整个身子像一条肥裤子一样悬在半空中。结果,你并没有死,你活下来了,你的人生继续着,拖着残肢苟延残喘。

这时奇迹发生了,某种超自然的力量将岩石包围,让你从它身边绕过,继续箭一般地向前滑,总算松了一口气。你的大脑控制着你的反应能力,你决定坐下来,也许不会是你希望的那样慢慢地坐下来,而是扑通一声,一屁股坐了下来。

你将头从雪中抬起来,发现意识还在,你不自觉地坐在地上,环顾四周,担心有人发现你。这时一位技高一筹的人慢慢向我滑来,问道:"你伤着了吗?"

你突然打起精神,愉快回答:"没有,一点儿也没伤着,谢谢!"

紧接着你试图再开始滑,但是那位陌生人早已走了,所以继续滑雪的理由已不存在了,于是你改变了主意,脱下滑雪服,今天到此为止。

亲爱的读者们,这一切还没有结束,这里我引用《南威尔士阿格斯》这家报纸上刊登的原文:"圣莫里茨的人们看到一位身材矮小的男人狼狈地走在一条凹凸不平的乡间小路上,速度之快令人瞠目结舌,突然在他入住的酒店门前站住了。他就是查理·卓别林,一位电影小丑演员,《路透社》记者报道,也许是这家酒店的旋转门失灵了，才让他这么突然地停下来，这会给他留下痛苦的回忆吧！滑雪专家说，卓别林的这种步态说明他滑雪滑得非常好，实际上，卓别林已经是一位滑雪能手了。"我觉得，上述言论对我的评价还是谦逊的。

上述节选的这一部分是我最喜欢的评论。

社交生活快乐愉悦，早上玩运动项目，一大群人滑着雪到考维拉山，接着再去达沃斯，然后再坐着平底雪橇滑行在克里斯塔滑道上，参加滑雪运动狂欢节，运动项目有跳台滑雪和在冰湖上赛马等。我们都期待着参加在山顶的考维拉俱乐部里举办的午宴，在那里我们肯定会非常开心，沐浴在冬日的暖阳中，茫茫白雪围绕在你的身旁。吃过饭后，我们滑雪到山下小镇上去，正好赶上酒店里的下午茶时间。

换了衣服后就马上七点钟了，这是酒吧的鸡尾酒时间，那里各种狂欢都到了极致。八点半时，有人会提醒你"暂时放一下"手中的橄榄和薯条，先不要吃晚餐了，然后十点钟会在这里举办一个晚宴，你必须要参加，所以之前的晚餐就"少吃点"。从十点开始，狂欢一直持续到凌晨三四点或五点，这就要看你的承受力或者精力了。

那段时间里，几乎这里所有人的朋友都会偶尔出现在圣莫里茨，在这里你会看到来自好莱坞、伦敦、巴黎、柏林及纽约的名人们和权贵们。

然而，如果你听说有一位杰出人物我没能见到，你可能会觉得诧异不解，他就是德国的前任王储，下面我详细说一下这到底是怎么一回事。

一天我喝完下午茶坐在酒店里，这时有人说："看，那边是德国前王储！"

我说："哦，是吗？"

然后我脑海中浮现出了各种想法，我坐在那里目不转睛地看着这位前王储优雅地啜着英国锡兰茶，我的记忆回到了我曾拍摄过的一部影片《夏尔洛从军记》，这是一部关于第二次世界大战的喜剧，前王储阁下在这部电影里扮演了一个重要角色，突然间我记起要打一个电话，所以就立刻离开了酒店。

我打算途经远东一带回到加利福尼亚，在那不勒斯[12]登船，穿越苏伊士运河抵达日本，一路上我哥哥将与我同行，所以他正在罗马等着我呢。

我跟一个朋友普莱斯先生离开了瑞士，坐汽车去罗马，这让我有机会欣赏一下路上乡村的风景。在通过边界线入境意大利时，整个氛围给我留下了极深的印象，纪律严明，秩序整齐划一，希望和欲望仿佛空中楼阁，一种崭新的生活方式悄悄地潜入了这种中世纪的环境中，我们所到之处都受到高效的服务和礼貌的接待。

一抵达罗马,就有人给我传口信说,已经做好让我同墨索里尼见面的安排了。然而因为我在罗马只停留两天光景,时间太短,那位领袖实在抽不出宝贵的时间,所以这场见面就没有付诸实现。

正式会见某人就像看房子,不走进房内,只在外围看看。我一直都记得那次在白宫拜见已故总统威尔逊阁下的情景,那时正值开始发行第三次自由债券时期,当时在场的共四人,我、玛丽·碧克馥、玛丽·杜斯勒和道格拉斯·费尔班克斯。我们被带入了著名的绿厅,有人对我们说"请坐下",我自己预演了在这种场合下的发言,打算给总统阁下讲几个我认为幽默风趣的奉承总统的小故事。

最后一位官员走了进来,"请列队站好!"然后总统阁下进来了。"你们都向前来一步吧!"然后我们就被一一介绍给了总统。

总统先生和蔼可亲,而且觉得自己义不容辞地应向列队站在他面前的我们讲个故事,而我因为急于打破当时的严肃气氛,在他还没讲到笑点时,我就笑了起来,在场的其他人莫名奇妙地看着我,紧接着就是一片尴尬的沉默。这时,玛丽·杜斯勒施以援手,也讲了一个故事,因为当时的我对这两个故

卓别林参观罗马古墟，1932年3月6日。
——来自作者的收藏品

事都没听进去，所以现在无法记录下来，我唯一记得的就是我彬彬有礼地笑了。

再后来玛丽·碧克馥也开口了，告诉总统阁下目前全国各地出现的激昂振奋的精神和通力合作的状态，这时我的机会来了，于是我插话说："的确如此。"我记得当时我不确定到底是用单数还是复数形式，这就是我在此次会面中说过的唯一的话，我离开白宫时，满面自豪，却茫茫然不知所以。

我应该在罗马多待几日，这里有太多的地方想去游览，但是这都需要闲适的心情和时间，我一会儿激动兴奋，一会儿又满怀期待，这种不稳定的心绪轮番出现，真可谓心潮起伏、无所适从。

午夜时分我抵达了这里，街道上一片寂静，台伯河上灯光绚丽多彩,我受到了朋友们和媒体界的热烈欢迎。回到酒店里，我收到了口信——可以安排拜见墨索里尼了。我吃完冰冷的晚餐后，出去散了会儿步，罗马着实辜负了我的想象。

凌晨四点休息，十一点起床，等待着墨索里尼的口信，同时我们参观了圣彼得广场、古罗马广场和博物馆，最后回到酒店，依旧没有墨索里尼的传信，于是我们又出去游览，再返回酒店，这一次墨索里尼的口信来了，无法在这么短的时间内安排会面，于是我们决定第二天早上离开罗马去那不勒斯，从那里动身前往亚洲各国。

整个旅行中风平浪静，天气也始终平稳沉静，唯一发生的事情就是我们进入红海时更换短裤，短裤是热天露出膝盖以下部位的裤子，但是我坚持没换。

我们抵达锡兰[13]（现斯里兰卡）首都科伦坡时，天气非常热，我开始羡慕我哥哥的短裤了。船要在那里停泊24个小时，所以我们将在位于科伦坡七十英里外的圣城康提过夜。锡兰实现了我所有异域风情的梦想，这里充满着东方的神秘和热带的魅力。我们开车去往康提，一路上我们看到奇异的景色，空气中弥漫着浓郁的芳香，我们一路看，一路陶醉其中，这令我们大开眼界。

那天晚上，皓月当空，是锡兰人的节日庆典，突然我们看到一队游行队伍走来，鲜花装饰的彩灯和火炬在夜空中尤其引人注目，变戏法的人快速转动着拴在一根绳子上的火罐，就像在耍棍棒一样，制造出风车旋转的图案，后面紧跟着和着手鼓的节奏唱歌的男男女女。这时，两位武士出场了，他们身穿着印度盔甲，在火炬的照耀下，浑身闪闪发光。他们是跳驱邪舞的巫师。

我们挺直腰杆看着他们向前走，两位巫师渐渐临近了，他们面目阴森恐怖，我心里有点害怕。游行队伍中的其他人都围绕着我们，依旧随着手鼓的节奏唱着歌，这时跳舞的巫师突然跳了起来，在空中旋转着整个身子，就像魔鬼一般诡异疯狂地转着。他们结束之后，走到我们面前鞠了一躬，我们明白了他们的意思，于是我们掏出了一些银钱，然后就离开了。

一路上我絮絮叨叨地对我哥哥说："你以前知道有这么一个地方吗？我们老了后一定要住在这里，买下一块茶园。"这是我最初的反应。

我们到达康提时已经很晚了，用过晚饭后，我们雇了几辆人力车慢慢地绕着圣湖转。我永远都记得那个晚上，也许应该说是那个凌晨，天气十分闷热，虫子的叫声异常奇特，拉车的青年人默默地走在月光中，不停地给我们到处指着湖边的野海龟们。

在回酒店途中，我们遇到了一两个流浪汉，他们认出了我，我给了他们一枚硬币。"谢谢您，我的主人！"不一会儿，我身边就聚集了到处喊着"我的主人！"的乞丐了。

第二天，我们参观神殿。职业乞丐都站在台阶两边，手里铺着手绢，双手伸到我们面前。佛教上说，永远不要拒绝无助之人。这时我吃惊地看到，一位当地的穷妇人威严地走下神殿的台阶，一步也没停留，她的胳膊向外伸展着，手里握着一把大米，让几个大点的米粒漏到了每个乞丐的手绢里，就这样她走出了神殿，这就是一种"大爱无疆"。

我们离开前，当地人群聚在酒店周围，欢呼声此起彼伏。奇怪的是，尽管这片热带地区极具魅力，但是我还是很高兴可以离开这里。我想在这里定居的热情已经不像初来乍到时那样热烈了，我很快就意识到，点燃我热情的炙火同时也在压制着这份激情，我离开这里时，心里记住了这里的美丽风情，但是也知道这里并不是我这种北欧人的理想居所。

我们的下一站是新加坡，他们说的是马来语，这就是著名的"狮城"。快到新加坡时，我们就被瑰丽的风景深深地吸引了，海洋上长出了郁郁葱葱的树木，就如中国瓷盘上绿柳图案一般。我对新加坡的第一印象令我诧异不已，也许我先前的印象受到了好莱坞的影响，它曾将新加坡描绘得惨不忍睹，街道狭窄凶险，到处都充斥着流氓恶棍，然而我已进入这个海港，就看到了开阔的绿色空间和花园，然后又看到了壮丽的花岗岩建成的高楼大厦，各种各样的帆船停靠在海湾里，白色的远洋货轮静静地躺在那里，等待着货物上船，整个海港轻吟着热带的多彩生活之歌。

这里的人们不像锡兰人那么爱表露感情，新加坡距赤道只有北纬两度的距离，所以我不会责怪他们的内敛，但是当地的媒体非常热情，我受到了他们的热烈欢迎，他们不停地给我拍照，接连不断地对我进行采访。

我们抵达酒店时，正好赶上了一场水稻午宴。这种午宴上的珍馐都是英属海峡殖民地的当地菜肴，大约需要二十位服务生上菜。首先你自己先来一点米饭，然后服务生会端上来咖喱肉、调味料、蔬菜、香蕉、坚果等，你要将所有这些食物倒在一个盘子里，然后你就开始尝试着拌在一起吃，惊异于这种菜肴的吃法，同时觉得很享受其中，但是最后离开宴会时心里会留下种种美食上的疑虑和不安吧。

从新加坡，我们登上开往巴达维亚的凡·兰斯伯格号客船，

查理·卓别林（中左）与西德·卓别林（中右）在雅加达爪哇岛被粉丝和爱慕者包围。

——来自查理·卓别林档案馆

巴达维亚是荷属东印度群岛爪哇岛的首都。一抵达巴达维亚，我们就受到了码头聚集人群的热情欢迎，收到了他们赠送的美丽花环，我们安排坐车经爪哇岛去往苏腊巴亚（即泗水），然后从那里坐船去巴厘岛。

我没有深入研究这次旅行的细节，但是从巴达维亚到万隆我们开车沿着好走的路走，花了六个小时抵达万隆。我们下榻在皮恩格酒店[14]，享受了一次欧洲式的热水泡澡，这里是爪哇岛上唯一一家提供热水泡澡的酒店，其他酒店使用的都是当地的舀勺浇水式洗浴，即他们不使用浴缸，而是使用一个像井的池子，里面蓄满水，洗澡的人用一个长柄勺从里面舀水冲洗自己。

晚饭后我们驱车去往加洛特，在那里过夜。就是在那里，我第一次见识了"竹夫人"的威力，它是你在热带生活一段时间必不可少的东西。

"竹夫人"是一个圆柱形的枕头，放在两膝之间，在闷热的夜晚用作解暑的工具，她可以抚慰你焦躁不安的神经。我刚开始听说了"竹夫人"的效用时，置之一笑，但是使用过后，才真正发现她的妙处，所以休息时，我就坚持行使我的"婚姻权利"。

然而，夜晚时分除了"竹夫人"陪伴你外，还有其他同伴呢！飞虫和热带昆虫在你的蚊帐外嗡嗡哼哼唱个不停，发出各种奇怪的声音。每个房间里都有毛掸子，可以随时将这些虫子赶走，我第一夜的冒险经历赋予了我一部影片的许多喜剧点子。

我们从房间里就可以一眼望见远处绵延的山脉和下面的山谷，这是一道多么美丽的风景啊！窗外的一切都翠绿欲滴，在热带阳光的照耀下闪着灿烂的光辉，我们为之精神一振，变得神清气爽起来，准备去特吉帕纳斯温泉吃午餐。在那个温泉度假村，我们看到了许多温泉湖，当地人全家出动到这里泡温泉，如果你向他们扔几枚硬币，他们就立马爬上岸，都忘记了自己还光着身子呢！

从那里我们去往德沃克雅加达，游览著名的婆罗浮屠寺，这座寺庙很多年来一直藏在丛林中，从那里我们又去往日益繁荣的苏腊巴亚城，在那里我们受到了许多人的欢迎，我们就是从苏腊巴亚[15]海港动身前往巴厘岛的。

注释：

1 哈里·D.阿巴蒂埃·达瑞斯特生于阿根廷，先后在巴黎和英国就读，因在第一次世界大战做出的贡献而授勋。战后1922年左右，他遇见了导演乔治·费兹里斯，并跟随他去了好莱坞。达瑞斯特因孩子般的帅气、迷人、优雅而闻名。卓别林让他在《巴黎一妇人》里担任技术顾问，并在独立门户导演电影前参与了《淘金记》的拍摄。尽管他只拍了八部电影,像《巴黎绅士》和《笑声和黄玉》,却因其时尚、风趣和画面美为人称道。

卓别林可能留在达瑞斯特位于巴斯克地区圣艾蒂尼·戴·拜高瑞的埃乔斯庄园过了夜。

2 1933年3月《新电影杂志》,艾尔莎·麦克威尔在上面写了她在比亚里兹时对卓别林的印象:"我最后一次见查理·卓别林是在比利牛斯山脉的比亚里兹,他恭敬却又严肃地劝诫英国王位继承人'留心银行家们',然后又心血来潮地恳求亲王研究一下所谓技术官僚的行事风格。

"这的确令人震惊,因为它表明,在任何报刊报道之前,卓别林早在一年前就觉察到了技术官僚和他们的研究报告的重要性。

"它让我回想起数年以前,那时候卓别林刚刚拿到第一块奖章,结束一天的辛苦工作后,他常常从电影制片厂回到洛杉矶体育俱乐部的家,打几回合的拳击,然后找一个愿意听他谈论经济的任何一个人,一起去打出租车。"

3 艾尔莎·麦克威尔写道:"1928年在比亚里兹,第一次见到卓别林,他表演了一段个人秀,至今让我难以忘怀(原文如此)。吉恩·帕图雇了一个汽艇船队,带客人们去贝约纳看斗牛。但是因为突然刮起了猛烈的飓风,行程就取消了。暴风雨毁坏了电灯,随着风雨在怒吼中越来越大,一些女士开始变得恐慌。帕图的寓所是建在水上的,于是人们都开始担心待在这里会不会不安全,这时卓别林开始掌控局面。

"'这样闲坐着也没什么意思,'卓别林对我说,'我们来自行取乐吧。放点卡门的音乐,让我在这里能听见。'

"完全没有准备,烛光摇曳中,卓别林接着表演了一段吸引人的斗牛哑剧。他一个人轮流扮演了所有角色,狂热的观众、斗牛、骑马斗牛士、被顶伤的马,还有斗牛士。每个角色的塑造都是那么完美,而串联得又如此精彩,当他表演到斗牛士给斗牛最后一击的时候,所有人都屏住了呼吸。微耸了下肩,卓别林突然改变了气氛,即兴创作了一个悲剧三角恋,丈夫谋杀了妻子,而妻子的情人则选择了自杀。卓别林的技艺让我们如痴如醉,再一看表,已经过去三个小时了。直到他表演完,我们才意识到飓风早就平息了。"(艾尔莎·麦克威尔,R.S.V.P.:《艾尔莎·麦克威尔的个人故事》,波士顿:1954年,第233页。)

4 这时候新闻中的两个例子表现了卓别林的这种利他性。其中一个例子是1931年9月5日《坎贝威尔和佩卡姆时报》的一篇题为《查理·卓别林的礼物》的报道,"查理·卓别林很是关心在巴罗市场工作的人们。他写了一封信给巴罗市场运动会的秘书长 W. 布莱克曼先生,里面附带一张20英镑的支票,卓别林希望用它买一套衣服、一件外套和一只金表,以用作下周在赫恩山举办的提篮子大赛的奖品。获胜者的名字将会被刻在表上,同时刻上的还有'来自查理·卓别林,伦敦市场运动会,1931年'。将近有60人参加提篮子大赛,他们分别代表伦敦各个市场,整个比赛将给他们配备672个篮子。"

另一个例子,1931年10月11日《周日快讯报》题为《卡尔诺剧团的同事》的报道:"二十年后查理·卓别林偶遇同事的故事里有着欧·亨利的小说情节里所有的美妙讽刺。跟着表哥奥布里,卓别林花了一天时间重游在朗伯斯常去的老地方。返程的路上,他们穿过斯特兰德大街时从一个街头画家身边走过。看到他画的正是自己,查理咧嘴笑了笑。走着走着突然他猛地停下脚步,紧抓住奥布里的手臂。'你回去问问那个画家,他是不是叫丹多?'奥布里照做了。而那个人确实叫丹多。查理立马就大步往回走。他们的手紧紧握在一起——他们曾一起表演过。他俩都是弗雷德·卡尔诺的剧团'面具鸟'里的成员。丹多名叫亚瑟·韦布。卓别林递给他一张皱巴巴的纸巾,'庆祝我们的重逢。'他如是说。"

5 1931年10月9日,费迪南德·库恩,Jr., 写了一篇题为《卓别林, 选举乐趣的见证人》的报道(查理·卓别林档案馆宣传资料, 并未标明来源), 他谈道:"周日的午夜, 查理·卓别林和拉姆齐·麦克唐纳意外相遇了, 当时首相面色苍白, 浑身疲惫, 正从下议院往家走。不知为什么, 他看上去有些沮丧。内阁已经决定参加大选, 作为一位年老的竞选者, 他的前景并不明朗。他明白, 过去斗争的重负与领导一个所谓国民工党的责任相比, 不值一提, 现在所有的构成条件都在把他推向坏的方面。

"但卓别林却高兴地笑了。'我本来想过几天就离开英国,'他对首相说道,'但现在选举就要开始了,我想留下来,找找乐趣。'

"既不是要当候选人,也不是要当政党领导人,查理纯粹就是在找乐趣。从观众的角度看——抑或是从报刊记者的角度看——这场选举将会成为最有趣的一次，因为发生了著名的殊死搏斗，狄更斯一个世纪前就描绘过这种非常残酷的场面。它正如德比勋爵这周所言，'英国历史上最多嫉妒的选举'，但它也会有好的一面……"

6 就是在这几周，卓别林在谈论欧洲境况时说了这句常被人引用的话，1931年9月5日，《伯灵顿邮报》一篇题为《小丑的智慧》的报道这样写道："与他的习惯背道而驰的是，有人以爱国主义为由要求卓别林参加公共集会，他这样回答道：'爱国主义是这个世界得的最厉害的疯病。它四处蔓延，然而结果是什么呢？——又是一场战争。我希望下次能把老人送到前线，他们才是现今欧洲的罪魁祸首。'"

7 画家奥古斯塔斯·约翰写道："在莫瑞尔家我见过查理·卓别林一次。我想，他大概觉得在组织派对的布鲁姆斯伯一贯忧郁的氛围中保持自然的愉悦很难，虽然有这些不利条件，但他的心理是平衡的：因为他不是一个被人冷落的人，他还能期望主人的真心支持。

"当他大力谈论社会状况这个我很熟悉也很称心的话题时，我在后面催促道：'查理，凭什么，你只是一个老透了的无政府主义者！'他正进入状态，回我道：'是的，就是这样。'尽管他认为伦敦才是他真正的家，但他也不得不承认好莱坞的强大诱惑力无时无刻不在吸引他。回忆起早年家庭的变迁，以及音乐厅里所有人向他母亲丢石头，他会说即便这样，他的母亲还被一位勋爵追求过呢。'哦，'欧特耐拉长了音，来了兴致，'哪位勋爵？''噢，这我是不会说的。'查理回答。"（奥古斯塔斯·约翰，《明暗对照：自传的片段》，纽约佩莱格里尼和库达希出版社，1952年，第84—85页。）

8 卓别林在《卓别林自传》（纽约西蒙与舒斯特出版社，1964年）里呈现了一个不一样的版本："为了做个伴儿，我买了一只兔子，无论去哪儿，我都会背着女房东偷带进我的房间。虽然没有经过管教，但它是一个惹人怜爱的小家伙。它的皮毛如此干净洁白，以至于让你觉得它并没有刺鼻的气味。我把它藏在床下的木笼里。女房东会高兴地给我带进早餐，直到她察觉到了那股气味，于是带着担忧和疑虑，她离开了房间。房东一走，我就放出兔子，它会满屋子乱跑。

"不久后，我就开始训练它，只要有敲门声，它就会自己跑进盒子里。每次女房东觉察到我的秘密，来敲门的时候，我就让兔子表演这个小把戏，通常我都会成功，而她不得不忍受一个星期。

"但在威尔士托纳潘迪，我展示了这个把戏，女房东却只是晦涩一笑，没有多说什么。但那天晚上从影院回来，我的宠物就不见了。我去询问女房东，她只是摇了摇头。'它一定是自己跑了，要不就是被人偷走了。'她用自己的方式有效地解决了这个麻烦。"

9 道格拉斯计划主要是由克利福德·休·道格拉斯（1879—1952）提出的，他本人是英国的工程师，社会经济学家，毕业于剑桥大学。1924年他提出了社会信贷说的经济理论，在里面他把工程上的方法适用到了经济上。道格拉斯坚信，经济体系的创建是为了避免商品和服务行业的萧条，以此来促使寡头们的利益最大化，而工人手里和钱袋子里一分钱的好处都拿不到。为了改进这种状况，他提出了两个办法：第一，建立一个国家红利机制，公平分配钱财给每一位公民（超过他们的工资）。第二，建立价格调整机制，公正的价格，这样可以预防通货膨胀的威胁。通过经济上的自由来实现人们的自由，这是道格拉斯的核心目标。（还见于珍妮特·马丁－尼尔森的《一位工程师的理想社会》。《自然生长》，2007年，第95—109页）。

10 1931年11月4日《表演家》报道了卓别林的入会：

"这个周日对沃特·莱茨俱乐部来说真是一个不平凡的夜晚，因为查理·卓别林将要加入，在现场，有很多的警察和会员，人们经历了一个如此不凡的仪式。

"进行聚会的场地不得不拓宽，因为尽管入会的时间还在保密，俱乐部方面还在选择嘉宾进入，对于不能进入的，他们也得言辞得体地拒绝。许多不能参加的会员也都发来贺电。

"入会仪式在老板威尔·海，领唱弗雷德·拉塞尔以及洛奇警官的主持下顺利进行。之后就丢弃了礼节，进入了真正的狂欢之夜，以庆祝莱茨成为最出名的俱乐部。

"在这个过程中，打扮随便的查理·卓别林兴致颇高地来了，他参与了所有活动；同时，他跟昔日的伙伴们也都互相致意，怀旧聊天。正如他所提到的，今天出席聚会的很多人在他刚刚进入表演的舞台时就已经是明星，他现在都记得十分清楚，在他还是兰开夏八童伶的成员时，大家那时的角色是什么。那段时光过得很快，也很幸福，尤其是在剧团新人的阶段，那时的他珍视每一个机会，不是著名影星，不是人们奉承的焦点，只是查理·卓别林，在大剧团里同伙伴们一起逗笑观众。这种感触如此强烈，在晚会结束时，他对昔日的伙伴们说，回到英国后，今晚算是我度过的最愉快的时光了。"

11 甘南·沃斯卡在她的回忆录《顶端之上总有上升的空间》(纽约：理查德 R.史密斯出版社，1943年)中讲述了她与卓别林在圣莫里茨的相遇："十天！跟着朋友们，去圣莫里茨玩一些冬季运动……这里四点以后就天黑了，真是不尽兴。但汉斯门糕饼店的点心太棒了！

"晚饭后，与查理·卓别林进行了一场富有哲理的谈话，算是对短暂白天的小小补偿啦。我把它当作与这个英国最帅的男人之间的调情！他真的是太帅了！他是那么精力旺盛！棒极了——我简直不敢相信，他竟然跟我一起聊天。我们还一起滑了冰。他滑得并不好，但他穿的溜冰服跟他很搭！"

12 1932年5月27日《洛杉矶时报》一篇题为《卓别林的玩笑将那不勒斯警察送进了监狱》的报道透露了卓别林在那不勒斯时的活动：

"查理·卓别林在最近的欧洲游行中一直开他所特有的玩笑，而那不勒斯一位警察在自己的岗位上受了五天的冷遇，于是现在他想去好莱坞——如果查理愿意给他一份工作。

"阿尔夫·里维斯，卓别林的商业经理，在昨天警察给他写的信中了解到这个情况。

"看起来是出于娱乐精神，查理在两个警察中间摆了一个姿势，表现出被捕的震惊。新闻媒体发现了这张摆着有趣姿势的照片，并大肆宣传。结果就是两名警察的上司被训斥惩戒了。"

13 根据西德·卓别林对旅途中亚洲行的记录(卓别林档案馆)，他和查理注意到"当地人学英国方式使用马鞭。开罗也是如此"。

14 据西德·卓别林笔记(卓别林档案馆)，卓别林"对这个时尚的设计很感兴趣，他还夸赞了经理。瓢泼大雨中，他和经理站在马路的正中央，欣赏着这座建筑。经理努力显得礼貌，以至于浑身都湿透了。而卓别林穿的是一件防水衣，完全没有意识到这种窘境"。

15 据西德·卓别林笔记(卓别林档案馆)，卓别林"在苏腊巴亚橘子酒店的大堂发表了广播讲话"。

第五部分[1]
假期随风而逝,即将结束

我第一次听说巴厘岛是在同我哥哥聊天时,当时我们在讨论世界各地出现的经济大萧条。

"如果情况太糟糕了,"他说,"我就去巴厘岛,那是一块还没被文明熏陶的土地,你可以坐在随风起伏的棕榈树下,捡着树上掉下的果子,与大自然和谐共处。在那里,你不必担心经济不景气,那里的生活轻松自在,而且还有漂亮的女人。"

那时他的描述并没有引起我的兴趣,但是当我们最后踏上去往日本的旅途时,我们又谈起了这个话题。我们抵达位于塞得港附近的地中海时,我哥哥给我看了一本关于旅行方面的书。

"这本书里有一篇写巴厘岛的文章,非常有趣,"他边说边点着头,"有两个美国年轻人[2]现在正坐船去那里呢!"

那天我稍微浏览了一下那本书,我看完一章节后,发现自己被"出卖了"。

第二天,我见到了这两位年轻人,他们是美国年轻的艺术家,以前在意大利深造过。

"如果现在回美国没啥用的话,"他们说,"我们回去也只能加入失业大军的行列,所以我们得省点钱去巴厘岛,在那里生活一周只要五美元就足够了。"他们接着说:"所以,我们想去那里。"

我们从爪哇岛乘船去巴厘岛,这艘船的船长给我看了一张地图,巴厘岛面积大约为2214平方英里,西面狭长的巴厘海峡将巴厘岛与爪哇岛隔开;其东面与龙目岛相邻,首府为新加拉惹。巴厘岛人口稠密,常住居民超过一百万,人口密度为每平方英里五百人。巴厘岛的早期历史至今不为外人知晓,这里几乎没有爪哇岛影响的痕迹。

宗教在巴厘人的生活中扮演着重要的角色,这里的寺庙和社会生活互相交融,不可分割。现代巴厘人信仰许多不同的宗教,几乎一半人信仰印度教,另一半波西尼亚人则信仰佛教和印度教。

我第一眼看到巴厘岛是在清晨时分,我们正沿着通往布莱伦的漂亮海岸线航行,布莱伦是我们将要登陆的地方。银白色柔和的云朵包围着郁郁葱葱的群山,山峰就像是漂浮在云雾中的仙岛一般,一路上领略了气势磅礴的风景,品味了迷人的海湾,最后我们抵达目的地。布莱伦港口与文明国度的港口截然不同,它没有遮住地平线的高烟囱,没有那些锈迹斑斑的船只停泊的脏兮兮的干涸码头，没有炼铁厂、堆料场，也没有制革厂，它就只是一个小码头，停泊着几艘装饰漂亮的小船，周围都是红瓦房。

这里是巴厘岛的北部，该地最高长官和德国官员都住在这里，这里也是一个商业中心，其主街两旁店铺林立，约有三十多家，由中国人和印度人经营。

这位最高长官彬彬有礼，邀请我们到他的住所，在那里我们遇见了几位政府官员。

令我吃惊的是，我发现巴厘岛当地人曾看过我的一两部电影。"谢天谢地，"我想道，"难道我这一路走来就是为了另一个扶轮社式的欢迎吗？"

我们在当地最高长官的居所喝过茶后，上了车，在路上飞速行驶，去往巴厘岛南部，那是我们最后的目的地。

漂亮女人都去哪儿了？我听说这里的当地人都光着膀子，但是现在我发现他们都适当地包裹了起来。

我们一路上边走边看，这个国家越来越漂亮，嫩绿的稻苗在银镜般的闪闪发亮的田野里苗壮成长着，山坡上到处都是宽阔、绿油油的梯田。我们穿过建有漂亮围墙的村庄，看到了路边上开启的小门，那些围墙仿佛在保护着某些保存完好的老房产一样，它们看起来就像是某种西方势力的遗留物，其实不然，它们都只是砌在当地建筑物四周的围墙，目的是将邪恶幽灵阻挡在外。所以，墙里墙外的风格并不一致，外面是壮观的围墙，里面则是原始古朴的建筑。

我们大约坐了50分钟的车，这时我哥哥西德用胳膊肘捣了我一下，说道："看那边，快点！"

我转身，看到一队人迈着庄严的步子走在路上，他们腰上只缠着蜡染的布匹，上半身都裸露着，头上顶着月牙形的陶器，一只胳膊叉着腰，另一只则有节奏地摇摆着，他们看起来非常优雅别致，如画般美丽。男人们身体柔软敏捷，肌肉结实，他们肩上挑着竹扁担，担着成捆的黄金大米，这是一群多么可爱可敬的人啊！

街道状况不错，路上没有任何商业标志牌，整个乡村都充满了生命力，男人和女人在稻田里劳作，其他人则将自家养的牛赶到市场上去，无论他们做什么，工作还是娱乐，他们都表现出了某种礼仪的典雅和风范。

巴厘岛南部的酒店是最近才建成的，为现代风格，这里我必须承认荷兰人做活做得很好，酒店客厅非常宽敞开阔，就像一个大阳台，客厅后面就是被隔开的几间卧室。

远离文明是一件多么幸运的事啊！这时我们可以不用再穿前胸坚硬、衣领上过浆的衬衫了，于是我决定像本地人一样，穿一件松垮垮的衬衫、休闲裤及凉鞋到处逛逛。你可以想象，当我看到房间里贴的注意事项时，我有多么厌烦！注意事项上写着，所有进到晚宴大厅里的客人必须着正装。我当时愤愤不平，故意没换衣服，也没刮胡子就去参加晚宴了。

水彩画艺术家赫什菲尔德[3]偕夫人也出席了那晚的宴会，他们在这个岛上已经住了两个多月了，邀请我们去他从当地人手里租来的小房子里玩，那个小房子以前还住过墨西哥漫画家米格尔－科瓦鲁维亚斯。

晚饭后，我、我哥哥和赫什菲尔德一起步行去他家，那天晚上十分闷热，一路上可怕怪异的影子影影绰绰，巨大的菩提树和高高的棕榈树静默地站在星空下，一阵风也没有，大约300码外突然出现了一束光，打破了路边的宁静。

突然那个方向传来了铃鼓的叮当声和敲锣声，这种混乱声极其刺耳，然后声音逐渐有节奏，乐调缓慢深沉，极像一首三重奏的乐谱，高音部分就像快速将石子扔进一个沉寂的池子时发出的声音，低音部分则像将红酒倒入透明酒杯里时发出的浑厚声音。

我们一抵达就发现成群的当地人站在那里或是蹲在那里守候着，一些小女孩坐在地上，前面放着篮子和一些小灯，她们在兜售一些好吃的小食品。我们慢慢地穿过人群，来到了露台上，这里坐着一些音乐家们，他们面前摆着放好的木琴等演奏乐器。

露台中心跪着两个十岁多的小女孩，身穿金丝刺绣的裙子，头戴黄色金丝做成的头饰，在灯光下闪闪发光。她们俩跳着舞，胳膊向前伸展着、舞动着，就像一条巨蛇和着音乐跪在地上来回摇摆扭动着。

尽管这两个女孩就这样表演了半个多小时，她们还是互相配合得很好，偶尔其中一位暂时离开，只剩一个人表演，过一小会儿她再回来一起表演。她们的脖子来回摆动着，眼珠子来回转着，熠熠发光，手指不停地舞动，这似乎充满了邪恶的味道。脖子的咯吱声、眼珠的飞转及手指的震动，所有这一切都在疯狂地舞动着、欢喜着。有一次节奏加快了，音乐声音逐渐增强，就像一股咆哮的奔流。接着再次镇静下来，如同一条平静的小河最终流入大海。表演的最后，音乐非常缓和，没有任何波澜，一切都化为虚无。那两位舞者混进人群中，不见踪影，没有掌声，也没有赞美，虽然她们表演得极好，但是观众却不做任何评论，只是欣赏而已。

我发现巴厘岛语言中没有"喜欢"和"谢谢"这两个词，那些跳舞的人刻苦排练，希望表演时完美呈现舞姿，并不计较个人得失，但是在场的观众没有一个人为这场表演付费，所有的表演都是免费观看的。另一个村子也会举办这种表演，演员们要走数英里的路才能到达表演场地，他们的报酬只是一顿免费饭菜而已。

看完表演后，我们一路徜徉到赫什菲尔德的小屋，坐在露天阳台上，头顶上是星空万里。那是在巴厘岛上度过的第一个夜晚。

我觉得，我在这里看到的一切与以前是多么不同啊！我感到与这个世界隔绝很久了，欧洲和美国仿佛都是虚幻的，就好像它们从来都没有存在过一般。虽然我在巴厘岛只待了几个小时，但是我却好像一直都生活在这里似的。

一个人是多么容易陷入他自然本真的状态中，在这种自然的生活方式里，象征文明的工作无足轻重，毫不相干！从这些温和的人们身上，我们收获了生活的真正意义——工作和娱乐对人的生存同等重要，那就是他们幸福的来源，我在巴厘岛逗留期间从没看到过一张悲伤难过的脸庞。

他们所有的标准都大相径庭，赫什菲尔德的房东有两个妻子，丈夫对年纪大一点的妻子漠不关心，当赫什菲尔德夫人就此事批评他时，他只是耸了耸肩膀，说道："她已经不漂亮了啊！"

从我们西方人的视角看，这样做太残忍了，因为这位房东工作非常稳定，他的两个妻子都对他服侍得很周到，年长一些的妻子生了个儿子，年纪小一点的妻子对这个孩子的照顾远远多于他的亲生母亲。

就我们看到的，他们之间可能没有爱情，但是他们还是比我们这些西方人生活得幸福，我们信仰的是标榜道德的爱情和浪漫，即"忠诚、希望和宽容"。看一看我们大城市中的人们的脸庞吧，我们看到的都是厌烦的、颓丧的灵魂，他们大多数人的眼中都是疲惫的绝望。然而在巴厘岛人的眼中，我们看到的都是安宁。

傍晚时候，我们徜徉在一个村里，在一家小店里喝咖啡。这家小店是一位中国老人开的，这里出售的商品琳琅满目，女士的吊袜带和芦笋罐头等应有尽有。

在回酒店的路上，我看到了一个本地的漂亮女孩走在我们的前面，她偶尔回头朝我们的方向看看，样子神秘兮兮的。她穿一件小棉布夹克，我听说巴厘岛南部，只有街上的妓女才裹胸。

第二天清晨，我们在阳台上吃早餐。我们穿着睡袍斜倚在椅子上，吃着桌上的菠萝和山竹，享受着早晨的阳光。天上飞着鸽子，它们发出奇怪的嗡嗡哼唱声。一个男孩告诉我们，当地人在鸽子脖子下面安装了小管乐器，这样鸽子在天空中飞行时，就能演奏出音乐，他们还设计出了许多各式各样的奇怪玩具呢！

今天，沃尔特·史毕斯[4]与我们一起用午餐，他是一位年轻的俄国画家、音乐家，在巴厘岛上住了五年，研究巴厘人的音乐。他相貌英俊，年龄在二十八九岁，深受当地人的喜爱，当地人将他视为可以向其忏悔的教父。沃尔特·史毕斯深入研究了当地人的艺术，通晓巴厘人生活的方方面面。

午饭后，他带我们走进丛林，抵达一个偏僻的小山村里，我们在那里目睹了一场怪异的仪式，这场仪式是专门为供奉在庙宇中的神灵而举办的，我们下了车，步行一个小时才到那里。

祭司身材枯瘦如柴，穿着一件宽外袍，头发散落在肩上，就像一位托钵僧一样。这时，几个女子出现了，穿着漂亮的围裙，肩膀裸露着，每一个人都将所带的贡品放在祭台上，然后在围成一圈的人群中找到自己的位置。之后，祭司嘴里嘟嘟囔囔不停地念着咒语，祭品都放在一个架子上，然后再被拿到庙宇外，这时村里的年轻人一哄而上，能抢的抢，能拿的拿，而祭司就站在那里，手里拿着一条长鞭子，毫不留情地抽打他们，这是在鞭笞他们身上那些邪恶的幽灵，就是这些恶魔驱使他们无法控制内心抢劫的欲望。当地人的性情非常善良，似乎也享受着这份愉悦，但是，祭司意志坚定，使出浑身力气鞭打他们。

后来我们在沃尔特·史毕斯的住所里用了晚餐，这是一栋漂亮的小屋，马草铺就的屋顶，坐落在一个峡谷的边上，一条湍急的小河流经这里。沃尔特·史毕斯跟我们讲了许多奇怪的关于巴厘人的故事，他们身上的神秘色彩以及他们的文化和修养。

巴厘人对音乐的品位是非常挑剔的，当地人听人弹奏肖邦、李斯特和舒伯特的乐曲时，都表现得异常冷漠、无动于衷，只有在弹奏巴赫的乐曲时，他们才表现出兴趣，他们对其他乐曲不感兴趣，认为太多愁善感了。

史毕斯说，他研究当地的音乐已达五年，但还是无法掌握这种音乐。他们的音乐速度似乎违背所有数学规律，没有任何规律可循，然而当地人却能反复地一遍遍演奏它。他说，他曾为某些比较简单的音乐写出乐谱，但是需要三位杰出的演奏者共同使用一台钢琴才能将它演奏出来。

鬼魂和幽灵对巴厘人来说就像收音机对我们来说一样真实，史毕斯给我们讲了一个发生在火化前的诡异故事，火化是当地处理死者的一种习俗。一位过世的女性遗体被放在一片田地中心的棺材里，她的遗愿是在某天将尸体火化，但是不知何种原因被耽搁了。一天晚上,一个本地人颤抖着跑进村子里,说他看到尸体上出现了一团亮光,史毕斯和其他几个村民立刻跑到现场,让他们震惊的是,那个神秘的幽灵还在那里。他刚开始还以为这可能是当地人开的一种玩笑,借助某物让其发光,但是目睹了之后,他确信这应该是一种真实的现象。他将其描述为一团幽灵之光,直径大约有三英尺长,就悬停在死者的棺木上空,盘旋着上升或下降,当他们试图靠近时,这团光消失了,当他们离远些时,它又出现了,最后消失在棺木中。

我们每天都是吃完早饭后出发,坐车到巴厘岛上的各个地方游览。一般来说,我们都是早上出发,吃过午饭后返回酒店,下午午睡一小会儿,傍晚时候,多亏我们的朋友史毕斯的介绍,我们再去娱乐一番,然后结束这一天的时光。

我们这种快乐的时光能持续到通宵,一位王侯贵族举办了一场宴会,他已偿还完政府债务,现在终于摆脱入狱的威胁,重获自由之身,为此他特意举办宴会进行庆祝,我觉得这的确是值得庆祝的!

宴会举办地位于有一片森林的郊外,时间定在晚上,成百上千的人从岛上各地赶来参加,宴会上会燃放烟花,有巴龙舞及剑舞表演。[5] 整个宴会布置精致典雅,我相信这花费会再次让我们的朋友面临入狱的威胁。

表演开始时，人们围坐在一个椭圆形的看台上，刚开始演奏加麦兰音乐，然后是跳舞，再后面就是巴龙舞表演了。这个表演讲述了一个历史故事，是关于人们熟识的古代爪哇国王爱尔朗卡的故事。在他统治期间，一个邪恶的女巫婆，一个寡妇，带着她的弟子们将所有的厄运带到了这个欣欣向荣的国家里。这个巫婆化身为一个戴着恐怖面具的男人，头发打着结，留着长长的指甲，人们看到他就感到害怕和恐惧。演出结尾是巫婆之死，她的魔力被宫廷祭司那骁勇善战的儿子带走，最后她葬身于火海中。

巫婆角色的表演具有危险性，因为人们认为，无论谁扮演了这个角色，他自身也就具有这个角色中的邪恶灵魂了。

那天晚上，我们坐在那里，看到了丛林中燃放的烟火，整个场景奇特而充满魅力。在这部剧中，巫婆应该是从火海中跑出来，跑到看台尽头的一个小舞台上，但是那天晚上，巫婆扮演者非常害怕巫婆的魔力，失去了控制，发疯一般地穿过人群，跑进了丛林里，歇斯底里地尖叫着。我们所有人都跟了过去，跑进黑暗中看看她究竟发生了什么事。突然，我们听到一声尖叫，当地人都往回跑，颤抖着，都被吓坏了。最后，祭司挽救了这位表演者，把她带了回来，她早已精神崩溃了。

摘掉巫婆的面具，给她洒上圣水，大约十分钟后，她醒了过来。后来，我们等着观看最后的祭祀仪式，祭祀巫婆的面具。人们宰了一头猪，将猪血和树叶混合在一起，祭司嘴里念着祈祷词，然后将面具放在一个盒子里，被当地人搬走了，这样整个庆祝仪式就结束了。

我拍了几部关于巴厘人举行仪式的电影，我让沃尔特·史毕斯安排了一场精彩的舞蹈表演，由30位乐手组成的一个装备齐全的管弦乐团，另有30人表演和跳舞。电影拍完后，我问史毕斯，应该支付他们多少钱？

"5或10美元就够了。"

我建议还是25美元吧，但是他抗议说，这样会宠坏他们的。然而，我还是坚持这么做了。

当那些表演者的头头领取薪酬的时候，他看起来非常迷惑不解，并且嘟嘟囔囔地对史毕斯说些什么。我以为他不满意这个钱数，我已经给了他两个10美元和一个5美元，史毕斯觉得这些已经够多了。

"如果你给他25张一美元的钱币，"他说，"我觉得他可能会更明白一些。"

当我这样做了后，这个头头真的是满意极了。

一天傍晚，我和史毕斯在村里闲逛，看见一个小男孩正在跟一位看起来颇为年轻的男人学习跳舞。他们热情地邀请我们蹲坐下来，任由观看。最后，那个小男孩由一位长得像亚马孙人的女人牵着手，模仿她优美的舞姿。

我们坐在油灯下，喝着椰奶，为健康举杯庆祝。他指着那个女人说，她是他的媳妇，我们甚感诧异，就立马问他的年纪。

"什么时候发生了地震？"他问道。

"12年前。"史毕斯回答。

"哦，我那时就有三个已到婚龄的孩子了，"他似乎对这种精确性不满意，就又想了想，然后说，"我有大约两千美元那么老了吧。"他进一步解释说，他在生活中一共花费了大约两千美元，所以我们可以自己猜出他的年龄。

我们在游览中穿过一些不同的村子，我惊奇地看到了许多汽车闲置在当地人的后院里，其中许多都还是最新式样的，可惜因为暴露在外都锈迹斑斑了，只有为数不多的几辆车还锃亮着，还挂着镶花边的窗帘，用于日常生活中。对这个发现的解释非常有趣。

许多本地人买了这些车，虽然最初的价格耗尽了他们所有的积蓄，但是开车出行给他们带来了快乐，然而最后他们发现汽车一天耗费的汽油得花掉他们一个月的收入，这令他们苦恼困惑。所以他们只好将这些车停放在村子的后面。

我在巴厘岛上住了十八天，每一刻都非常有趣。我们乘飞机飞跃爪哇岛返回新加坡。我们在巴达维亚的泗水乘机，距离爪哇岛600英里远。我们在新加坡等候了几天后，才登上去日本的船，所以在候船期间我们也融入了新加坡的生活中。

当然，巴厘岛外的一切都令我们失望，但是新加坡还是有它自身魅力的。每一个傍晚我们都坐着人力车穿行于城市的各个角落，偶尔也会去新世界，即新加坡当地的康尼岛，那里有所有著名的娱乐活动，包括马来西亚歌剧和职业拳击比赛等。

中国戏剧也在那里上演了几晚，我和大哥一天傍晚坐在那里，试图猜出剧目中演员使用道具的象征物。一个道具是一根棍子，棍子的上端和中间部位都包裹着一层羊毛，那些演员们使劲地挥舞着，场面非常壮观。我猜对了，它象征着一匹马。

日本养育了小泉八云，这个国家总是能撩拨我的想象，遍地盛开的樱花和菊花，人们都身穿着丝绸缝制的和服，他们生活中普遍使用精致漂亮的瓷器和涂漆家具。我以前常常想起那些在我们阴冷潮湿的西方城市里劳作的日本人，他们穿着我们那种单调的西式衣服，他们应是多么思念自己的故乡啊，一定都在强忍着思乡的苦痛。然而今天，这种西式的生活方式也侵入了这个东方国度。

神户就是我们登陆的目的地,我们抵达时,码头上已有成千上万的人们在迎候着我们,飞机在高空盘旋,投下了许多欢迎的宣传手册。

我们在日本坐火车游览期间,日本政府热情地招待了我。在我去东京的途中,每到一站都受到了人们的热烈欢迎,日本艺伎也出现在那里,送给我各种各样的礼物,日本人慷慨大方,热情好客。

我们一抵达东京,就受到一大群人的欢迎,人数众多,四百名警察都无法阻止他们涌入车站广场内,最后我们终于设法上了去酒店的车,但是却停在了天皇的宫殿外,所以我们遵守了日本的习俗,在宫殿大门外下车行礼,然后再次回车上去酒店。像往常一样,我同媒体简单地会面后,直接就上了床,身体太累了,心里却很高兴。

在一个陌生的国度里醒来让我异常兴奋,一想到每一天都是崭新的、充满冒险的,我就格外激动欣喜。我哥哥告诉我:"有无数的礼物和成堆的信件都是给你的,所以我安排了一个日本秘书专门处理这类事务,警察也已经派了一名侦探,在我们逗留期间保护我们的安全。"

目前的安排是,我们今天下午去观看相扑比赛,今天晚上去剧院看歌舞伎演出，然后明天晚上我们要同日本首相犬养毅先生共进晚餐，首相的儿子犬养健给我们送来了相扑比赛门票。

相扑比赛完全不同于柔道或其他任何熟知的摔跤形式，它是日本最古老的比赛之一。观看这种比赛非常有趣，如果你不明白其中的技巧，那么整个过程看起来就极具幽默感，但是它产生的效果则既催眠又惊心动魄，两者兼而有之。

我们看完相扑比赛正要离开，这时一位信差急匆匆跑进

西德·卓别林（左二）、查理·卓别林（右三）、科诺（卓别林的秘书，就站在他身后）和相扑运动员们在日本神户合影。

——来自查理·卓别林档案馆

我们的包厢，告诉了我们一个天大的坏消息——首相犬养毅先生在家中被谋杀了。[6] 一种震惊恐怖的阴霾笼罩在人们的头上，整个国家都陷入阴郁的悲哀中。

后来首相的儿子告诉我们，是我们挽救了他的生命，因为这场悲剧发生时，他正在剧院里为我们安排票务的事情。倘若那时他在家里，也就和父亲一起被谋杀了。

这场悲剧的谋杀经过已经为世人所知，杀手装扮成士兵开枪杀害了几位岗哨，然后闯入首相的客厅，用枪指着这位年迈的绅士及其家人。首相将这些杀手带入另一个房间，不希望他妻子和孩子们看到这种暴力血腥的场面。首相的这种英雄气概与他尊贵的社会地位相得益彰，当气宇轩昂的首相先生带着这些杀手沿着狭长的走廊进入一个小房间时，他们都紧闭着双唇，静默地跟在他身后。在那个小房间里，首相镇静地让他们说出自身的怨言不满，但是他们一个字都没有说，就残忍地对这位手无寸铁的受害者开枪，之后马上离开了。

几年前，一个日本剧团来到洛杉矶，他们来之前没做任何宣传，所以倘若不是我的一位日本雇员给我偶然提起这件事，我对他们的到来应该一无所知吧。

我在这里不详细讲述那天晚上的演出了，但是这家剧院很小，位于许多商店的楼上，我坐在里面，被深深吸引。他们的歌声一开始并不悦耳动听，后来渐渐地唱出了内在的含义和美丽，就像一位诗人的挽歌，黄昏时分的一分凄凉之感，这时却听到有人在拉一种金属丝制作的乐器，这是多么讽刺啊！这种音乐似乎在回应诗人凄凉的挽歌，用一种冷酷无情的方式，这又是谁想出来的主意？剧中表演的舞蹈则像是捕捉各种画面，展现出无与伦比的线条美，就像将生活融入雕塑中，就如同将皮格马利翁和伽拉忒亚颠倒过来一般。

演员们的出色表演和精湛技巧给我留下了深刻印象，就是在看过这场表演后，我才决定去日本看看。

幸运的是，我们抵达东京时，正遇上日本歌舞伎表演节，到处都是精彩的演出，所以我们买全了所有演出的门票。

一家歌舞伎剧院可以容纳近两千名观众，演出开始时，剧幕不是向上升起，而是被拉到一边，紧接着出现了梆梆的敲木头声，这才是表演开始的信号。演员们有时从观众席间的小道上进进出出，这条小道直接通往剧院后台，这家剧院使用了一个旋转舞台，这样可以令场景变换得更快些，他们使用这种设备已达数百年了。

这场演出三点开始，十一点结束，整个节目多姿多彩，极富多样性。它是一出长剧，包括六幕，在这部戏剧中央插入了一幕音乐剧，用舞蹈讲述这个故事，女性角色由男人扮演，这些男演员们充分表演出了女性的微妙之处和独有特点，并没有招致任何攻击。

当一位演员首次出场时，欧洲观众总是报以热烈的掌声，但是这里的观众却大声地疯狂地喊着他的名字，产生令全场激动沸腾的效果。

游客对游览过的国家的看法总是不太正确，尤其是名人的意见，因为名人总是通过粉丝外在的激动情感形成自己的看法。然而名人抵达某个国家后，媒体问名人的第一个问题永远都是对他们国家的看法，然而外在的印象也是同这个国家内在的灵魂相关联的。

倘若你现在问我对日本的看法，我会说它是一个互相矛盾、缺少协调一致的国度，举个简单例子，一个男人，身穿日本和服，头上却戴着圆顶窄边礼帽，还有就是有些人穿的是西式服装，抛弃了他们本民族的丝绸工业。

甚至他们的艺术也受到了西方势力的破坏，一些大师级名人，如葛饰北斋、铃木春信、喜多川哥磨和广重等，他们开创和倡导的艺术流派早已完全荒废不堪了，取而代之的则是杂乱的创业者们，他们的艺术作品风格既不是日本的也不是欧洲的。

松竹影院的老板大谷先生[7]在其寓所举办了一场别开生面

的宴会。我们一抵达那里，就脱掉靴子，穿上舒适的毛毡拖鞋。把我介绍给他的家人后，又将我介绍给了舞台和电影的演员们，其中包括几位艺伎。晚宴上，我们在不同的房间，品尝不同的菜品，随后还安排了演出。

另一件有趣的事发生在堀越夫人宅邸的茶宴上。这位魅力超凡的夫人建了一所学校，她自己教授她朋友的女儿们，在那里她接触了茶道的高雅艺术。在日本我看到了茶道表现

1932年5月，查理·卓别林（左一）和西德·卓别林（左三）体验日本的传统茶道，卓别林的秘书科诺位于第二张桌子旁。

——来自查理·卓别林档案馆

出了这个国家的性格和灵魂——这也许不是现代日本的特征，而是昨日日本的特征。它体现了一种生命哲学，凭茶道这种简单的举动就能让人心旷神怡，借助日常的一件小事彰显出生活的艺术。

茶道的历史悠久源长，可以追溯到数千年前。我听说日本武士看着房内的女主人娴静优雅地为他们准备绿茶，能抚慰他们刚刚经历战争之苦的神经。研究表明，茶道中的每一个动作都可以产生宁静之美，在茶道的整个过程中没有一点声响，没有一个多余的手势，你就坐在那里静静地看着这场唯美的茶道画面，在这种神圣的宁静中，你放松疲惫的心灵，享受一杯杯玉浆琼汁。

对追求实际的西方人来说，茶道可能有些奇怪琐碎，然而倘若我们将对美的追求视为人生的最高目标，那么还有什么比在普通生活中就可以追求美还要合理呢？

旅游即将到尾声了，我要返回好莱坞了。回首这些假期，它们都给我留下了永不磨灭的记忆。我游览了欧洲及其他不同的国家，它们正卷入某种动荡不安的状态中，似乎正在酝酿着一个崭新的时代——一个有神论的社会经济变革中，这在文明史的长河中是史无前例的。它鼓舞着我向前走，想去成就一番事业，不是按照旧有的方式，而是以一种崭新的面貌和途径，也许是在另一个领域里，开创出一番惊心动魄的天地。

最后我们抵达西雅图，我接受了媒体的采访，所有人都似乎非常热情友好，自从我离开后，美国也发生了许多变化，那种产生于繁荣成功的蓬勃精神已经消失殆尽，取而代之的则是成熟和冷静。

我从西雅图回好莱坞的途中，经过华盛顿富饶的农田、俄勒冈茂密的松林和加利福尼亚的葡萄园和果园，我简直难以置信，这里拥有这么多实实在在的财富，而这里的一亿人却在凭空等待着。

不管怎样，我回到美国，心里非常高兴，我终于又回到好莱坞这个家了。有时也不知出于什么原因，我觉得美国就是整个世界的希望，无论这个处于变革的世界发生什么划时代的变化，美国将会勇于迎接挑战，力挽狂澜。

注释：

1　彼得·赫尔克（1893—1988）是这部分内容的插图画家，他的作品至今为人喜爱并收藏。跟这个系列的其他插图画家一样，赫尔克也是毕业于纽约的艺术学生联盟。他对汽车的研究尤其出名，在国外的四年，他做了一些英国汽车广告，并因此获得了这个专长，也激发了他的热情。他写了两本插画的书，《方格旗》和《伟大的汽车比赛》。

2 据西德·卓别林笔记（卓别林档案馆），这两个年轻人是西顿和约翰逊。

3 这期间阿尔·赫什菲尔德（1903—2003）和他的妻子弗洛伦斯住在巴厘岛上，因为在那里当画家的花费会很低。就卓别林的拜访，弗洛伦斯写了一篇很长的文章，标题为《巴厘人查理·卓别林》，刊登在1932年6月12日的《纽约先驱报》上。其中一段，她这样写道："卓别林入乡随俗，他从香蕉叶做的盘子里抓饭吃，蹲在地上看斗鸡，会去任意地方看看当地人跳一段舞或是听一首曲子。他对舞蹈和音乐的理解是惊人的。这里的音乐跟西方的是完全不一样的，在巴厘岛住了很长时间的人都很难诠释它，而卓别林在离开表演后，凭着准确无误的天资，能将整节曲子哼唱下来。而他对舞蹈的模仿，大概能让百老汇人满为患。"

4 沃尔特·史毕斯，1898年9月14日生于俄国，1923年二十五岁的他去了印度尼西亚，1927年在他二十九岁时又搬去了巴厘岛。在巴厘岛，沃尔特·史毕斯是人们公认的，最伟大也最夺目的画家，他的名字堪比传奇。第一次世界大战后，他投身于勇于创新的魏玛共和国，拥抱德国艺术的先驱。作为德国大导演弗雷德里希·穆瑙的情人，他能近距离接触奥托·迪克斯和奥斯卡·柯克施卡，而这两个人对他的绘画影响很大。1919年在写给父亲的信中，他谈到，他希望能摆脱对品位和美的既有认定和偏见，利用夏加尔和克利的技巧，像个孩子一样自由绘画。巴厘岛愿意成全他的自由，实现他的愿望。

5 据西德·卓别林的笔记（卓别林档案馆），在跳克里斯舞时，"舞者会陷入着迷状态，这时祭司会在他们身上洒圣水，让他们清醒过来。……在开始跳舞前，我们看到，所有的年轻人都空出了前排的座椅，以供年长者就座。有人告知我们，他们坐在那里是为了保护我们，防止跳舞的人拿刀袭击我们，因为在入迷的状态下他们会有这种倾向"。

6 唐纳德·里奇写道，"犬养毅首相是日本自由派的代表人物之一。他长期为争取议会民主制而奋斗，自他起，与中国建立了友好关系，而这种想法是有悖于日本军事冒险派的。

"很多年以后，卓别林才了解到他的遭遇与这次暗杀之间的联系。在审判行刺首相的这些人时，里面的头目古贺清志海军中尉证实，他们本来策划的是另一场暗杀，而对象就是查理·卓别林。

"这个著名的喜剧演员本来会在5月15日会见犬养毅,而到时候两个人都将遇刺。诉讼过程中,法官询问古贺谋杀卓别林的目的是什么。这个年轻人回道(此话来自休·拜厄斯,同时此次讲述也摘自此人):'卓别林在美国是公众人物,备受资本家的喜爱。我们相信,杀掉他能够挑起美日战争。'然而,日本方面却说,刺杀卓别林只不过会让人产生这种疑虑,那就是发动政变也许更简单有效。"(《尊敬的访客》拉特兰,佛蒙特州:查尔斯·E.塔特尔联合出版,1994年,第110—111页。)

7 武次郎·大谷(1877—1969),于1895年和他的同胞哥哥松次郎·希赖共同创建了小竹(1902年命名),一家歌舞伎演出公司。2013年11月24日,塞缪尔·莱特向我提供了这一信息。

附 录

旅行路线

1931 年

2 月

13 日	离开纽约，前往毛里塔尼亚。
19 日	到达普利茅斯港，乘坐火车到帕丁顿车站。
20 日	参观肯宁顿区和汉威尔中学。
21 日	游历老贝利街和旺兹沃思监狱。
22 日	参观英国首相乡间别墅。
23 日	在伯灵顿市场街购物；与兰道夫·丘吉尔和伯肯海德勋爵一起在夸格利诺饭店吃午餐；与菲利普·沙逊在乡间开车兜风，在帕克巷用晚餐。
24 日	与菲利普·沙逊和劳合·乔治一起在下议院吃午餐。
25 日	在阿斯特子爵夫人的克利夫登别墅参加午宴，偶遇萧伯纳；在温斯顿·丘吉尔先生的查特韦庄园用晚餐并留宿。
27 日	在多米尼剧院出席电影《城市之光》的首映仪式；参加在卡尔顿酒店举办的派对。

3月

1日　　　拜访托马斯·伯克；和拉尔夫·巴顿一起参观位于伦敦北部的锡永圣母院（去看望巴顿的女儿）。

3日　　　在下议院与阿斯特子爵夫人、劳合·乔治、柯克伍德共进午宴；首次发表经济演讲；在霍尔本剧院观看乔治·罗比的演出。

5日　　　参观伊顿镇；受到伊顿中学热情款待。

8日　　　由利物浦街车站离开伦敦。

9日　　　到达德国柏林，入住阿德隆酒店；问候玛琳·黛德丽；观看艾里希·卡洛夫的表演。

10日　　参观老柏林；和霍勒斯·拉姆伯特一起去大都会剧院；在卡尔·沃默尔的大厅内参加派对。

11日　　参观警察博物馆；参观斯卡拉大剧院。

12日　　遇暴风雪，卓别林病了。

13日　　拜访德国国会议员约瑟夫·维尔特博士。

14日　　和亨利王子在波茨坦旅行；在《利里奥姆》的表演中见到汉斯·阿尔伯斯。

15日　　与爱因斯坦在他家中一起喝茶；动身前往维也纳，在那里卓别林将第一次提到有声电影拍摄。

16日	到达维也纳，参观工人公寓；参观剧院并欣赏卡巴莱歌舞表演。
17日	与奥斯卡·施特劳斯见面；与英国公使馆人员一起用餐。
19日	离开维也纳，前往威尼斯。
20日	到达意大利威尼斯。
21日	与英国领事一起喝茶；参观监狱和水牢；参加晚宴和舞会。
22日	离开威尼斯。
23日	回到巴黎；登记入住克利翁酒店；因为和诺瓦耶夫人和阿里斯蒂德·百里安先生在法国政府大楼一起用午餐而产生绯闻，进而取消了去布达佩斯的旅行；与勒穆尔伯爵一起用午餐；晚上和艾弗雷德·杰克逊一起观看女神娱乐俱乐部的彩排。
24日	在威斯敏斯特公爵位于法国圣桑的庄园狩猎野猪。
26日	在爱丽舍宫拜见比利时国王阿尔伯特。
27日	回到巴黎，阿里斯蒂德·百里安授予其法国荣誉军团勋章。

31 日	与维拉·罗伯茨签订《妇女良伴》的合同;离开巴黎。

4月

1 日	到达法国尼斯,在午宴期间遇到弗兰克·J.高德、哥哥西德·卓别林和艾尔莎·麦克威尔;在摩纳哥王子举办的《城市之光》首映仪式上和康诺特公爵一起用茶;在卡西诺俱乐部参加高德夫人主办的午宴,会见梅特林克。
14 日	从尼斯到马赛,准备前往阿尔及尔。
15 日	抵达阿尔及尔。
26 日	返回马赛。
28 日	在马赛与艾梅·森普尔·麦克弗森会面,登上同一艘船前往法国蔚蓝海岸朱安雷宾。

5月

	到达法属里维埃拉,主要是在法国蔚蓝海岸。
9 日	婉拒了在法国蔚蓝海岸举行的御前演出。
30 日	在法国戛纳和艾米尔·路德维希用午餐。

6月

在法属里维埃拉,主要是在法国蔚蓝海岸。
在格拉斯拜访赫伯特·乔治·威尔斯。

	在尼斯和弗兰克·哈里斯一起吃午餐。
7月	
	在法属里维埃拉,主要是瑞昂莱潘。
15日	参加女演员格瑞斯·摩尔在戛纳举办的婚礼。
8月	
6日	前往莫里斯·切瓦利亚在戛纳的豪宅拜访;和哈里·达瑞斯特一起开车前往比亚里兹,并在位于普瓦捷的布里萨克城堡留宿。
8日	卓别林在布尔戈尔附近遭遇车祸(当时达瑞斯特也在车内)。
9日	在西班牙圣塞巴斯蒂安观看斗牛表演。
14日	与温斯顿·丘吉尔在比亚里兹一起吃晚餐。
9月	
1日	在比亚里兹,与飞行员迈克尔·德·特罗亚和亨利·科切特驾驶飞机空翻。
2日	在西班牙盖塔里参加网球慈善赛。
7日	第一次在一场为战争伤员募捐的慈善活动上见到威尔士亲王。
18日	返回伦敦,午夜离开巴黎咖啡馆后被粉丝包围。
19—21日	和温斯顿·丘吉尔一起在查特维尔庄园过周末。

22 日	在坎宁镇贝克顿路上的 C.L. 卡蒂娅家会见甘地。
23 日	去奥托琳·莫瑞尔女士家喝茶。
30 日	去帕丁顿·格林儿童医院看望孩子们。

10 月

9 日	在下议院外偶遇拉姆齐·麦克唐纳。
23 日	在普林斯迪区乔装参加保守党的选举会议；街上偶遇丹多。
24 日	在维多利亚王宫观看歌舞短剧明星查理·奥斯汀的表演。
27 日	在塞尔福里奇家参加选举大胜庆功宴。

11 月

1 日	首次去沃特莱茨俱乐部。
8 日	前往曼彻斯特旅行，随后去往埃文河畔斯特拉福（莎士比亚故乡），并在那里留宿。
9 日	游览布莱克尔，在公牛酒店留宿。
10 日	在切斯特简单购物。
13 日	在温德姆斯剧院观看爱德格·华莱士编写的戏剧《受惊吓的女士》。
14—16 日	与阿斯特子爵及其夫人在普利茅斯的艾略特别墅一起度过周末。

14 日	参加伦敦东区保守党协会组织的惠斯特牌戏比赛和舞会。
15 日	陪同普利茅斯市长出席新电影院的剪彩仪式。
16 日	参观巴拉德学院（男子学校）。
19 日	参加北方医院冰雪狂欢节，威尔士亲王出席。
20 日	和阿斯特子爵夫人一起前往下议院。
26 日	参观杜莎夫人蜡像馆里的恐怖屋。

12 月

1 日	出席伦敦法院关于梅·谢波德部长的一桩诉讼案。
21 日	在瑞士圣莫里茨与西德·卓别林和道格拉斯·费尔班克斯一起学习滑雪艺术。

1932 年

1 月

24 日	卡莱尔·罗宾逊辞职。
27 日	担任皇宫酒店舞蹈比赛的裁判；担任红酒拍卖商。

2 月

在圣莫里茨。

3月

5日　　从米兰乘车凯旋后,入住罗马埃克塞西尔酒店。

7日　　从那不勒斯乘坐昭和丸号,动身前往日本神户。

20日　　穿过塞得港(埃及港口)后,抵达开罗;参观了狮身人面像和吉萨金字塔,入住牧羊人酒店。

21日　　离开塞得港,前往锡兰。

23日　　抵达科伦坡(斯里兰卡首都),乘车前往康提,并在那里过夜。

24日　　乘车返回科伦坡,参观了生产茶叶和橡胶的工厂,离开锡兰。

25日　　抵达新加坡,由于感染登革热紧急住院治疗。

28日　　离开新加坡,前往爪哇岛。

30日　　在爪哇岛的巴达维亚,卓别林吸引了大群孩子簇拥着他。

31日　　坐车去加鲁特,宿于那里的加普朗酒店。

4月

1日　　坐车去特吉苏罗潘温泉、莱莱斯和拜根迪特温泉湖,再坐火车去往德沃克雅加达,住宿在那里的大酒店。

2日　　参观婆罗浮屠寺,乘车前往泗水,并在橘子酒

	店留宿。
3日	乘坐K.P.M.蒸汽轮船前往巴厘岛。
19日	感染登革热。
22日	抵达新加坡，再次住院，在新加坡休养，等待乘船前往日本。

5月

14日	抵达日本神户，12小时后到达东京。
15日	下午观看相扑，在歌舞伎剧院观看表演，犬养毅遇刺。
25日	参观东京附近的一所监狱。
28—29日	在日本宫下过周末，一个位于东京西南方向45英里左右的山地度假村。
30日	为表示哀悼，和犬养健共进晚餐（他的父亲最近被刺杀）。

6月

2日	同犬养健在著名的滨町餐厅共进午餐。短暂拜访斋藤首相后乘坐冰川丸号客轮离开东京。
13日	抵达加拿大不列颠哥伦比亚省温哥华。
16日	抵达洛杉矶。
27日	《经济政策》向媒体发布。

1933 年

1 月

7 日　　　　　将《卓别林：我的环球之旅》的前半部分邮寄给维拉·罗伯茨。

2 月

25 日　　　　将《卓别林：我的环球之旅》的后半部分邮寄给维拉·罗伯茨。

9 月

　　　　　　《卓别林：我的环球之旅》在《妇女良伴》杂志上开始发表第一篇。

1934 年

1 月

　　　　　　《卓别林：我的环球之旅》在《妇女良伴》杂志上结束最后一篇的连载。

选自档案报刊集：荣获法国荣誉军团勋章

  为了获得法国政府的授勋，卓别林忍受着身边种种非议，但他并未在自己的回忆录中详细描述这些争议。

  他的目标一直是获得那枚他极为珍视的法国荣誉军团骑士勋章，该勋章相当于英国的骑士爵位。可是，为了获得这枚象征荣誉和尊重的勋章，他花费了将近十年的光阴，也经历了比别人曲折百倍的艰辛和苦难。这个故事是从卓别林1921年9月到10月间第一次返回欧洲的旅行开始，这次旅行是卓别林移居美国从事电影事业后第一次返乡之旅，虽然大部分日程安排集中在伦敦，但是他和他的团队还是在行程中安排了三次前往巴黎的旅行。诚然，这次旅行的重要部分是和那些第一次见到他就称呼其为"夏洛特"的法国民众见面，但同时卓别林也似乎得到了一种承诺，那便是他会被"授勋"，无论这个所谓"授勋"在当时具有何种意义。卓别林第三次前往巴黎时，表面上是参加《寻子遇仙记》在法国特罗卡迪罗的首映仪式，结果真的授勋了。但是，这次授予他的勋章是"学术界棕榈叶勋章"，这种勋章通常授予法国公立学校的优秀教师。经过诸多努力，卓别林还是没能获得他梦寐以求的那枚奖章，只能两手空空返回美国。但是卓别林在《我的国外之旅》

中对这种失望只字未提：

"玛丽·皮克福德和道格·费尔班克斯好心祝贺我的此次授勋，我也向他们讲述了自己在授勋演说中的拙劣表现。我知道，我面对这种场合毫无经验可言。……后来，他们想看看我荣获的勋章，这倒也提醒我自己还没有仔细看过它。于是，我打开了那份羊皮纸证书，道格大声朗读着教育文化部大臣写给我的溢美之词，这些文字让查理·卓别林，一位艺术家和剧作家，成为了一名'国民教育官员'。"

卓别林所追求的那份荣誉，即法国荣誉军团勋章一直都在那里，它的官方网站上详细介绍了这枚勋章及其历史。

"该组织的建立是作为军事机构，其名字已经彰显其等级，它的成员按小组分配到国家的不同区域。这是一个针对平民社会的组织。

"这个新安排，是在第一执政官波拿巴的倡导下建立的，是为了组成一个精英军团，里面的成员既有军人的勇敢，也有平民的专长，最终奠定出一个新型社会服务于国家。

"共和十年花月14日（1802年5月4日），波拿巴向最高行政法院提出：'如果我们分别向市民和军人颁发勋章，那我们就得建立两套独立的评审制度，但国家只有一个。如果我们只向军人颁发勋章，那将更糟，因为这样我们的国家失去价值了。'"

十年后，即 1931 年 2 月，卓别林开始了第二次欧洲之行。这一次，查理和他的随行人员为了能够赶上 3 月 27 日在巴黎举行的授勋仪式，特意缩短了在威尼斯的日程。但是这一次，骑士勋章的获得者早已锁定了法国漫画家卡米和他的朋友们。媒体这次并没有像卓别林在《卓别林：我的环球之旅》中描写的那样，它们果断地对这次授勋仪式进行了报道。下面的几页文字摘录自卓别林档案报刊集，这些文字描述了当时关于这件事情的大量细节，包括事件的背景及周遭的争议等。第二篇文章由詹姆斯·阿贝主笔，他是一位极具天赋的明星摄影师（詹姆斯·阿贝在《朝圣者》里最精彩的宣传剧照也许就是他拍摄的最著名的卓别林形象），这篇文章也给我们提供了观察这件事情的一个重要视角。

《西雅图（华盛顿）邮报》

1931 年 7 月 26 日

《卓别林那令人烦恼的法国荣誉军团勋章》

当卓别林接受这具有历史纪念意义的勋章时，颁奖人亲吻他的双颊，随后他因为授勋而备受责难甚至侮辱。迄今为止，法国人民迫切渴望推行彻底变革，甚至意欲废除这项授勋制度。

授予查理·卓别林法国荣誉军团骑士勋章的事件造成了极大影响，人们威胁要通过取缔拿破仑·波拿巴创立的法国荣誉军团勋章来废止所有其他类似的荣誉。实际上，这件事让这位著名喜剧大师烦恼不已。

真正的喜剧里总是夹杂着些许悲剧和忧伤的色彩，卓别林因为能够表现电影中的某些特定情节而闻名遐迩，这些情节包括亲吻贵妇人的手，或者卷入其他一些搞笑的情景，例如一块砖头砸到他头上或者骡子踢了他的屁股。这些搞笑的情景正是对他授勋仪式的准确描述。当这些搞笑的情景发生在真实生活中时，卓别林发现它们远没有电影中看起来那样美妙有趣。

闪闪发亮的十字架和悬挂着荣誉军团勋章的华丽红丝带戴在了卓别林的胸前，这似乎在证明，法国不仅仅授予他荣誉，或是爱戴他，还或许包含着更深的意味。重要的是，这里面并没有任何愚弄的成分。授勋现场，时任法国外交部秘书长菲利普·贝洛特亲吻了他的双颊。

但当法国媒体紧追不舍报道此事的时候，铺天盖地的新闻让他几乎无法走出外交部秘书长办公室的大门。媒体朋友们不是在卓别林屁股上狠踢了一小脚，而是许多脚。卓别林自己在阅读新闻时惊讶地发现，在他刚刚加入的荣誉军团里许多成员也十分抗拒外务大臣将荣誉军团奖章颁发给自己。

他读到了其中一群抗议者在新闻报刊上的话，"为什么要将用英雄鲜血染红的红丝带授予一个小丑？"其实卓别林是当时社会大环境的受害者。远非人们所说的那样，他在任何方面都不够资格获得这份殊荣。实际上，一直以来他可能是最有资格获得授勋的人。但是，当时法国民怨沸腾，对自己失去的美好事物感到义愤填膺，对所期待的未来却满是狐疑。就是在这并不恰当的时刻，法国政府授予了卓别林这份殊荣。

不幸的是，就在卓别林授勋之前的几个小时里，约瑟芬·贝克，一位来自纽约哈姆莱区的演员，就宣布了 M.贝洛特先生已经许诺将法国荣誉军团勋章颁发给她。这位年轻而身着艳丽衣服的女子，人们或将其笑称为"黑人圣女"的演员，只能通过舞蹈表演和这种被人嘲笑的方式来愉悦法国民众，基本没有做过其他任何事情。然而，就在她宣布自己即将被授勋不久前，一位法国奶酪的女发明人也被提议授勋，因为她的奶酪里没有添加任何来自阿拉伯的香料。给后者的授勋并没有打破先例，因为过去法国名厨艾斯可菲先生也已经被授予红丝带和荣誉军团勋章，他是法国蜜桃冰激凌的发明者，还获得了法国烹饪界的诸多荣誉。

然而最后的结果却是，这次授勋引起了巴黎民众关于废止法国军团荣誉勋章授勋或者至少是停止授予低等级勋章的大讨论。而且，不久之后，提案便会提交至法国下议院，这是法国历史上第三次关于废止法国军团荣誉勋章授勋的讨论。第二次关于废止这项授勋的讨论发生在这块奖章被颁发给塞西尔·索雷尔女士的时候，当时官方声称授予她这份荣誉是由于她在演艺界的极高资历。但是，以往的一些授勋者则公开指责，除了她的演艺事业，并没有其他令人信服的依据足以让塞西尔获得这份荣誉。这些授勋者包括在战场上冒着生命危险为法国而战的战士以及取得其他成就的人们，而这些成就更符合拿破仑创立这项荣誉勋章时的初衷。

而报纸上刊登的关于卓别林授勋的漫画比它们撰写的新闻更具有侮辱意味。

卓别林拿起一份法国著名的《人道报》，看到了一幅讽刺漫画，漫画中描述了两个关于卓别林的夸张形象，其中一个夸张形象将荣誉勋章的玫瑰花饰别在扣眼里，小巧的花饰甚至占据了本该佩戴勋章的位置，另一个卓别林的夸张形象则用一根拐棍指着它。在法国，卓别林在电影中被人们所熟知的形象是"夏洛特"。而漫画下方是一行法语说明文字：

"夏洛特：这是什么？卓别林先生，您去过五金市场吗？"

一位法国人不得不向卓别林解释所谓五金市场就是旧货市场，这已经够糟了。然而，当卓别林翻开《影视杂志》的时候，看到了另一幅关于自己的讽刺漫画。漫画中，自己站在凯旋门上，奖章就放在胸前，并且用法语说：

"我合适的位置在哪儿？就在这儿！在地上？呸！只有那些

无名之辈才在那里呢!"

当人们意识到那些法国的无名英雄就埋在凯旋门下时,那个关于"无名之辈"的隐喻显然成为了所能设计出的最具有侮辱意味的文字说明。

在同一版面上还有一篇刻薄的评论文章,文章中作者讨论的话题就好像是这枚荣誉勋章授予了"夏洛特"而非卓别林本人似的。

"伟大的国际联盟中,所有那些曾为夏洛特在银幕上的精彩演出喝彩的成员都会称赞法国的这一令人振奋的举动,即授予卓别林法国荣誉军团骑士勋位。"我的一名同事说道:"我们应该嘲笑他们吗?又或者我们应该为此而哭泣?都不是!我们只要耸耸肩,表示我们的不屑即可,如果我们做其他任何多余的行为都是对拿破仑一世所创立的这份荣誉的玷污。""夏洛特是一个伟大的艺术家,我对此没有异议。但是,他为人类整体的进步做出过什么贡献?而他又为法国做过什么特殊的贡献?"

此外,另一幅漫画中,当一名游客从他身后的楼梯进入房间时,旅馆的看门人正在和他的朋友交谈。那个看门人说:"我觉得这个人一定有问题,其他人都有荣誉军团勋章,就他没有。"

除此之外,周围仍充斥着不利的言论。当时,那位极具个性和独创意识的女诗人安娜·德·诺瓦耶伯爵夫人被授予那尊贵的红绶带时，居里夫人还没有被授勋，她是一位发现了镭元素并为科学领域开辟新道路的杰出女性。然而，伯爵夫人此时却被授予了荣誉军团司令的勋位。在这种情形下，人们义愤填膺，纷纷在各大报纸和杂志撰写一些礼貌性的滑稽嘲讽的评论文章，借此来发泄自己的不满情绪。他们也通过这种独特的方式祝贺伯爵夫人获得红绶带。

不久之前，一些英勇的水手刚刚拯救了一船渔民的性命，法国国务秘书表扬他们的英勇行为，同时也遗憾地表示，他手里只有两枚法国荣誉军团勋章了。

令许多法国人民心痛的是，有些人为国家所做的贡献并不能令人信服，但似乎总能获得红绶带和十字勋章，而对于那些真正的英雄们，授勋仪式却总是姗姗来迟，这种耽误和拖延简直令人愤懑不已。

维多琳·贝赛德斯太太，一位勇敢的修女，她将自己生命中的五十年都奉献在照看塞内加尔那些遭受登革热病痛折磨的病人。但是，一直到79岁，她才被授予荣誉勋章。然而，简奴·朗万，一名时装设计师，却年纪轻轻就得到了这份殊荣，并且可以拿来炫耀一番。

1897年，一名海军见习军官在法国装甲舰耶拿号上安装设备时光荣牺牲，事后被提名授予法国荣誉军团骑士勋章，但他的家人整整等待了19年才等到这份提议被法国政府认可。与此同时，科尔尼谢，那个著名的赌场老板，他的朋友们提议授予他"象征勇气的勋章"后，仅仅等了几个月便获得了授勋。

马蒂兰·勒·吉尤，一位法国海军军官，取得过20场交战胜利的战斗英雄，成功拯救了圣女贞德号巡洋舰，令其免遭爆炸的破坏。他被获准加入荣誉军团了吗？没有，他的名字只是被"提议"授勋罢了。但是，某位杜瓦尔先生就凭着在法国市政厅看管巴黎公共汽车公司的财物，就获得了玫瑰花形勋章。同样，一位火车司机也被授勋了，只因为法国前总统加斯东·杜梅格乘坐了这辆火车前往瑟堡。

另一个不用等待很久就授勋的是诺夫博士，他因为著名的猴腺移植手术而受到认可并授勋，然而迄今为止，那些技术并不可信。那枚闪闪发光的勋章也别在了乔治·卡庞蒂埃的身上，他是一名职业拳击冠军。当时，人们并没有过分在意这件事，因为大家认为，他至少在擂台上还是很勇敢地进行比赛。但是，人们会问，他为什么没有得到美国拳击赞助人杰夫·迪克逊的支持呢？杰夫·迪克逊已经成为巴黎特克斯·理查德式的人物了。

其他因为授勋而引起全法国民怨沸腾的还有卡洛塔·赞贝利小姐，一名舞女；M.德拉内姆，一名声望远不及卓别林的喜剧演员；巴隆塞利和罗德斯，两位电影导演；以及乔治·马奎特，一位法国尼斯的酒店老板。

但是当那位衣着艳丽的歌星兼舞蹈演员约瑟芬·贝克宣布,由于她将"查尔斯顿舞"和"黑臀舞"引入巴黎,所以已经授予许多人荣誉的贝洛特先生已经许诺将同样的奖章授予她。法国人民再也忍无可忍了,这件事也成为压垮法国民众底线的最后一根稻草。法国各大报刊上也刊载了各种讽刺漫画,漫画里贝克小姐和塞西尔·索雷尔太太身上除了佩戴荣誉勋章和红绶带外,一丝不挂。

这种贩卖般的授勋已经一次又一次地被法国媒体曝光,但是出于爱国的目的,报刊上很少有文章提及,为什么法国荣誉军团勋章会授予这么多外国人。

然而这种看似贿赂的行为并没有使法国的精英阶层感到光荣,与此同时,他们认为政府之所以这样做,只是为了国家的整体利益,所以他们对此也不发表任何评论。然而最近,摩洛哥、叙利亚以及安南地区的盗匪们背叛了自己的兄弟、宗族和宗教信仰,转而为法国帝国主义效命,法国政府为了表彰他们这种行为,决定授予他们荣誉军团骑士勋章。但是,这种嘉奖方式遭到了法国人权联盟的强烈抗议,以至于法国各大报刊也刊登了相关评论。

虽然查理·卓别林被称为"小丑",但他还是非常幸运的,因为没有人认为他是通过行贿或者出卖自己的祖国或公司来获得这份荣誉。那么他因何而得到这份荣誉呢？其实卓别林比其他许多人都更值得被授勋。但是，这份荣誉有时必须授予一些在国际上声名显赫的外国人，否则这枚法国军团荣誉勋章就会很快失去它的价值，即作为向某些不知名却身居高位人行贿的工具，收买他们在背后为法国秘密办理一些国家事务，因为如果公开用合法正当途径来处理这些国务，那将会花费上百万法郎的资金。

然而，那份荣誉是可以被取消的，而且政府滥用授勋权力的行为已经招致和授勋次数一样多的丑闻。很多荣誉军团成员因为欺诈和其他犯罪行为而遭受谴责，比如埃菲尔先生因为挪用两千万法郎的公共资金而被判有罪。然而荣誉军团大法院的法官们却在法庭上试图袒护这些犯罪的成员并保住他们的勋位，这种臭名昭著的行为也让他们背负了骂名。

1897年，荣誉军团大法院被迫禁止那些已经取得所谓"国民功勋"并用这份功绩换得荣誉勋章的公民们，用所获得的勋章做广告或者摆在橱窗里展示而进行商品促销。这些公民们包括杂货商、男装店主、女式内衣店主、香水和酒水的制造商们。就像英国的荣誉称号一样，法国的勋章也只会兜售给最高的出价者。

1927年，商务部的马塞尔·罗特和凯姆斯及杜姆林一道试图大规模出售法国荣誉军团勋章，有些奖章的售价竟然低至四千美元。一位名叫查普格德的药剂师就以如此低廉的价格买到了一枚法国军团荣誉勋章，另外一名叫杜马斯的人也以同样的价格买到了一枚。但是，一名叫哥萨德的羊毛商人却花了比前两人多三倍的价钱才买到了一枚同样的勋章。

事实上，许多富人买到勋章后，从来没有佩戴过，甚至于从未提及过它。据说，他们跟自己的朋友们说，他们根本不想要这种东西，感觉自己是被迫购买的，只为了自己在做生意时能获得一些政治上的关照罢了。

现在的法国荣誉军团勋章已经一文不值了，政客们强迫商人购买这些荣誉勋章，而商人们得到这些珍贵的奖章后看都不看一眼，便把它丢弃在抽屉里，就像丢弃那些他们被迫购买的政客们举办的舞会门票一样。如果伟大的拿破仑知道，他在 1802 年所设立的用来奖励那些为国牺牲的英雄主义行为和勇敢事迹的法国荣誉军团勋章，已经"廉价"到了如此地步，他一定会从自己紫红色的斑岩石棺里站出来。

《纽约先驱论坛报》

1931 年 4 月 26 日

拍摄卓别林：令人捉摸不透的电影界的国王查理，正式前往法国旅游期间，在巴黎答应了一位四处流浪的摄影师的要求，卓别林可以摆好造型，让他为自己拍摄一组照片。而卓别林也得知，这位摄影师是马克·森内特喜剧学院的校友。最后仅仅让这位摄影师等了一周，卓别林便履行了他的承诺。

詹姆斯·E.阿贝报道

过去整个一周，我都将相机架设在套房最豪华的客厅中，准备为卓别林拍照，因为卓别林入住在这间古色古香的克利翁酒店的套房。

卓别林的贴身男仆多哥通知我，由于一些尊贵的巴黎社会名流们要先和卓别林会面，拍照事宜只能延后。这些名流们包括学者、外交家等，还有代表英国皇室前来的威斯敏斯特公爵。

查理在抵达巴黎的当天，亲自告诉我说，相机已经准备好，他一有时间就会找我给他拍照。因为，我在好莱坞片场为他拍摄剧照已达十年之久，而且我们都是马克·森内特喜剧学院的校友。

我的相机坚韧地等待了七天，没有一丝怨言，而我就坐在套间外的客厅里，坐在我身边的还有一位卓别林的双语秘书，他不停地在两种语言间来回转换，回复着各种来电。

查理对巴黎的所有人都亲切和蔼，但他毕竟只是一个人，实在没办法接受所有的邀请，去见所有想见他的人。所以，他就把这件事情交给了这位极具效率、圆滑老练的勒莎小姐，希望她对所有打来电话的人回复时圆满周到，不会替这位难以捉摸的夏洛特先生做出任何承诺。

卡尔·罗宾逊顶着查理"私人经理"的头衔在房间里走来走去，听着那位秘书低声地向他——说明来访者的要求、社会地位等，并且尽他所能决定，谁有可能进入这套房间的外围客厅，只为能瞧一眼卓别林。

身穿制服的男侍者没经传叫就进来了，手里拿着一张张拜访人的名片和成捆的信件。

虽然我可以如此近距离亲近这位在巴黎最受欢迎的人，但也正由于他实在太受欢迎，所以我只得在这里苦苦等待他。随着日子一天天过去，我对这件事也不再那么抗拒和反感了。

有时我也无法忍受屋里其他人对此感到失望的声音，这时我就会漫步到那巨大的法式落地窗前，透过外面的阳台注视着巴黎协和广场。就是在这个广场上，法国大革命时期，国王路易十六、王后玛丽·安托瓦内特及他们的同僚们被送上了断头台。

在夏洛特刚抵达巴黎时，也就是在这个阳台上，他向广场上喜爱他的法国人民表达问候和致意。后来，每天大概中午时分，我就会斜倚在这栏杆上，看着查理受到那些法国仰慕者及媒体拍照者的责难和批评，而与我的约定只能一拖再拖了。

即使你能支付起克利翁酒店这间特殊套房的房价，也未必就能入住这里，这间套房不对外开放。这里我只提几位近现代的名人，例如美国的潘兴将军、豪斯上校、埃及国王、劳合·乔治、摩洛哥的苏丹王和突尼斯的贝伊国王曾经入住这里。

在路易十六统治时期，这间特殊套房是专门为国王陛下更为重要的贵宾们预留的。

卡尔·罗宾逊告诉我，这只是卓别林众多莫名其妙的怪念头之一，而正是这个怪念头令我、我的相机和灯具一起被扔到这个曾令那些贵人们丢掉脑袋的地方。

卡尔·罗宾逊的职衔是"私人经理"，但就我所见到的，这一头衔使人产生误解。我猜想，没有人能真正管理查理。然而，在法国人看来，卡尔作为查理的得力助手，拥有极大的特权。如果有人给法国警察下巴上狠狠一拳，那么很少有人能免于牢狱之苦，但对于卡尔却另当别论。当查理在里昂车站下火车时，大约一万名法国人在车站上等着见他。一队精锐的警察不断驱赶着周边高举双手、热情洋溢的民众，为卓别林开路，好让他能进入汽车。但是不知怎么的，我们的"私人经理"和查理分开了，正好碰到一名警官伸着双臂阻挡着他的去路。他二话没说，就给了那名警官下巴一拳，随后那名警官和旁边的警察一下子都倒下了，但只倒下了一小会儿。

当被激怒的警官追上袭击他的人时，卡尔早已和卓别林手挽手走在一起了，而最终道歉的却是那名警官。

查理私人工作人员的一项重要工作是防止将他旅行中最丰富

多彩的故事和经历泄露到媒体记者的手里。查理必须保有至少五万字的关于这次旅行中的奇闻轶事，以便将来自己写一本关于此次旅行的书，而这本书里每一个字价值一美元。

外行人可能会想，查理和随从们的此次旅行无论规模和排场都如此巨大，仅仅五万美元恐怕并不足以支付全部费用。但实际上，查理在旅行中所做的仅仅是受邀参加仰慕者们为他举办的早餐会、午宴或晚宴，抑或接受他们馈赠的礼物、经火车运来的私人汽车，或是接收饭店经理寄来的账单发票等。查理此次旅行中实际支出的所有现金可能比你我一次自费旅行花费的还要少。

德特丁夫人是壳牌石油大亨的妻子，她的公寓正巧挨着卓别林的公寓。为了表示对卓别林的敬意，她特地设宴款待他。宴会当天到场的嘉宾有九十人之多，这次宴会的花费恐怕和1870年德·克利翁先生从德波利尼亚克公主家族手里买下克利翁酒店时的费用一样多。

迄今为止，查理已经出国旅行过多次，他居然还没有再婚，这简直是奇迹。目前，英国媒体已经给摄影师们的照片留足了版面，让他们拍摄一位露背的美丽女孩，而这位女孩已经被查理选定参演自己的下部影片。

一份带有图片的柏林出版的周刊的封面人物是一位极为美艳的德国女郎，而这位女郎也已被选中参演卓别林的影片。

然后，在维也纳，卓别林选中了另一位罗马尼亚美女。上周，她在巴黎待了整整一周，据那些时刻警惕、不放过任何捕捉新闻机会的媒体报道，这位美女已经过了好几轮试镜，有望在卓别林的下一部影片中担任女主角。

如果查理按计划走完所有行程，前往西班牙、俄罗斯、中国、日本和其他上百个国家，有人可能会假设，他的下一部影片可能会拍摄一个老式的剧场合唱团情景，合唱团里的每一个成员都是一名美丽的外国女孩。

这些将来很可能成为女主角的美女们心甘情愿远离祖国，放弃房屋里温暖的壁炉等家乡的美好事物，不辞万里来到巴黎，只为有朝一日能够成为女主角，进而获得金钱和名誉，甚至是离婚后的赡养费。然而，上周某一天上午10点发生在克利翁酒店正门前的一件事恰巧证明了她们动机不纯。

一位身着华丽晚礼服和外套的美女从饭店电梯里一走出来，男服务员们就立马蜂拥而至，争着为这位美女提供服务。她似乎已经在查理的公寓外等了整整一个晚上，希望自己能被"选中"参演。三名男服务生为她叫了一辆出租车，而已经在马路边人行道驻扎一整个星期的摄影记者对这位美女的突然出现十分诧异，在她已经走近时居然忘记了拍照。

《城市之光》在比利时公映时，查理人却在巴黎。比利时国王和王后出席了首映式。第二天早晨，比利时最大的日报在头版用满满两栏的版面报道了昨天的首映仪式。然而，整篇报道都在赞颂国王和王后，只有一小段指责了卓别林缺席的事实，谴责查理竟然不愿意花三个小时从巴黎坐火车前往比利时出席《城市之光》首映仪式。

然而，查理每次外出旅行都极为疲惫，因为他出国旅行仅仅是为了休息和放松，但每次旅行，他的日程都会被各种要求会面的请求所挤满。当阿尔伯特国王听说了这件事后，亲自坐飞机前往巴黎，向卓别林成功举办《城市之光》首映仪式表示祝贺。

应电影大王查理的请求，阿尔伯特国王在比利时大使馆接见了卓别林。不会有任何媒体报道和公开宣传来破坏这次轻松的会面，双方都一致同意摄影记者禁止进入大使馆拍摄。与百里安的午宴同样是轻松而庄严的，没有任何报道宣传的成分，我们摄影师也被禁止入内。

虽然我花了一周时间才仅仅为查理拍摄了六张照片，但至少我有机会在某些场合和查理聊上几句。

第一次和他聊天是查理和百里安一起吃完午餐以后，他满面红光地走进来，看起来对百里安所津津乐道的建立欧洲合众国的想法感到很兴奋。显而易见，这位经验丰富的外交家让查理在这次几乎类似国事活动的会面中感觉就像在家中一样轻松。查理回来后说道:"这完全不是正式场合,我的担心完全多余。这次午餐吃得非常开心,我很享受那里的美食。"

我在客厅里坐着与多哥聊天,旁边摆放着我的相机。而此时,查理则在法国荣誉军团勋章的授勋仪式现场。这已经是我在这里坚守的第六天。多哥说,我这么贸然前来给查理拍照真是一个失误,我应该先来查看一下实际情况,再决定何时给他拍照。当我看到查理通过一个秘密的私人入口进到客厅时,我基本上就相信多哥所说的了。

查理把我们叫到窗户旁边,像孩子般天真地从兜里掏出一个小皮盒,打开盒子,向我们展示他刚刚得到的那枚璀璨夺目的荣誉军团勋章,而这枚勋章是法国政府能够授勋给个人的"最高嘉奖"。

查理转过身,几乎有些脸红地对我说:"他们说,这是第一次将这枚勋章授予外国人。"多哥和我一起向查理表示祝贺。查理将勋章翻过来,就像翻看一枚圣物一样,突然注意到,奖章背面并没有镌刻他的名字。那一刹那,我们三人都感到有些沮丧。随后,查理突然想到他胳膊下面还夹着一个纸筒。然后,我接过奖章,查理则从纸筒里抽出颁发给他的荣誉证书,将其慢慢展开。随后,我们都重新振作起来,因为证书上白纸黑字、清清楚楚地写着:查理·卓别林被授予"荣誉军团骑士"勋位,正式成为一名"荣誉军团骑士"。查理对我说道,"骑士"是级别最低的勋位,你必须先成为骑士,然后如果你的勋位被提升,你才会晋升为军官、司令官等。

我心里想,不管怎样,这是个好的开始。从我认识查理开始,这是我第一次见到真实中的他和屏幕上的他同样光彩耀人、璀璨夺目。

当他将那枚奖章拿给我和他贴身男仆欣赏的时候,他的表情还跟以前一样略显夸张和傻气,就跟电影里他所饰演的流浪汉一个样子,而电影里的流浪汉会被卖花盲女的真诚和友爱深深地感动。

当时在场的人都不懂法语,但这根本没什么可遗憾的。当查理像破译密码般试图搞懂证书上所写的文字时,我也被他这股劲儿所驱使,加入翻译队伍中来。当时所有人看到查理努力翻译的模样,就感觉真的是看到他在电影中陷入窘境一样。

查理的吸引力可能源自于一种特质,一位著名法国记者马塞尔·埃斯皮伍在最近的一篇文章中提及过这种特质:他并不是一位表演者,而是这个特定时代他所属种族的象征,一个仍然还拥有"哭墙"的种族,一个在某些时刻还会以一种谦逊的姿态表达抗议的种族。

查理作为银幕上的诗人,被法国人所熟知和热爱着。但是,当他把徽章交给多哥，将它锁起来保存后，他在我镜头前表现的就像一位荣誉军团骑士一样了。

如果按照我在百老汇和好莱坞给查理拍照时的标准来评判的话，上周花费了整整一周所拍摄的六张照片简直就不值一提了。但在巴黎当地的摄影记者、杂志和报纸主编看来，我确是"电影界查理国王陛下"的御用摄影师，甚至还享有特权。如果这种特权真正存在的话，那么我将把查理家族的盾徽印在我的酒店账单上。

选自档案报刊集："御前演出"解密

　　卓别林在第三部分曾简要地提过关于他被英国媒体假想拒绝出席所谓"御前演出"的故事，而卓别林本人宣称，英国媒体关于这件事的报道夸大其词，他声明这件事纯属虚构。我只是接到了一封来自"布莱克先生"的电报，电报中他请求我出席一场歌舞杂耍义演。他们自己称，这次表演是一场"御前演出"，因为国王陛下届时将会出席，但这并不是皇家的邀请，只是布莱克先生的私人请求，而布莱克先生在皇室并不担任任何公职。

　　下文中的新闻照片和报道将会向读者展示，当时在这次争议事件中，美国媒体报道的深度和广度。文中摘选了一些持有不同立场的代表性文章，通过这些文章可以向读者展示当时就这个话题的社会舆论所包含的种种不同观点。这只是当时报道文章的一小部分，而这也同时向读者说明，像卓别林这种级别的明星，即使像这么一次小误会就能引发关于他的铺天盖地的新闻报道。

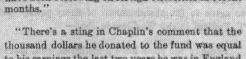

《约翰·布尔受到"卓别林馅饼"的攻击》,1931年5月23日出版的《文学文摘》。

——来自作者的收藏品

"美联社"

1931 年 5 月 9 日

《卓别林拒绝"御前演出"》

卓别林坚持在大银幕上继续自己的演艺事业,就像鞋匠只做自己擅长的工作一样,即使是英国国王和王后的邀请或"命令",也无法引诱他到舞台上为其表演节目。

《伦敦标准晚报》曾经在法国的瑞昂莱潘录制了一段卓别林的采访。今天,《伦敦标准晚报》称,卓别林拒绝了参加"御前演出"的邀请,邀请内容是请他参加一次歌舞杂耍义演活动,而国王陛下届时也会出席那次活动。

《伦敦标准晚报》引用卓别林的话说:"我不会以那种方式出现在公共场合。""这世界上我最不愿做的事就是在舞台上表演歌舞杂耍,那是一种低级趣味的演出。"

《伦敦标准晚报》称,卓别林被邀参加的这次慈善义演活动由一个皇家委员会组织安排,旨在为年老和残疾的歌舞杂耍表演艺术家筹款,而卓别林最终给主办方寄去了一张支票。

大部分演员将收到参加"御前演出"的邀请、看到自己的名字出现在邀请函上视作一件值得骄傲的事,而且此前很少有人拒绝这份殊荣。虽然事情经过大概就是这样,但并不确定是乔治国王还是玛丽王后表达了希望能在演出现场亲眼见到卓别林的愿望。

卓别林是一位英国公民,常被错误地描绘成那种把英国绅士的生活方式作为自己理想生活方式的人。当他从美国抵达英国时,各种繁杂的接待令他应接不暇。

《斯普林菲尔德新闻》

1931年5月11日

《卓别林把英国人归类为"伪君子之最"》

在他最落魄和艰辛的时候,祖国抛弃了他,而现在这位喜剧艺术家怀疑他到底亏欠了这样的祖国什么?

在一份刊登在《伦敦快报》的访谈中,喜剧表演大师查理·斯宾塞·卓别林,时不时会严肃而愤恨地抨击英国人,认为他们是"伪君子之最"。

《伦敦快报》引述卓别林当时接受采访的话,说欧洲欺辱误解了他,还错误解读了他所说的原话。卓别林最近拒绝了一份伦敦举办的歌舞杂耍义演活动的邀请,而英国的一些评论家则据此严厉指责卓别林未能出席最近的这次"御前演出"。在法国瑞昂莱潘接受采访时,卓别林尖锐地回击了英格兰那些对他评头论足的批评家们。

采访者引用卓别林的话说:"他们说我对英格兰负有责任。""我想知道那份责任到底是什么?17年前在英格兰,没有人需要我,也没有人关心我,我只能前往美国寻求发展机会,而在那里我也真正找到了这样的机会。"

"直到那时，英格兰才对我有了那么一丁点儿的兴趣。《城市之光》的首映结束后，我邀请一些朋友来参加派对庆祝一下，然而那些社会人士却感到震惊甚至惶恐，好似这次聚会是一场社会灾难一般。有一天晚上，我耐心地坐在那里，等待着拜见摩纳哥王子，而这看起来又似乎是我冒犯了康诺公爵。"

"人们为什么要如此操心我的事情？我只是一个电影喜剧演员，而他们却把我视为一个政客，但那完全不是我本人。"

卓别林说，爱国主义是"全世界所遭受的最痛苦的疯狂"。"过去几个月，我转遍了欧洲各地，"他说道，"爱国主义在各地蔓延和泛滥着，这样下去只会导致另一场战争。我希望这次，那些爱国主义者们能把这些'资深老政客们'送上前线，因为这些人是欧洲沦为今天这样子的罪魁祸首。"

《威奇托鹰报》

1931年5月22日

当然，查理·卓别林对拒绝在英格兰国王面前表演这件事没有感到丝毫遗憾和懊悔，因为通过此次事件，他甚至受到了公众更多的关注。

《旧金山新闻快报》

1931年5月14日

《一位明星：卓别林的欧洲演出》

卓别林在欧洲的怒火并不会波及美国，也不会影响这里的公众对他的看法。他当时并不知道，他被邀请去参加一个"御前杂耍艺术表演"，而且是在英格兰国王面前表演，所以他才加以拒绝了。这之后，他遇到了一些麻烦，这才表达了一些自己内心对欧洲和自己故乡的真实看法。他提醒英格兰，当他是一个贫穷落魄、不为人知的歌舞杂耍演员时，没人关注他，所以他才不得不前往美国去寻求成功的机遇。

这些年来，也许查理·卓别林一直认为自己是英国人。现在，他突然发现自己根本不是英国人，而是美国人了。以前，他觉得伦敦才是自己的家，他去了伦敦，结果才发现，原来自己真正的家是刚刚出发的地方，这种感觉是会令他高兴还是沮丧？

《纽约镜报》

1931年5月19日

《卓别林的错误》

迈克尔·希利最近刚刚为查理·斯宾塞·卓别林犀利回击那些英国评论家的行为而鼓掌叫好，作为对迈克尔·希利的回应，卓别林先生犯了一个错误，这个错误便是他把所有的英国人都归为了英格兰人。除了英格兰，英国还包含其他三个地方。我觉得，与他怠慢乔治国王的态度相比，他对英格兰人，即他的祖国同胞们的错误概念和划分，更令他处境堪忧。也许只提供一些捐款并不是他最好的做法，因为那毕竟是一场慈善义演活动。国王万岁！——斯科特。

《圣保罗先锋报》

1931年6月26日

"一位英格兰喜剧演员赞扬了卓别林拒绝参加此次伦敦义演的行为，而且认为卓别林拒绝邀请，转而寄送了一千美元支票是正确的决定。"

格雷斯·金斯利报道：

卓别林拒绝参加抑或轻视了这次在伦敦举办的所谓"御前演出"，而现在这俨然成为人们讨论的热门话题。就这次事件而论，我发现大多数英国演员对卓别林的遭遇表示同情。

我最近见到了赫伯特·蒙蒂和他的妻子，蒙蒂是伦敦最受欢迎的喜剧演员之一，他的妻子则是为业内所熟知的凯瑟琳·肖。他们刚从"御前演出"事件的风暴中心回来。可以说，他们认为卓别林没有回应那个慈善义演的舞台制作人是正确的决定。

"那个舞台制作人在报纸上说了,"赫伯特夫妇告诉我,"如果卓别林能够出席本次演出,对那个制作人来说是极大的骄傲和荣幸。但是当时卓别林在休假,根本没有什么皇家的命令,而且我们认为他为慈善活动捐款一千美元实在是太慷慨了。即使他出席了那次义演,也绝不可能募捐到比这还多的钱,因为所有的门票几周前早已卖完了。"

蒙蒂将和比阿特丽斯·莉莉在夏洛特的下一部讽刺滑稽剧中演绎对手戏。我发现,蒙蒂个头矮小,是一个十分谦虚的男人,他更愿意谈论别人而非自己。这是他第一次来加利福尼亚,他希望在这里常住下去,并在这里发展自己的电影事业。

《查尔斯顿邮报》

1931年6月21日

《事件真相》

比阿特丽斯·莉莉写道:"我觉得你应该知道关于所谓查理·卓别林怠慢了乔治国王和玛丽王后整件事的真相。"

并没有人召令卓别林去王宫里参加"御前演出",他所收到的邀请不过是参加一场国王和王后将会出席的慈善表演。如果皇室真的打算举办一场"御前演出"的话,他们会邀请最受欢迎的艺术家前往白金汉宫去表演。

我自己曾经出席过真正的"御前演出",但是如果我收到邀请去参加类似的慈善义演时,我也都会寄给他们支票,并遗憾地表示无法参演。

卓别林已经有 15 年没有在舞台上表演了,而且人在法国的他在收到邀约时便给组委会寄去了一张一千美元的支票,我觉得他实在是太慷慨了,我一般都会寄十英镑而已(我会寄 50 美元给你的,巴伦先生)。

卓别林并没有怠慢他们的陛下,人们必须行动起来阻止他们肆意诽谤卓别林。这位艺术家非常伟大亲切,我们决不能诽谤和诋毁他。

该看你的了,皮尔女士。

笔记和信件：由西德·卓别林提供

西德·卓别林（1885—1965）是查理同母异父的哥哥，也始终是查理生命里最为亲近的家属。他们的生活和命运总是交织在一起，1931年至1932年的旅行恰巧就是其中的一次。这个时期，西德在欧洲大陆各处辗转，当被查理邀请加入他的旅行时，他没有错过这个机会。1931年6月两人在尼斯相遇。西德对本书的贡献不容忽视。除了两封发给英国朋友R.J.明尼的谈及旅行的代表性信件外（许多信件都原样刊登在《人人周刊》上），西德还保留了有关巴厘岛奇遇的记录——他希望这些笔记能在查理着手写旅行记事的时候，帮他回忆起名字、地点和人。正是西德的笔记和信件的样本为我们提供了一个看待这次行程的不同视角——能够让我们得以窥见银屏背后的那些故事。

西德·卓别林致R.J.明尼

1932年3月9日

去往纽约的船上

亲爱的吉姆：

终于又抽出五分钟时间来给你写信。我的时间满满地都被行程的乐趣占据了，所以才疏忽了我的朋友们，但我是不会忘记他们的。这么长时间没给你写信，我也只能靠延长信的长度来弥补了，当然我写的东西可能你并不相信。自从上次写信给你后，我们的船已经储备了大量的水，或者说大量食物通过船桥搬上了船。

首先，让我跟你讲讲查理和我在圣莫里茨度过的美好时光。生活总是难以预料，当我准备在冬天蛰伏，想摆脱金本位或是从码头逃脱来减少我的债务的时候，我从矮小的弟弟那里收到一封电报，问我是否愿意加入他的冰上运动。为了避免高海拔山区的高昂物价，我把溜冰鞋和滑雪板装进了我的轻便提包里——因为是查理掏钱，所以我得以住进头等舱，而不是用一些断杆搭建的简陋屋棚。第一件事发生在过意大利边境的时候，我的两只精美的打火机被海关没收了，理由是意大利禁止使用这种东西。这使我对米开朗基罗的好感荡然无存。曾经我对他的欣赏就跟第一次世界大战时期英国人对瓦格纳的认同一样。然而接下来的行程什么也没发生，查理收留了我，并慷慨解囊。我发现查理对滑雪非常狂热。这是他人生的第一春，每个人都在跟我讲述他所取得的巨大成就。第二天我被邀请与查理、西特罗昂先生及其他人一起去滑雪探险。我们坐进西特罗昂先生的两辆特制的拖拉机汽车，带上午餐，然后就出发了。我们在一所偏僻远离人烟的农舍玩得不亦乐乎，幸好有滑雪人踩平的小径，我们才不至于迷路。当然我们是独占一片雪场。这是我第二次滑雪，向导跟我说没什么好害怕的，我只需要保持平衡，然后就是相信上帝。

这是很好的建议，因为上帝比我更了解重力。我们十二个人往下滑，却只到了十一个。当我醒过神的时候，发现我处在峡谷的底部，浑身是雪，其他人都不见了。想到留在这里待一夜我非冻死不可，我努力站起来，继续走下去。一个小时后我到了车站，正好赶上他们，他们正打算乘火车回圣莫里茨。我看起来像个雪人，我的鼻子和睫毛上挂着冰碴儿。人们开始放声大笑，而我则成了那天晚上的笑柄。我已经受够了滑雪，于是决定把我以后的活动都限定在大雪橇上，我也确实是这么做的。可笑的是，每个人都有不一样的害怕。哪怕给查理一千英镑，他也不会坐雪橇滑下来，这点没人能说服他，但是他敢在晚上滑雪探险，而我是给多少钱都不干的，可我对雪橇曲线下滑一点也不害怕，可能是我比他年龄大一些的缘故吧。

确实很奇怪，在圣莫里茨的时候，我的精神异常充沛，不知道是不是跟海拔有关系，抑或是因为含有低磷酸盐的果汁这种东西，我就是不会感到累。人们都夸赞我的体力，我会在酒吧跳舞直到凌晨两三点——伦巴舞和蒂罗尔式的华尔兹——直到我的舞伴们筋疲力尽。酒吧里有一个德国小女孩，舞跳得非常好，每当我俩一起跳舞的时候，人们都会主动空出舞台，一段伦巴舞过后，周围总是掌声雷动。那些满脸胡须的老男人总会问，为什么我体力这么充沛，这时候我就开始推销那种果汁了。最终导致人们都往当地的一个化学家那儿跑，把他的存货都拿光了，徒留化学家一人在那儿纳闷到底发生了什么事情。但对查理来说，我的体力就是一个笑话，因为我一进门就跟他讲，我的心脏可能受不了太高的海拔。打那儿起，每当我正在做托钵僧似的旋转舞蹈时，查理都会喊道，"当心你脆弱的心脏，西德。"查理在酒吧很会享受时光，他会即兴开各种各样的玩笑，也会用乐器表演各种特技。一些贵族愿意参加那里的顶级运动项目，只要是我们安排的，任何形式的表演他们都愿意加入。一天晚上，德·波旁亲王和我像两个小矮人一样躬着身子跳了一支华尔兹，我还同德·赫斯公主跳了一支古怪的伦巴。所有人看起来都融入了这种乐趣里，但一眼就能看出谁是暴发户，他们总是坐姿挺直，身穿笔挺的衬衫胸前板正，谈论的话题永远是爱因斯坦。

我并不想离开圣莫里茨，但查理决定途经东方再返回美国，因为他想看看日本，但又不想等天热了再动身。于是，他通知了他的日本秘书科诺做好安排，然后我们就登上了昭和丸号，现在正舒服地待在套房里。这艘船并不大，排水量只有10500吨，由英国建造，非常平稳——事实也确实如此——尽管海浪非常高，但船身几乎没有一点晃动。所有的船员都是日本人，他们会想尽一切办法让我们感到舒心。服务如此周到，看起来我们会有一个很愉快的旅行。船上人不是很多，但这里有一对讲话声音很大的英国夫妇，整个餐厅都能听见他们的声音。他们就是那种让英国人沦为笑柄的类型，男的满口龅牙，不停地谈论追着猎狗狩猎的事儿，而他妻子则戴着一口漏风的假牙。她不禁让我想起可怜的哈里·韦尔登常说的带着杂音的"没用"。等我们回到了客舱，查理逗得我捧腹大笑。他拿一块橘子皮当龅牙，即兴表演了这对夫妇之间的对话。要是他能为有声电影这么做的话，那将是一笔巨额财富。我从来没有这么开怀大笑过。我真希望查理能一直保持这样轻松的心情，但他会变得很严肃——现在他正在写一篇关于怎样解决德国赔款问题的文章，他解决这个难题的方法相当出彩，并且还非常简单，真不明白为什么从来没人这么想过。他向一些银行家和金融家提过建议，没人能辩驳他的观点，恰恰相反，他们都觉得没有任何纰漏。我不能在这儿告诉你他的想法，这得花很长时间，我想到了塞得港就把它寄给你。很奇怪，查理会对这种严肃的课题感兴趣，但如果这种国际金融问题被一个小丑给解决了也许会更奇怪。

在查理的房间我看到了这些书：

保罗·艾因奇格的《国际金融景象的背后》《国际清算银行》；

J.M. 凯恩斯的《和平的经济后果》；

菲利普·普赖斯的《俄国革命回忆录》。

我房间里有：

劳森的《世界上最有趣的轶事》；

福斯特的《东方流浪汉》；

柯特兰的《在东方寻求价值》。

兄弟，我得出去玩会儿，让查理自个儿在那忧虑吧！

我们将在塞得港下船，去看看古埃及金字塔，然后第二天再启程。船上有80个阿拉伯人，他们也在这里下船。他们要去麦加参加宗教节日。他们跟我和查理攀谈起来，他们说的是法语，由我为查理做口译。我问他们要去哪儿，他们回答说"麦加"，我以为他们说的是"美国"，所以我跟他们说，他们在那儿一定会玩得很开心，不要错过那里的一些卡巴莱歌舞表演，但一定小心那儿的酒，口感并不怎么好，突然气氛就冷了下来，然后我立马就意识到了，这件事让查理笑疯了。我在圣莫里茨的时候也碰到过相似的场面，当时查理在和一位亲王谈论荣誉，亲王聊到查理的荣誉军团勋章的绶带，说有人送过他一个十字架的东西或是别的什么，这时候我插嘴道，我只有"双十字架"，即耍花招，每个人都跟我要过。

好吧，你一定读烦了，最后告诉你我们的计划，我们打算先去日本，再去爪哇，然后是巴厘岛。罗斯福曾经在报纸上夸赞这个岛，说它是地球上仅存的没被破坏的伊甸园，所以查理打算去看看，不知道自己对那儿会是什么感觉，恐怕罗斯福已经密封了它注定的命运。船上有两个美国画家，他们一直在罗马学习绘画，现在打算去巴厘岛待一年，可他们又没钱来做这件事。他们承认是被罗斯福的文章激起了兴趣，所以似乎接下来我们好像要成大军的先锋了。

好吧，吉米，该死的，我竟然聊了那么多我和我弟弟，却对你本人只字不提。我想现在你们家里一定添了新成员。衷心祝贺你。给我送点配方奶和照片，是孩子的照片，不是配方奶照片。你的新房子怎么样，还喜欢吗？你给那个名字以 B 开头的人写的电影剧本怎么样了？祝你成功。惠勒看起来并没这么好运（不是指孩子而是指工作）。我走的时候已经把公寓交给他和多萝西了，我想他们会喜欢待在那儿的，我猜他会写信告诉你这些事的。我知道可怜的奥布里身体不太舒服，我已经给他写了一封长信，并且还想多写一些内容，所以就先写到这儿吧，祝愿你和艾迪丝幸福美满，我爱你们！

你永远的朋友西德

附笔

亲爱的吉米：

你可以用信里任意材料作新闻，但看在上帝的分儿上，请帮我纠正一下语法和拼写错误，我都没费神检查。可以照你的意愿改改，但别改变事实，这你应该能理解，亲爱的老伙计。请帮我转达对麦克威尔的爱，还有对索普的深吻。

回信可由日本东京的托马斯·库克代为转交。

《人人周刊》

1932 年 3 月 23 日

《查理·卓别林船上的爱情故事》

由西德·卓别林撰写

在和女友分手后，年轻的日本男孩选择了开枪自杀

查理·卓别林，这个世界上最有名的影星，正同他的哥哥西德一道乘船前往日本，与他们同船的乘客上演了一段感人至深的爱情故事，请看下文：

是谁说的"爱过、失去过比从来没爱过要好得多"？

一个在欧洲待了一段时间后正返回家乡的日籍年轻男孩就不同意这个观点，他就曾爱过——爱得那么疯狂。对方是个法国女

孩，就在上船前，他发现她只不过是一个"淘金女郎"——仅此而已。他爱过，也失去过。生活是如此不堪，而他却不得不忍受。长途航程的终点就是家乡——他分别已久的家人，正在等着迎接他、安慰他。

终生失明

还是昭和丸号这个日本客轮，它上面仅仅还有几个乘客，其中就有查理·卓别林和他的哥哥西德。查理在欧洲各地度过了一个长长的假期后，正准备返回好莱坞。

那天乘客们都吓了一跳。那个日本年轻人，再也承受不了回忆的折磨，决定结束自己的生命，他冲自己的头部开了枪。

"但是子弹，"西德在给朋友的信中写道，"出现奇迹，并没有进入头骨。它从外表皮和骨头间穿过，又飞出来了——但是不久之后，这个可怜的家伙眼睛就瞎了，他终生失明。

"他马上就要回到父母的身边了，你能想象这种回家的情景吗？被人引导着下船的场面该有多凄凉啊！前几日，他如愿地跟我和查理合了张影。"

酷爱椰子汁

"这是一个漫长的、行进缓慢的旅途，客人们只是在躺椅上打发时间。但是，查理大部分时间都在忙于写东西。在锡兰，他迷上了椰子汁，就买了一麻袋送到船上。为了保持健康，他还一早一晚地绕着甲板跑圈。

"一天晚上，船长邀请我们去船顶甲板吃日本料理，所有食物都是按照正宗的日式方法做的，就连音乐也是日本音乐，由于船长非常热情好客，他还让两名乘务员为我们跳了支舞。

"查理和我按照日本方式坐了整整两个钟头，相信我，第一次骑马后的感觉如果跟日本蹲坐导致的疼痛和痉挛相比，根本不值一提了。和滑雪一样，日本坐姿也应该从小学起。

"查理很想在日本体验一下日式酒店。如果真要这样，我真得给自己买把椅子了。我也不想体验拿一块木头当枕头，万一有块木屑扎进脖子可怎么办？

"我觉得这顿日式宴请怎么就没完没了呢！他们就当着你的面在桌子上烹煮，而且什么都敢往里放，就差富士山没放了。他们让我们用筷子夹着吃。查理以前就练习过使用筷子，所以当时用得还相当熟练。但是，我就像一只优雅的大象，试图戴着拳击手套穿针引线一般，你能想象我一只手拿着筷子吃豌豆的情景吗？

"不过，这还是挺有趣的，尽管我的腿都有点变形了，但我还是非常享受这个过程。"

西德·卓别林手稿（巴厘岛）

瑞士蒙特勒卓别林档案馆

3月4日我们乘坐昭和丸号离开了那不勒斯，伊万列诺夫和梅来送别。到了塞得港，我们驾车穿过开罗，在谢菲尔德酒店用午餐，然后进城四处购物，买了白色西装、热带的帽子等。我们参观了金字塔，看到一个人从爬上金字塔到下来只用了六分多钟，这样做非常危险，偶有失足，便会致命。我们给骆驼拍了些照片，这里很难买到摄影机，所有人都想去开罗，一大堆人，一大群骆驼到达了库克的办事处，晚上开车回到了船上。我们去锡兰一路上平安无事，船上的两个美国画家分别叫西顿和约翰逊。此外，我们经常锻炼身体、跑跑步等，以此来消磨时间。我们第一次吃日本料理，依照日本方式坐了两个小时后浑身麻木僵硬，乘务员表演了日本舞蹈，之后就是接待查理的喜剧影迷们。

同船上全体乘务人员、司炉、服务员和驾驶员一起合了张影。最后，我们终于抵达锡兰。船外，汹涌的人群在欢迎我们，当地人学着用英式方法使用马鞭，开罗人也这样。我们驾车去往康提，傍晚时分，一轮圆月悬挂在空中，这也意味着佛教的传统节日即将到来。这是我们第一次体验热带生活，一路上都是香料和赤素馨的香气，我们还遇见了成对的村民和幽灵舞者们。我们在康提吃的晚餐，那时拥挤的人群堵在窗口，都在瞅着我们吃饭。饭后，幽灵舞者们在草地上跳起舞来。午夜，我们乘人力车绕着湖转了一圈，不时看到乌龟穿过马路。第二天早上，我们给幽灵舞蹈、小镇和寺庙拍了照片。我们发现给穷人捐献的大米非常少，这给我们留下了很深的印象。僧侣在木板上写字，祭祀的鲜花摆放在寺庙里。我们开车回到了科伦坡，参观了茶叶和橡胶加工工厂，然后就离开了锡兰。

我们抵达新加坡后，驾车在新加坡转了一圈——应该将其称为"斯汀开坡"，拜访了当地的住所。向导还带我们去了公园和市政大楼。在当地人的住所里，有人向我们献了花环，跟在火奴鲁鲁时当地人往我们脖子上戴花环一样。我们参观了兴都庙，并观看了祭祀仪式。我们还特地参观了安装着晃动的、可拆卸阴茎的金马，坐车去了海景旅馆。我们是那里唯一的客人。旅馆侍者给我们端来饮料后，就把我们的灯都关掉了，因为现在已经是午夜了——所以我们只能黑灯瞎火地喝饮料。

3月28日，我们乘凡·莱恩伯格号去了爪哇。在那里，我们会见了一名海外女记者，她身上带着国王和总统之类大人物的介绍信。在巴厘岛的时候，她都快把我们烦死了。3月30日，我们抵达了巴达维亚，码头上到处都是人。有人向我们献花环以示欢迎。我们在爪哇酒店喝了杯茶，旁边跟着摄影师汉克·阿尔森。

然后，我们驱车去万隆，在普拉恩格酒店洗了个热水澡，这是我们在爪哇发现的唯一能躺进浴缸洗澡的酒店，其他酒店都是荷兰勺式的喷头系统。接着，我们又在酒店吃了晚饭。酒店的现代化设计给我们留下了很深的印象，查理还对酒店经理赞不绝口。瓢泼大雨中，他和经理站在马路的正中央，欣赏着这座建筑。经理努力显得彬彬有礼，浑身上下都淋透了。而查理穿的是一件防水衣，完全没有意识到这种窘境。

我们开车去加鲁特，入住加普朗酒店。我们在那儿住了一晚，烦人的虫子飞进了房间，发出奇怪的声响，这也预示着一个新的想法和电影的诞生。第二天一大早，我就发现，酒店外的景色非常迷人，远远望去，就能看到远处的山脉和峡谷。我们坐车去了特吉苏罗潘温泉、莱莱斯湖和拜根迪特温泉，向车外的一群小孩子们撒了一些钱币。女孩们为了抢到钱币，都浑身赤裸地从湖里跑了出来。我们拍下了他们争抢钱币的画面。然后，我们摒弃了汽车，乘火车去了日惹。这趟火车没有包厢，所以我们一路上都坐在火车的餐车里，火车头冒出的烟雾和灰尘让我们透不过气来。

查理决定以后再也不坐火车出行了。

我们入住日惹的格兰德大饭店。

第二天早上，我们参观了波罗布佐尔寺，这是一座被密林遮蔽了很多年的著名庙宇，你可以从图书馆查阅到这座寺庙的一切资料。我们又开车去了苏腊巴亚，晚上我们到了橘子酒店。酒店里人群拥挤，等候着我们的到来。查理在酒店的大堂做了广播讲话，有人向他献了花环。睡觉时床上的"竹夫人"给我们带来很多欢乐。

第二天早上，我们乘着 K.P.M. 号轮船去巴厘岛。我们坐在船长的桌子旁，他可真是一个小丑；跟我们同桌的是一个荷兰歌剧演员，吃饭时他还会时不时地唱上几句，他的低沉嗓音一直让他颇感自豪。荷兰式的印度尼西亚饭菜让我们深受折磨，但荷兰人对这种深山食材却颇为钟爱。

第二天早上，我们到了巴厘岛的波沃莱楞港，码头上到处是欢迎我们的人。查理很吃惊，因为在他看来，巴厘岛没人会知道他这号人物。我们会见了米纳斯先生，他是美国人，在巴厘岛经营一家自己的旅行社，我们被邀请去他的总裁办公室。他因常年住在巴厘岛而在当地很有名，还有了当地的名字，叫作彼乌科斯。他和他的妻子以及朋友们热情款待了我们。我给他们照了合照，然后我们又去了巴厘岛南部，查理有些讨厌跟我们坐车同去的米纳斯先生的性格。

我们到了登巴萨，在巴厘酒店停留，酒店经理名叫 B. 克莱勒。我们第一次听了加麦兰乐队的演奏，又观看了女孩们的舞蹈。下面是一些笔记，可能会对你有用：

那个邀请我们去他的宫殿参观的王侯叫阿纳·阿贡·勾拉·阿贡·阿贡·凡·格兰加，是巴厘岛的岛主。他身上最显著的特点就是戴着一块巨大的手表，脖子上挂着一条沉甸甸的金项链，并总是不停地盯着它们看。他想卖给我们所有他的祖传遗物，一件不留，但是把它们都带到酒店的话，路途就太远了。他的礼节就是剔牙和打嗝，这在岛上被认为是良好的举止，客人当着主人的面这样做，是对食物最好的夸赞，所以到最后宴会就变成了打嗝比赛。

后来，查理还同这位王侯以及他的妻子在当地的官员家吃了顿饭。尽管很热，这些荷兰官员还是穿得很正式。但是，他们听说你不喜欢拘泥礼数，所以吃饭时就统一规定脱掉了外套。所有荷兰官员的妻子们都身材魁梧，特别能吃印度尼西亚饭菜，所以跟当地人的纤细身材相比有天壤之别。

在这位王侯的宫殿里，我们观看了"托宾舞"，也就是面具舞，所有的表演都极具贵族气息。你可以根据她们左手的长指甲看出人的教养程度。她们穿的外套是用非常漂亮的金线绣出来的，而里面的面料是用肮脏的亚麻线缝制的，她们会不停地掀开遮盖的长袍，就像是急于让你看到似的。

我们还观看了克里斯舞，跳舞时舞者会陷入执迷状态，这时祭司会在他们身上洒上圣水，让他们清醒过来。在跳这个舞蹈的时候，我们的女记者非常粗鲁地将其打断，只是为了得到适合拍照的姿势而已，这种做法破坏了我们的兴致，让我们在那里一直吊着胃口。

在开始跳舞前，我们看到，所有年轻人都空出了前排的座椅，以供长者就座。有人告知我们，他们坐在那儿是为了保护我们，防止跳舞的人拿刀袭击我们，因为在痴迷的状态下他们可能会有这种倾向。

我们最后看的是皮影戏，它因"瓦扬库立"皮影而闻名，其他巴厘舞的名字如下：巴龙舞、狮舞、巫舞。那天晚上，他们在女巫的面具前祭祀了一只鸡，然后才跳起了这些舞。跳舞的人会扮演女巫，有时还会出现癫狂状态，竟无法控制他们自己的行为。同时，在跳这种舞的时候，他们还准备了漂亮的烟花表演。

我们也看了一些很不错的喜剧表演，里面有三个小丑，每当轮到其中一个表演的时候，他总以为自己是能隐形的。之后表演的是蕾贡舞，这是由两三个女孩跳的，是一种宗教舞蹈，女孩们在跳舞时会挥动手臂上的翅膀，到了青春期的女孩是不可以跳这种舞的。

接着是巴里斯舞，这是一种勇士之舞，只能男人来跳。还有一种舞，是巴厘人对爵士舞的现代理解。据他们说，这种舞深受来访的马拉歌剧团、马戏表演以及中国杂技的启示和影响。

我不知道这种舞的名字，但你随身带着的《最后的伊甸园》以及关于巴厘岛的书里都有提及。

还有一种叫桑香的舞蹈，这也是一种让人入迷的舞，舞者会齐声吼叫，就像毕业时的呐喊一般。我们是在拜投村和博兰村观看的克里斯舞，在拜得罗村观看的蕾贡舞、巴里斯舞和桑香舞，两个女孩教其他女孩跳舞的照片就是在这个村子拍的。在塞拜投村，有村民偷拿了庙里的祭品，被发现后，祭司拿鞭子抽打他们。

参考文献

阿德隆·赫达,《阿德隆酒店:一个伟大酒店的生与死》,诺曼·丹尼编译,纽约:地平线出版社,1960年。

亚历山大·马克西姆等人,《别碰爱》,《过渡》,1927年9月:1—11。

贝尔·蒙塔,《给查理·卓别林的一封信》,1923年11月,查理·卓别林档案馆。

贝尔科维奇·康纳德,《和查理·卓别林的一天》,《哈珀月刊》,1928年12月:42—49。

布朗·莫里斯,《来不及感叹:一篇自传》,布鲁明顿,国际出版商联合会,1956年。

伯克·托马斯,《城市的邂逅:伦敦游艺会》,波士顿:利特布朗出版社,1932年。

查理·卓别林导演的《城市之光》,卓别林与维吉尼亚·彻里尔出演,联美电影公司,1931年。

查理·卓别林,《卓别林:我的环球之旅》,《妇女良伴》,1933年9月:7—10,80,86—89;1933年10月:15—17,102,104,106,108;1933年11月:15—17,100,102,104,113,115,

116，119；1933年12月：21—23，36，38，42，44；1934年1月：21—23，86。

查理·卓别林，《卓别林：我的环球之旅》，手稿出自查理·卓别林档案馆。

查理·卓别林导演的《香港女伯爵》，马龙·白兰度和索菲娅·罗兰出演，环球电影公司，1967年。

查理·卓别林的《大萧条》，手稿出自查理·卓别林档案馆。

查理·卓别林导演的《大独裁者》，卓别林、宝莲·高黛和杰克·奥克出演，联美电影公司，1940年。

查理·卓别林的《你好，欧洲！》，莱比锡：保罗里斯出版社，1928年。

查理·卓别林，《永远的查尔斯·狄更斯》，《狄更斯研究》，1955年：111—114。

查理·卓别林导演的《寻子遇仙记》，卓别林和杰克·库根出演，第一国家影片公司，1921年。

查理·卓别林的《纽约王》，卓别林和道恩·亚当斯出演，阿提卡电影公司，1957年。

查理·卓别林的《舞台生涯》，卓别林和克莱尔·布鲁姆出演，联美电影公司，1952年。

查理·卓别林，《梅斯的航行》，P.A.奥瑞翻译，巴黎：克拉出版社，1928年。

查理·卓别林导演的《摩登时代》，卓别林和宝莲·高黛出演，联美电影公司，1936年。

查理·卓别林导演的《凡尔杜先生》，卓别林和玛莎·雷伊出演，联美电影公司，1947年。

查理·卓别林，《蒙塔·贝尔》，1960年5月24日，查理·卓别林档案馆。

查理·卓别林，《卓别林自传》，纽约：西蒙与舒斯特出版社，1964年。

查理·卓别林，《我的国外之旅》，纽约：哈卜兄弟出版社，1922年。

查理·卓别林，《我的美妙拜访》，伦敦：赫斯特与布莱克特出版社，1922年。

查理·卓别林导演的《巴黎一妇人》，艾德娜·珀薇安丝和阿道夫·门吉欧出演，联美电影公司，1923年。

查理·卓别林，《我的父亲查理·卓别林》，纽约：兰登书屋，1960年。

西德·卓别林，《无题》（1932年东南亚旅行笔记），查理·卓别林档案馆。

西德·卓别林，《给R.J.明尼的一封信》，1932年3月9日，查理·卓别林档案馆。

查理·卓别林的离婚案件（未经删减），加利福尼亚州洛杉矶高等法院，CA，时间不详。

查理·卓别林，《我的国外之旅》，《克利夫兰新闻报》，1922年3月10日。

《卓别林：我的环球之旅》合约，《妇女良伴》致查理·卓别林，1931年3月25日，查理·卓别林档案馆。

P.C.伊斯特门特，《给查理·卓别林的一封信》，1921年10月19日，查理·卓别林档案馆。

P.C.伊斯特门特，《给查理·卓别林的一封信》，1922年2月16日，查理·卓别林档案馆。

鲍里斯·伊万列诺夫，《给亚瑟·凯利的一封信》，1935年12月12日，查理·卓别林档案馆。

鲍里斯·伊万列诺夫，《给查理·卓别林的一封信》，1935年12月12日，查理·卓别林档案馆。

哈康特·法默，《卓别林时尚是否已过时？》，《戏剧》，1919年10月30日：249。

安娜·菲亚卡里尼和塞西莉亚·琴恰雷利，《作为一名作家的查理·卓别林》，《舞台生涯》：来自《查理·卓别林档案馆的文件和随笔》，编辑：安娜·菲亚卡里尼，彼得·冯·巴格，塞西莉亚·琴恰雷利，意大利博洛尼亚：博洛尼亚电影资料馆，2002年。

哈里·L. 福斯特,《东方流浪汉》,纽约：多德米德公司,1923年。

韦斯·D. 格林,《查理·卓别林：传略书目》,康奈提格州韦斯特波特：格林伍德出版社,1983年。

沃尔夫冈·格施,《卓别林在柏林:1931年在柏林报纸插图的缩影》,柏林：帕撒出版社,1999年。

《格特鲁德战斗小巷,著名编辑戴斯》,《纽约时报》,1941年9月26日：23。

马丁·吉尔伯特,《二十世纪史,第一卷,1900—1933年》,纽约：威廉莫罗公司,1997年。

《历史:最高荣誉》,《总理府授予的最高荣誉》,2006年3月20日,<http : //www.legiondhonneur.fr/shared/fr/histoire/fhisto.html>.

卢西恩·斯威夫特·柯特兰,《在东方寻求价值》,伦敦：乔治高夫哈拉普公司,1928年。

特蕾西·哈蒙德·路易斯,《查理·卓别林的反思》,《纽约电报》,1922年2月24日。

查理·马兰德,《卓别林与美国文化：一个影星形象的变化》,新泽西州普林斯顿：普林斯顿大学出版社,1989年。

珍妮特·马丁·尼尔森,《一位工程师的理想社会》,《自然生长》,2007年：95—109。

艾伦·内文斯,《60年后》,《妇女良伴》,1933年11月：24—25,

135—136。

希克曼·鲍威尔,《巴厘岛:最后一个伊甸园》,纽约:多德梅德公司,1930年。

卡罗尔·奎格利,《悲剧与希望:我们这个时代的世界史》,纽约:麦克米兰公司,1966年。

阿尔夫·里维斯,《给查理·卓别林的一封信》,1921年12月6日,查理·卓别林档案馆。

阿尔夫·里维斯,《给蒙塔·贝尔的一封信》,1921年12月3日,查理·卓别林档案馆。

阿尔夫·里夫斯,《给西德·卓别林的一封信》,1933年3月30日,查理·卓别林档案馆。

梅·里维斯和克莱尔·高尔,《密友查理·卓别林》,编译:康丝坦斯·布朗·库勒亚马,北卡罗来纳杰弗逊:麦克法兰公司,2001年。

大卫·罗宾逊,《卓别林:他的生活与艺术》,纽约:麦格罗希尔公司,1985年。

大卫·罗宾逊,《卓别林:舆论的镜子》,伦敦:塞克尔和沃伯格出版社,1983年。

乔治·萨杜尔,《生活的小丑:查理·卓别林的电影和时间》,巴黎:弗朗索瓦会议出版社,1952年。

弗里茨·提登,《亲自进行巡演》,《电影世界》,1922年3月25日。

利奥·维拉和托尼·格雷,《纪录创造者:马尔科姆爵士和唐纳德·坎贝尔,二十世纪水路速度之王》,伦敦:保罗·汉姆林出版社,1969年。

格里斯·冯·乌尔姆,《查理·卓别林:悲剧之王》,考德威尔,卡克斯顿印刷公司,1940年。

《哑剧的世界危机》,《纽约时报》,1932年3月15日。

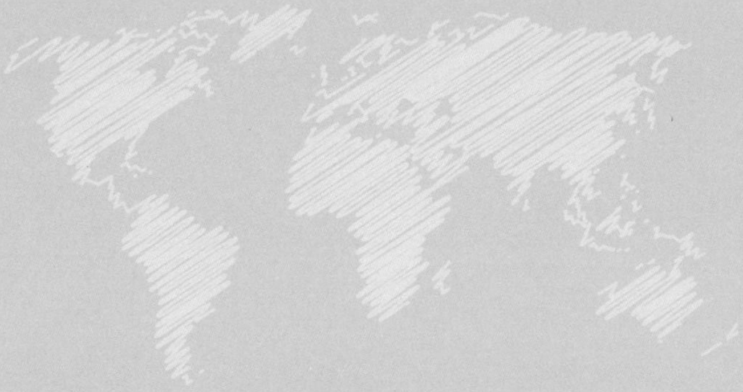

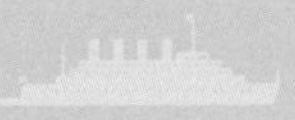

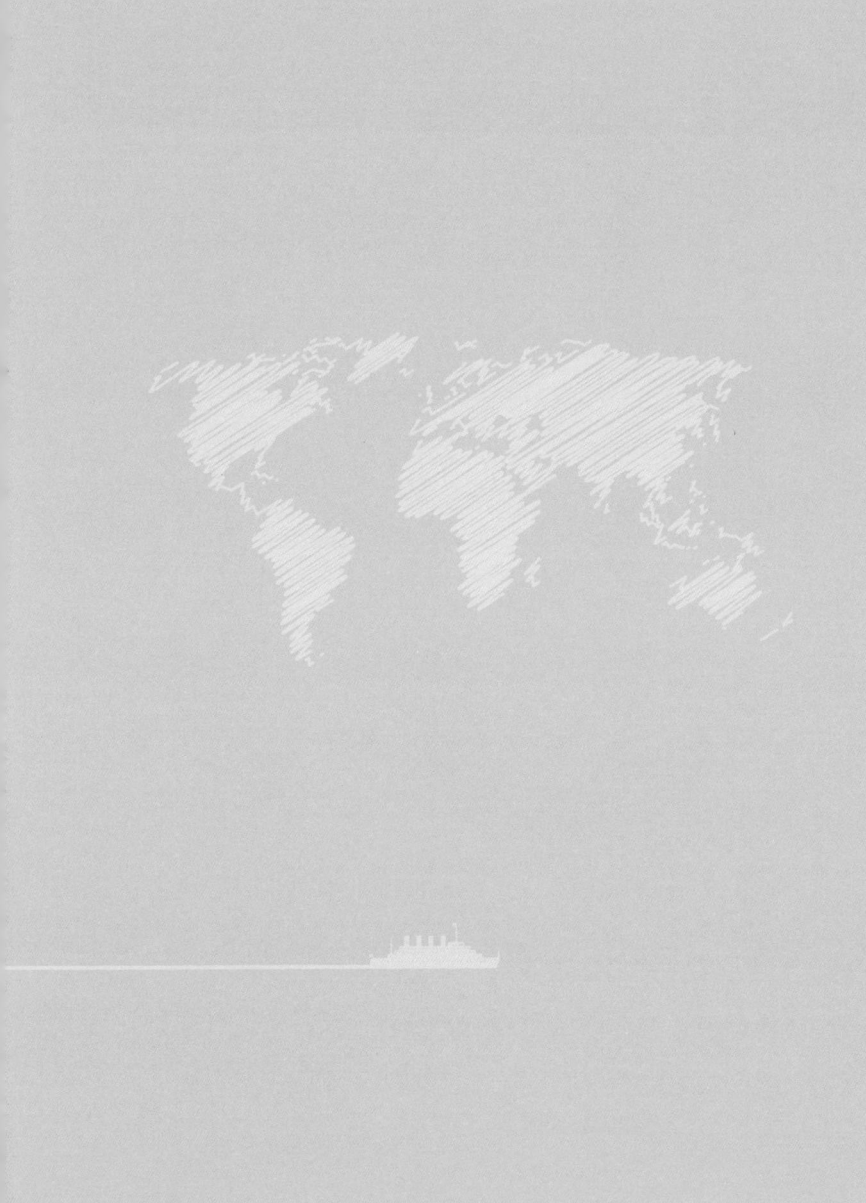